# LA SAVEUR DE L'amour

ANDREW GREY

# LA SAVEUR DE L'amour

ANDREW GREY

DREAMSPINNER PRESS

Publié par
DREAMSPINNER PRESS

5032 Capital Circle SW, Suite 2, PMB# 279, Tallahassee, FL 32305-7886  USA
http://www.dreamspinnerpress.com/

La saveur de l'amour
Copyright de l'édition française © 2015 Dreamspinner Press.
Titre original: A Taste of Love
© 2010 Andrew Grey.
Traduit de l'anglais par Cassandre Noël.

Illustration de la couverture :
© 2010 Reese Dante  http://www.reesedante.com.
Conception graphique :
© 2010 Mara McKennen.
Les éléments de la couverture ne sont utilisés qu'à des fins d'illustration et toute personne qui y est représentée est un modèle

Édition imprimée en français : 978-1-63476-511-4
Première édition française en version papier: avril 2015
Édition ebook en français : 978-1-62380-739-9
Première édition française : mars 2014
Première édition : novembre 2010

Édité aux Etats-Unis d'Amérique.

Pour le gourmand de la famille, Dominic.

Oui, pendant ces seize dernières années
J'ai en fait écouté toutes ces discussions
À propos des différences entre les sauces,
De la consistance de la crème au beurre,
Et à quel point le Shiraz
S'accorde avec le rôti de canard.

Cette histoire t'est entièrement dédiée.

# I

DARRYL AIMAIT le printemps, et celui-ci approchait à grands pas. Il referma la porte d'entrée de chez lui, leva les yeux pour contempler le ciel bleu et inhala profondément. L'air avait l'odeur de poiriers en fleurs, et tandis qu'il se dirigeait vers sa voiture, une brise transporta des pétales blancs qui flottèrent dans les airs. Darryl décida qu'il faisait trop beau pour prendre la voiture, alors il pivota et commença à marcher sur le trottoir, rejoignant la rue principale de la ville. Se dirigeant vers le quartier d'affaires, il dépassa dignement les demeures victoriennes ; la plupart avaient été transformées en appartements, mais beaucoup conservaient la somptuosité du temps passé.

Tout en continuant à avancer, Darryl ne put s'empêcher de regarder entre les immeubles pour entrapercevoir le vieux cimetière et sa statue en bronze indiquant la tombe de Molly Pitcher. Grand Dieu, il aimait cette ville. Carlisle, en Pennsylvanie, avait été découverte par William Penn au milieu du dix-huitième siècle. Alors que Darryl approchait du square, il regarda l'immense église au coin de la rue avec ses cerisiers en pleine fleuraison, devant la pancarte qui rappelait à tout le monde que George Washington était venu ici en pèlerinage en 1794.

Il laissa son regard vagabonder autour de lui tandis qu'il attendait que le feu passe au vert, allant des immenses colonnes marquées par la Guerre Civile – dûment marquées – à l'horloge du vieux Palais de Justice. Le feu changea, et Darryl traversa la rue pour parcourir la deuxième moitié du chemin qui le menait à son restaurant, s'arrêtant à l'extérieur afin de le regarder quelques secondes.

Le Café Belgie était son rêve. Darryl avait passé presque une dizaine d'années à travailler dans les restaurants d'autres personnes jusqu'à ce qu'il parvienne à mettre de côté assez d'argent pour monter sa propre affaire. Il avait choisi d'ouvrir un restaurant belge parce que cela représentait tout ce qu'il aimait. Une nourriture bonne mais simple avec un certain raffinement. De plus, cela lui donnait une excuse pour posséder le plus merveilleux des assortiments de bières. Tandis qu'il avançait jusqu'à la porte, il lança un dernier regard à la rue jalonnée d'arbres en fleurs dont les pétales venaient s'échouer sur le trottoir.

Arrivé à la porte, il la tira légèrement, pas du tout surpris qu'elle s'ouvre facilement malgré la pancarte 'fermée' visible à travers la devanture. Son chef pâtissier, Maureen, avait déjà commencé sa journée – comme toujours, la première sur place.

— Si tu t'imagines que je vais croire à ton baratin, tu es folle, ma vieille !

Sebastian, un de ses serveurs, était contrarié, et sa voix filtrait jusque dans la rue où elle se noyait dans le bruit du trafic routier.

— Je ne vais pas travailler tout seul à l'heure du déjeuner. Darryl va devoir appeler quelqu'un pour m'aider.

Mon Dieu, les lamentations de cet homme lui faisaient le même effet que des ongles que l'on fait crisser sur un tableau noir.

Darryl pénétra à l'intérieur de la pièce et laissa la porte se refermer dans un bruit sourd, puis il vit Maureen lever les mains vers le ciel et retourner en cuisine.

— On est mercredi et l'heure du déjeuner est toujours calme, donc de quoi est-ce que tu te plains ? dit Darryl, élevant la voix, sa bonne humeur consécutive à sa promenade envolée en un instant. Arrête de faire ton cinéma et prépare-toi pour ton service.

Il prit place derrière le bar.

— Tu vas avoir besoin de plus de serviettes de table, et assure-toi que toutes les tables soient prêtes.

Darryl jeta un coup d'œil au grand, presque élégant jeune homme.

Les clients l'aimaient et c'était un très bon serveur, mais son comportement était à revoir.

— Tu ne vas pas refiler ton boulot à quelqu'un d'autre et récolter tous les pourboires.

Darryl regarda Sebastian prendre un air innocent, faisant une moue qui aurait été adorable si Darryl n'avait pas été pleinement conscient qu'elle était fausse.

— Mais Darryl, nous avons déjà une réservation pour dix personnes.

Putain, il était adorable quand il faisait ça. Et si Darryl n'avait pas dû essuyer une crise de colère au moins une fois par semaine au cours des trois

2

derniers mois, il aurait pu être tenté de ramener l'homme chez lui et de le baiser jusqu'à être vidé de son énergie. Il ne doutait pas que Sebastian soit très doué, si ne serait-ce que la moitié de ce qu'il disait était vrai, mais cela ne valait tout simplement pas les problèmes qui en découleraient.

— Dans ce cas, tu ferais mieux d'aller préparer les tables et d'être prêt à l'heure.

Il vérifia sa montre.

— Nous ouvrons dans moins d'une heure, alors bouge-toi le cul.

Darryl le regarda de haut.

— Mais seulement si tu souhaites devenir responsable de salle.

Sans un mot, Darryl se dirigea vers la salle du restaurant, vérifiant tout de la même manière, s'assurant que les nappes étaient droites, les sols propres, et même que les cadres sur les murs n'étaient pas de travers, avant d'entrer en cuisine, son domaine.

Maureen fulminait toujours quand elle revint à son poste de travail, faisant claquer derrière elle la porte de la chambre froide.

— Ce petit merdeux, murmura-t-elle tout en découpant du beurre avant de le mettre dans le mixeur qu'elle mit en marche.

— Qu'est-ce qu'il a encore fait ? demanda Darryl en retirant son tee-shirt et en enfilant son habit de chef avant de se mettre au travail, de faire les sauces et d'allumer le grill.

Il avait beaucoup à faire en une heure. Il vérifia que les friteuses étaient propres, puis il les alluma afin de faire monter la température. Il entendit la porte des cuisines s'ouvrir puis se refermer.

— Bonjour, Kelly, dit-il sans même relever la tête.

— Bonjour, Darryl.

Elle attrapa son tablier et se mit directement au travail.

— Je vais m'occuper de couper les frites et de les faire précuire. J'ai fait du ketchup au curry et de la mayonnaise hier soir juste avant de partir, donc ça devrait aller.

— Fabuleux.

Des fois, il se demandait ce qu'il ferait sans elle. Il sourit à son commis de cuisine, puis reporta son attention sur Maureen.

— Tu vas me dire ce qui te bouffe ou tu vas me laisser le deviner ?

— Il...

Elle tourna la tête vers la salle à manger.

— ... a essayé de m'amadouer pour que j'installe les salières et les poivrières sur les tables pour lui. Il semblerait qu'il ait oublié de le faire à la

3

fin de son dernier service, et quand je lui ai dit non, il a commencé à faire chier. Foutue diva.

Darryl leva les yeux et la vit secouer la tête.

— S'il n'était pas si doué dans son travail, je le jetterais à la rue à coups de pied au cul.

— Je sais, dit Darryl.

Il continua à travailler, souhaitant que Sebastian montre la même courtoisie envers ses collègues qu'envers les clients. Le gamin était comme un interrupteur, se mettant en position 'heureux' quand il sentait l'odeur du pourboire.

Mais Sebastian ne faisait pas le poids contre Maureen. Elle était peut-être petite et fluette, mais elle ne se laissait pas emmerder. Elle était la meilleure amie de Darryl depuis de nombreuses années. Maureen avait travaillé dans une pâtisserie qui fournissait les desserts du premier restaurant dans lequel il avait longtemps trimé, et quand il avait décidé d'ouvrir le Café Belgie, il n'avait voulu qu'elle pour faire ses desserts, surtout depuis qu'elle avait eu la perspicacité de commencer à faire des desserts de type européen qui mettaient en valeur ses plats.

— Il y a des fois où je voudrais lui tordre le cou.

Darryl leva la tête afin de regarder son personnel de cuisine.

— Mais s'il pouvait juste un peu baisser le ton, il serait formidable.

Darryl savait que c'était la vérité, il n'était simplement pas sûr que Sebastian en soit capable. C'était ce que le jeune homme devait leur prouver.

— Est-ce que tu envisages vraiment de le nommer responsable de salle ? demanda Kelly tout en passant les patates au hachoir pendant la première cuisson de frites.

Ils étaient connus pour leurs traditionnelles *pommes frites* ; qui étaient habituellement appelées frites, sauf dans le restaurant de Darryl ! Elles étaient cuites en deux fois – une première fois pour les faire cuire, et une deuxième pour les rendre croustillantes – et personne, y compris Darryl, ne pouvait les faire aussi bien que Kelly.

— Seulement s'il accélère la cadence.

Darryl continua à travailler, finissant les préparatifs du déjeuner.

— Et seulement si vous êtes d'accord, vous aussi.

Le silence se fit dans les cuisines et les deux autres s'immobilisèrent.

— Est-ce que tu plaisantes ? demanda Maureen tout en remplissant des cylindres en chocolat avec de la mousse à la menthe. Tu voudrais qu'on décide ?

4

— Nous déciderons tous.

Darryl venait juste de trouver l'idée et cela pourrait encourager Sebastian à changer d'attitude.

— Vous pouvez aussi le lui faire savoir.

— Purée, chef, dit Kelly, riant au-dessus des éclaboussures de l'huile bouillonnante. Tu es un petit futé.

Un cri strident venant de l'autre côté de la porte les fit rire, et Maureen posa sa poche à douille. Avec un sourire de pur contentement, elle quitta la cuisine pour avoir une petite discussion avec Sebastian. La porte se balança d'avant en arrière, et Darryl entendit un 'Quoi !?' crié à pleins poumons. La porte se ferma avant de s'ouvrir en grand et de se refermer sur un Sebastian rouge de colère, qui évita la porte avec une grande facilité.

— Tu vas les laisser... tu n'es pas sérieux, si ?

— Bien sûr que je le suis, alors arrête de faire ton cinéma et reprends-toi.

Darryl vérifia sa montre.

— On ouvre dans quinze minutes, alors sois sûr d'être prêt.

Darryl rit presque en voyant la moue revenir, suivie d'une inclinaison de tête sur le côté.

— Flirter ne t'aidera pas non plus. Maintenant, soit tu t'y mets, soit tu te tais.

Darryl le fixa et vit le visage de Sebastian reprendre son expression naturelle et son dos se raidir.

— Tu dois prouver que tu peux faire ton travail.

Adoucissant l'expression de son visage, Darryl fit un pas en directions des portes où se trouvait Sébastian.

— Je sais que tu peux le faire, il faut juste que tu le prouves à tout le monde.

Sebastian le regarda, puis ses yeux dévièrent vers Kelly et Maureen, qui arboraient un air sérieux et professionnel, même si Darryl savait qu'elles étaient toutes deux profondément enchantées d'avoir quelque chose qui permettrait de garder Sebastian dans le rang, même si cela n'était pas amené à durer.

— Je vais le faire, Darryl.

Sans ajouter quoi que ce soit, Sebastian se retourna et quitta les cuisines.

Juste avant l'ouverture du restaurant, Darryl fit une dernière inspection de la salle. Chaque table semblait parfaite. Les couverts et les verres étaient à

5

leur place, tout comme les menus, et les vases étaient garnis de fleurs fraîches. C'était magnifique – en accord avec les standards qu'il avait établis.

— Tu es prêt ? demanda-t-il à Sebastian, avant d'entrouvrir la porte et de sortir la pancarte avec le menu inscrit dessus.

Une fois revenu dans le restaurant, il se retourna et vit les premiers clients qui entraient et s'asseyaient déjà. Le service du midi fut étonnement chargé, c'est le moins que l'on puisse dire. La cuisine était remplie de bruits de travail : les commandes étaient énoncées, les réponses aux questions couvraient le bruit de la cuisine et le son de la vaisselle qui s'entrechoque. Pour un novice, cela ressemblerait à un chaos complet, mais pour Darryl et son équipe, c'était presque aussi gracieux qu'un ballet.

— C'est la dernière commande, cria Sebastian en passant la tête par la porte.

Darryl pouvait entendre l'essoufflement de son serveur.

Les quelques fois où il avait eu le temps d'aller jeter un coup d'œil, il avait vu les clients faire courir Sebastian jusqu'à épuisement. Laissant Kelly finir les dernières commandes, il sortit des cuisines et vit Carter, un des plongeurs, nettoyer les tables, aidé de Sebastian. La zone de plonge serait remplie durant la prochaine heure, mais tout s'était bien passé.

— Darryl, nous devrions vraiment songer à engager un autre serveur, au moins à mi-temps, dit Sebastian tout en se rapprochant de lui. Le midi, la salle est de plus en plus remplie, et je ne peux pas tout gérer tout seul.

Darryl sourit.

— C'est aussi ce que je pense.

Sebastian parut choqué, et le sourire de Darryl s'agrandit. Peut-être pourrait-il en profiter pour lui faire la leçon.

— Tu vois, tu obtiens ce que tu veux quand tu le demandes sans crier.

— Alors tu vas le faire ?

Darryl opina.

— Mais tu devras le former et le prendre sous ton aile.

— Alors j'ai le boulot ?

Les yeux de Sebastian s'écarquillèrent avec espoir. Le sourire de Darryl disparut.

— Je n'ai pas dit ça. Mais former et diriger les serveurs, les plongeurs, et même les cuisiniers, fait partie du travail.

Le visage de Darryl s'adoucit.

— Tu as fait du bon travail aujourd'hui, mais dresser les tables, c'est ce que tu sais faire. Maintenant, voyons à quelle vitesse tu apprends.

6

La porte principale s'ouvrit, et d'autres clients entrèrent. Darryl coupa court à la conversation et retourna en cuisine.

— J'y vais, signala Maureen tout en rassemblant ses affaires. Les desserts pour ce soir sont tous prêts. Tu as juste besoin de les démouler et d'y ajouter la sauce.

Maureen ouvrit la porte de la chambre froide, et l'odeur de menthe emplit la pièce tandis qu'elle lui montrait les plaques des desserts et les bouteilles de sauce.

— Ils sont magnifiques et sentent merveilleusement bons.

Elle sourit au compliment et lui tapota la lèvre.

— La flatterie te mènera loin.

Elle referma la porte de la chambre froide et lui tapa l'épaule.

— Sors un peu et profite du soleil, lui cria-t-elle tout en se dépêchant de sortir par la porte de service.

— C'est vrai, chef, intervint Kelly, avec un sourire. Je peux m'occuper du restaurant pendant ce temps. J'ai juste à finir les commandes pour la dernière table.

Darryl savait qu'elle ne demandait qu'à faire ses preuves. Après un dernier coup d'œil afin de s'assurer qu'il n'y avait presque personne devant l'enseigne, il se retourna vers elle.

— D'accord, je te laisse.

Il remarqua son sourire.

— Mais préviens-moi au moindre problème. Je ne serai pas long.

Elle opina, et il quitta les cuisines, traversa la salle et sortit devant le restaurant, baigné par le soleil printanier. Il en avait désespérément besoin ; il passait trop de temps à l'intérieur, arrivant avant le lever du soleil et partant après son coucher. Le restaurant nécessitait sa présence constante, mais il appréciait cela. Pivotant sur lui-même, il contempla son 'bébé'. La devanture était propre et les vitres étincelaient. Darryl alla s'asseoir sur le banc d'en face, puis il se tourna afin de regarder les gens marcher le long du trottoir. Il salua l'homme du magasin de vêtements masculins qui prenait aussi une pause, profitant du soleil. Il crut que celui-ci allait venir lui parler, mais un jeune homme entra dans son magasin, et Darryl le regarda le suivre à l'intérieur.

Quelques minutes plus tard, le jeune homme ressortit et entra dans le magasin suivant pour en sortir quelques minutes plus tard, avant de reproduire le même schéma. Encore et encore, l'homme alla de magasin en magasin, et comme il se rapprochait, Darryl vit son visage s'assombrir un peu plus à chaque fois. Il devait chercher du travail, et Darryl savait que dans la conjoncture actuelle, il était difficile d'en trouver. Tandis que l'homme se rapprochait, Darryl put voir qu'il était plus jeune qu'il l'avait pensé, et il savait que son tour viendrait finalement et qu'il lui poserait la question.

Et effectivement, quelques minutes plus tard, il vit le jeune homme passer devant lui et entrer dans le restaurant. Il était vraiment jeune, mais Darryl admirait sa détermination. Il ressortit une minute plus tard et se dirigea vers lui.

— Monsieur, l'homme à l'intérieur a dit que je devais m'adresser à vous.

La voix était douce et cadencée, et sacrément juvénile.

— Je cherche du travail, et l'homme à l'intérieur a dit que vous pourriez embaucher.

L'espoir dans son regard profond atteignit le cœur de Darryl.

— Ça se pourrait.

Darryl regarda le jeune homme dans les yeux et eut l'impression qu'on venait de le frapper dans le ventre tant il se sentit secoué.

— Vous avez de l'expérience ?

— Pas vraiment, je le crains.

Darryl le vit se balancer d'un pied sur l'autre.

— On a emménagé ici il y a quelques mois, et j'ai vraiment besoin d'un boulot. Je travaillerai dur, vraiment dur.

L'honnêteté de sa voix attira l'attention de Darryl, tandis que ses yeux plongeaient dans les siens et l'imploraient.

— Je ferai tout ce dont vous avez besoin, laver les couverts, nettoyer les sols, débarrasser les tables.

— Le seul poste que je peux vous proposer pour le moment, c'est celui de serveur à temps partiel, répondit Darryl.

Il vit alors l'espoir naître dans le regard de l'homme, mais c'était la peur mêlée au désespoir qui attisa la curiosité de Darryl.

— Je peux faire ça, j'apprends très vite !

Ses yeux brillaient et il sautillait d'un pied sur l'autre.

— Tout ce que je demande, c'est une occasion de faire mes preuves.

Grand Dieu, l'énergie et l'excitation étaient contagieuses, et l'enthousiasme du gamin était encourageant.

— D'accord, je vous donne une chance.

Après tout, son enthousiasme et son énergie devaient être pris en compte.

8

— Venez à l'intérieur et vous pourrez remplir un formulaire de candidature.

Darryl se leva et le gamin le suivit comme un chiot heureux, ses pieds touchant à peine le sol. Darryl sentit ses yeux posés sur lui et se retourna.

— Au fait, quel âge avez-vous ?

— Vingt-et-un ans, répondit rapidement le jeune homme.

Darryl soupira de soulagement. Au moins il n'y aurait pas de problème, il pourrait servir de l'alcool.

Il se dirigea directement vers le bureau exigu, détaché des cuisines, et fouilla parmi les dossiers, à la recherche des bons formulaires.

— Remplissez ça, et j'aurai besoin de voir votre carte d'identité et votre carte de sécurité sociale.

Darryl lui tendit les dossiers et la main du gamin trembla d'excitation.

Darryl s'assit et tandis qu'il regardait le haut du formulaire, il vit le nom *William* dans l'une des cases.

— On peut vous appeler Will ? demanda-t-il, essayant de le mettre à l'aise.

— Tout le monde m'appelle Billy.

Il leva les yeux et un sourire étira ses lèvres, illuminant la pièce. Merde, le gamin était adorable. Tandis que Darryl le regardait, Billy se pencha en avant et retira sa veste. De longs cheveux noirs en ressortaient, dévalant ses épaules en cascades. S'il avait été une fille, il aurait pu être mannequin. L'homme était éblouissant avec cette longue chevelure, ces grands yeux, et ces lèvres… Darryl détourna le regard et se concentra sur le formulaire que Billy lui tendait.

— Je m'appelle Darryl Hansen.

Il lui tendit la main, supposant que des présentations étaient de rigueur.

— Je suis le propriétaire et le chef cuisinier.

Il jeta un coup d'œil au formulaire.

— Et vous êtes Billy Weaver.

Darryl vérifia le formulaire, et tout semblait en ordre. Vérifiant sa carte d'identité, Darryl sourit.

— Vous ferez un essai demain durant le déjeuner. Soyez là à dix heures et je vous présenterai Sebastian. Il vous fera faire le tour des lieux, et vous travaillerez avec lui pendant quelques jours jusqu'à ce que vous ayez intégré notre façon de fonctionner.

Billy saisit la main de Darryl, souriant à nouveau tandis qu'il la serrait vigoureusement.

9

— Merci, je ne vous décevrai pas. Je vous le promets.

Billy attrapa son vieux blouson et se retourna, permettant à Darryl de jeter un regard à l'éblouissant derrière du gamin.

— Je vous verrai demain, Monsieur Hansen.

Darryl aurait juré que les pieds de Billy n'avaient jamais touché le sol tandis qu'il se ruait vers la porte de la salle, se retournant pour le saluer avant de disparaître. Darryl se retrouva seul, regardant la porte, complètement perdu dans ses pensées.

— Darryl !

En entendant son nom, il se tourna vers Kelly, qui se tenait dans l'embrasure de la porte.

— Mince alors, où est-ce que tu étais ?

Elle n'attendit pas la réponse, plaçant un plat en face de lui avant de se laisser tomber sur la seule autre chaise.

— Je pense que nous sommes tranquilles pour un moment, alors je t'ai préparé quelque chose à manger.

Darryl l'entendit à peine, son esprit toujours préoccupé par le gamin – enfin, Billy.

— Allô, la Terre appelle Darryl ! Tu es avec nous ?

— Désolé.

Il reprit ses esprits et revint au temps présent.

— Qu'est-ce que c'est ?

— Je l'ai fait pour toi. Dis-moi ce que tu en penses.

Kelly parut satisfaite tandis que Darryl examinait le plat. La présentation était bonne, et il huma la nourriture. L'arôme était attrayant sans être écrasant. Ramassant les couverts, il coupa un morceau et le goûta.

— Très bon. Une variation de l'escalope de veau à la Milanaise.

La panure était croustillante mais pas trop lourde, fine avec une bonne texture.

— Oui, excepté que je l'ai panée et faite sauter dans un peu d'huile, au lieu de la frire, pour que ça reste léger.

Kelly le regarda couper un autre morceau. La saveur explosa en bouche.

— Tu aimes ?

— Oui. Il faudra revoir le procédé, mais ça pourrait définitivement devenir un des plats de la carte. On en reparlera demain ; tu peux réfléchir à ce que tu aimerais servir avec.

Kelly couina presque de plaisir tandis qu'elle sautait de son siège, et Darryl sourit tout en continuant de manger, son esprit retournant volontairement à Billy. Doux Jésus, il devait arrêter ça. Oui, le gamin le fascinait. Il était énergique et absolument adorable, mais il était vraiment trop jeune. De plus, Darryl avait une règle d'or : il ne sortait jamais avec quelqu'un avec qui il travaillait. Il était le patron, et cela pouvait amener bien trop de problèmes qu'il n'avait pas envie de connaître. Mais putain, ce gamin possédait tout pour lui plaire.

— Peut-être que ça fait juste trop longtemps, murmura-t-il pour lui-même.

Darryl tenta de se souvenir de la dernière fois qu'il avait passé du temps avec quelqu'un et réalisa qu'il n'y arrivait pas.

— Merde, ça fait une éternité que je n'ai pas eu de rapport sexuel qui n'inclut pas ma main droite.

Il entendit quelqu'un frapper doucement à la porte, leva la tête et tomba sur les grands yeux expressifs de Billy.

— J'ai oublié de demander comment je devais m'habiller.

Billy semblait nerveux, et vu l'apparence de ses habits, Darryl supposa qu'il ne possédait pas grand-chose.

— Portez un pantalon noir, et je vous donnerai quelques tee-shirts Café Belgie que vous pourrez porter en dehors du travail.

Billy sembla rassuré et éblouit Darryl avec un autre sourire qui l'atteignit en plein cœur.

— D'accord, merci.

Darryl le regarda à nouveau et se força à se remémorer sa règle. Le gamin semblait si jeune et innocent. Darryl aimait habituellement les hommes avec plus d'expérience, mais il y avait quelque chose chez Billy qui l'attirait, et ça lui foutait les jetons. Il secoua la tête et se força à finir son déjeuner. Il n'allait rien se passer, impossible, hors de question. De plus, Sebastian allait le former, et Darryl avait l'intention de rester aussi loin du gamin que possible. Son premier boulot s'était déroulé dans une cuisine avec un chef très talentueux qui était sorti avec toutes les femmes qui travaillaient pour lui. Quel enfer ça avait été pour eux tous ! Non, il ne voulait pas se mettre dans cette situation, même pour un homme aussi séduisant que Billy. *Doux Jésus, et voilà que je recommence.* Il finit son déjeuner, puis amena le plat à la salle de plonge et alla travailler. Cela lui ôterait ce sourire éblouissant, ces cheveux brillants et ce petit cul de l'esprit.

— Merde, jura-t-il.

— Quelque chose ne va pas ? demanda Kelly, soucieuse.

— Non, mentit Darryl, focalisant son esprit sur le travail à accomplir.

11

# II

LA PORTE de la cuisine s'ouvrit, et Darryl leva la tête pour voir Billy jeter un coup d'œil par-dessus la table.

— Quelqu'un veut un steak-frites accompagné de la sauce au beurre habituelle plutôt que la sauce aux herbes, est-ce que c'est possible ?

— Bien sûr.

Darryl sentit sa gorge s'assécher quand Billy lui sourit et lui tendit le ticket avec l'annotation.

— Tu peux juste l'enregistrer sur l'ordinateur, dit Darryl qui était passé au tutoiement, plus simple lorsqu'il travaillait. Tu n'as pas besoin de revenir pour me le dire, quand tu as une requête spéciale.

Le sourire s'effaça légèrement, et Darryl se surprit à vouloir le voir revenir. Cela rendait simplement les choses plus agréables.

— Tu te débrouilles bien. Ne t'inquiète pas. Tu finiras par prendre le coup de main.

Billy opina légèrement et se retourna, quittant les cuisines, et Darryl se perdit dans la contemplation de la porte jusqu'à ce qu'un steak s'embrase sur le grill. Il reporta alors son attention sur son travail. Il entendit Kelly ricaner légèrement, et elle se détourna de lui, mais il la fixa néanmoins. Elle devait l'avoir vu, de toute façon.

— Allez, patron, c'est drôle.

— Qu'est-ce qui est drôle ?

Il retourna le steak, qui heureusement n'avait pas brûlé.

— J'ai besoin de deux frites et une salade niçoise, dit-il en regardant le ticket suivant.

— D'accord, chef, répondit Kelly avec un sourire complice, laissant les frites dans la friteuse et commençant à préparer la salade avec une aisance qu'elle avait acquise avec la pratique.

12

— Tu as quelque chose à dire ?

Darryl lui jeta un coup d'œil par-dessus son travail, ajoutant un autre steak sur le grill, et commença à préparer deux assiettes de moules.

— Non, rien. C'est juste qu'à chaque fois que Billy vient ici, tu oublies ce que tu étais en train de faire. C'est marrant.

Kelly plaça la salade sur le comptoir et retira les frites de la friteuse, les égouttant avant de les transférer dans des cônes en papier.

— Si je ne te connaissais pas, je dirais que tu as un faible pour lui.

Darryl la vit battre des cils de façon à le taquiner, et il lui mit un coup de serviette.

— Ce n'est pas le cas. Je veux juste être sûr qu'il fasse bien son travail. C'est sa première semaine, après tout.

Il espérait que Kelly avalerait son explication, parce que même si ce qu'il disait était vrai – il voulait vraiment qu'il s'y fasse – putain, le gamin pouvait le déconcentrer avec un simple sourire. Ça faisait un moment que quelqu'un ne lui avait pas fait cet effet-là. Il aimait ça, d'une certaine manière, mais il était hors de question qu'il fasse quoi que ce soit. Il devait juste faire avec.

Une fois les plats terminés, il essuya le dessus des assiettes et poussa le bouton pour dire aux serveurs que leur commande était prête. Billy accourut dans la cuisine, prit les assiettes et se dépêcha de sortir à nouveau, prenant une seconde pour lui accorder un sourire éclatant. Darryl ferma les yeux et chassa les images qui inondaient son esprit. Billy était reconnaissant pour le boulot et heureux de pouvoir travailler, c'était tout. Le rire de Kelly interrompit ses pensées, et il lui lança un regard noir avant de reporter son attention à l'endroit où il aurait dû la laisser, sur la nourriture.

— Continue comme ça et je ne mettrai pas ton plat à la carte, ce soir.

Il essayait d'avoir l'air menaçant, mais Kelly se contenta de sourire, lisant en lui comme dans un livre ouvert.

— Allez, Darryl, dit Maureen de l'autre côté du comptoir à pâtisserie. Billy travaille ici depuis seulement trois jours, et il te mène déjà par le bout du nez. Je commençais à penser que la tuyauterie était défaillante ou quelque chose du genre.

La voix jeune femme trahissait une pointe d'amusement.

Maureen et Kelly éclatèrent de rire, et Darryl les fusilla du regard.

— Ma tuyauterie va très bien.

Maudites soient-elles, il avait dit ça trop fort. Il leva la tête, et heureusement la porte de la salle était fermée. Les deux femmes retournèrent à leur poste, la tête basse, les épaules tressautant, et il comprit qu'elles riaient. Il fut reconnaissant quand l'imprimante commença à cracher des commandes.

— Il semblerait que ta mousse ait du succès, il m'en faudrait trois autres, dit-il à Maureen tout en commençant à préparer les plats de résistance.

— Billy vend plus de desserts que n'importe qui, commenta Maureen tout en allant au réfrigérateur, sortant trois verres décorés remplis de crème chocolatée et garnis de crème fouettée et de fraises.

— C'est à cause de ses yeux, répondit Kelly, les mots atteignant Darryl tandis qu'il essayait de se concentrer sur son travail. Peux-tu imaginer lui dire non ?

Kelly arrêta ce qu'elle faisait et regarda Maureen.

— Est-ce que tu veux de la mousse au chocolat ?

Darryl leva les yeux dans un effort infini pour les ignorer, soupirant de frustration tout en secouant la tête, et tenta de focaliser son attention sur son travail, en vain.

— Toutes les femmes ici acceptent de prendre une mousse quand il le leur propose, imaginant ce qu'elles pourraient en faire sur son corps.

Une image de Billy apparut dans son esprit, sa peau lisse, ses grands yeux, des traces de mousse au chocolat sur son... Un bruit métallique causé par sa cuillère tombée sur le sol le ramena à lui, et les deux femmes se moquèrent de lui.

— Tu es trop facile à manipuler.

Maureen lui tapa les fesses avant de redoubler de rire. Darryl grogna, ramassa la cuillère et la lança dans le lavabo. Puis il ouvrit d'un coup sec le tiroir en acier inoxydable, en attrapa une autre et retourna travailler en grognant, tandis que les deux autres retournaient à leur poste tout en ricanant.

Le service du déjeuner ralentit et Darryl demanda à Kelly de commencer les préparations pour le dîner pendant qu'il cuisinait quelque chose à manger. Ils travaillaient tous de longues heures d'affilées, durant les heures de repas 'habituels', donc Darryl essayait de cuisiner quelque chose d'intéressant chaque jour pour l'équipe et lui-même entre le service du déjeuner et celui du dîner. Alors qu'il finissait, la porte de service s'ouvrit.

— Hé, patron !

— J'aurais dû le savoir.

Darryl sourit au nouvel arrivant.

— Julio, tu pointes toujours le bout de ton nez quand nous sommes sur le point de nous mettre à table.

— Je ne peux pas manger, aujourd'hui.

Il tapota son ventre.

— Maria dit que j'ai grossi et m'a mis au régime. Elle m'a fait promettre, *Papi*[1].

— D'où lui vient cette nouvelle lubie ?

Darryl servit la nourriture, et Kelly et Maureen l'aidèrent à porter les affaires jusqu'à la table du fond de la salle, Julio derrière eux.

— Elle a regardé une émission à la télévision, et maintenant elle est persuadée que je vais mourir et la laisser seule.

Julio secoua la tête et revint sur ses pas, s'arrêtant devant la porte.

— Je vais aller dans la cuisine commencer à travailler afin d'éviter toute tentation.

La porte se referma derrière lui, et Darryl prit place, tout comme les autres. Billy s'assit face à lui, bien entendu.

— J'envisage d'ajouter ça comme plat du jour, alors je veux une opinion honnête.

Il les servit et mit un morceau de poulet ainsi que des légumes et des pommes de terre aux herbes dans chaque assiette, ajoutant juste un filet de sauce.

Les assiettes furent servies et tout le monde commença à manger et à donner son opinion, ou à poser des questions.

— Ce n'est pas la présentation que je ferai, expliqua-t-il en réponse à la question de Sebastian, qui appréciait visiblement son repas.

Kelly continua à manger mais fronça légèrement les sourcils.

— J'aime le poulet, les pommes de terre aux herbes, mais je pense que la sauce a besoin d'un chouïa plus de peps.

Darryl mangea un morceau lui aussi. Il avait goûté chaque ingrédient pendant qu'il les cuisinait, mais c'était la première fois qu'il goûtait tout ensemble et elle avait raison ; la sauce avait besoin d'un petit quelque chose de plus.

— Tu as raison, mais je vais devoir réfléchir à ce qui manque.

— Attendez, murmura Billy.

Darryl l'examina tandis qu'il déglutissait.

— Je pense que ça a peut-être besoin de quelque chose de sucré, comme un fruit, continua-t-il.

---

[1] **Papi**, bien que voulant dire 'papa' en espagnol, est employé ici comme une forme d'affection qui pourrait se traduire par 'mon pote'.

15

Toutes les têtes de la table se tournèrent vers Billy, et Darryl le vit essayer de se renfoncer sur sa chaise, son visage d'ordinaire pâle virant au rouge.

— Il a raison.

Darryl sourit, remarquant que l'assiette de Billy était vide. Merde, elle brillait presque tellement elle était propre.

— J'allais te demander si tu avais aimé, dit Darryl.

Il attrapa l'assiette du gamin pour le resservir, et Billy dévora tout, mangeant presque furieusement.

— Mais je pense que j'ai ma réponse.

Darryl gloussa au compliment implicite. Il n'y avait rien de comparable à quelqu'un qui mangeait comme s'il n'avait pas mangé depuis dix jours. Et Billy faisait cela comme personne.

Darryl continua son repas, regardant Billy nettoyer son assiette en un temps record. Lorsqu'il repensa aux derniers jours, Darryl remarqua que Billy mangeait toujours aussi vite, ne ralentissant qu'une fois qu'il avait mangé au moins une portion. Les conversations continuèrent autour de la table ; sur la cuisine, les clients, les plaintes sur les pourboires, et même quelques histoires bizarres qui circulaient au sujet d'autres restaurants. Mais Darryl n'écoutait rien de tout cela, il regardait simplement Billy. Le gamin était si maigre, et Darryl s'en demanda la raison.

— Alors, est-ce que mon veau sera mis ce soir comme plat du jour ? demanda Kelly avec excitation, le tirant de ses pensées.

— Ouais, alors assure-toi que tout soit prêt, et passe tout en revue avec les serveurs avant de partir.

Elle le regarda avec des yeux écarquillés.

— C'est ton plat, alors c'est toi qui prendras les rênes.

Kelly sourit et opina, repoussa sa chaise et ramassa ses plats avec entrain.

Quelque chose lui revint à l'esprit.

— Billy, comment as-tu su pour la sauce ?

Ce dernier haussa les épaules, fixant Darryl de ses grands yeux, écarquillés comme des soucoupes.

— Je sais juste ce que j'aime manger, je suppose.

Il baissa les yeux vers la table.

— Ce que vous cuisinez est vraiment bon ; j'ai juste pensé que ce serait meilleur avec des fruits.

Darryl regarda à nouveau l'assiette du gamin, et c'était à nouveau propre – c'était sans tache, à vrai dire. Comment pouvait-il manger aussi vite ? Ça le dépassait.

— Je dois aider Sebastian avec les nappes et le reste.

Billy se leva, ramassa son assiette ainsi que celle de Darryl et se précipita jusqu'à la plonge. Les autres à la table avaient largement fini et s'étaient aussi levés, ramassant les affaires restantes, pour retourner au travail.

Darryl entendit le téléphone sonner une fois, et quelques secondes plus tard, Kelly sortit des cuisines.

— C'était Janet. Elle a attrapé la grippe et ne peut pas venir ce soir.

— Merde !

Darryl ôta la serviette de ses genoux et la jeta sur la table.

— Billy !

Il le vit surgir de derrière, portant une montagne de serviettes propres.

— Tu peux travailler ce soir ? Nous ne sommes pas assez.

— Est-ce que je peux utiliser le téléphone pour vérifier ?

Il semblait si indécis, comme s'il était soudain préoccupé par quelque chose d'autre.

— Bien sûr.

Darryl se leva et retourna en cuisine alors que Sebastian nettoyait et préparait la table qu'ils avaient utilisée pour déjeuner. Maureen conduisit son patron dans la chambre froide et lui montra les desserts avant de leur dire au revoir et de partir. Kelly travaillait dur sur ses préparations et Julio faisait l'inventaire hebdomadaire du congélateur, tout en le rangeant.

Billy entra.

— Je peux rester, mais pas trop tard.

Il parut mal à l'aise en précisant cela, mais Darryl comprit.

— Ce n'est pas un problème. Si tu peux rester pendant le rush, on devrait arriver à s'en sortir ensuite.

Billy sourit à nouveau.

— Va voir Sebastian, et il te dira tout sur le service du soir.

— D'accord, monsieur, répondit Billy, qui retourna dans la salle, la porte se balançant derrière lui.

Darryl retourna travailler, essayant de ne pas trop penser à son jeune serveur.

L'après-midi passa rapidement, et le service du soir débuta bien trop vite, à un rythme effréné. Kelly était partie après avoir constaté que le plat du jour avait subjugué les premiers clients, et Julio avait pris le relais quand Darryl avait repris du service.

— Je dois rentrer, maintenant, si ça ne pose pas problème.

Darryl leva la tête du grill et vit Billy se balancer nerveusement d'un pied sur l'autre.

— Bien sûr. Tu as fait du bon boulot, aujourd'hui.

Darryl surveilla du coin de l'œil Billy qui prenait sa veste.

— Bonne soirée, dit Billy en ouvrant la porte de service.

Darryl leva les yeux et vit le jeune homme se baisser pour ramasser ce qui ressemblait à un Tupperware, puis la porte se referma. Pendant une seconde, il se demanda ce que Billy pouvait emporter chez lui, puis une série de commandes arriva et il continua le service.

Les commandes continuèrent à diminuer durant la dernière heure et ce jusqu'à la fermeture. Un certain nombre de personnes arrivèrent après le service du soir, mais la plupart se contentèrent de s'asseoir pour boire une bière ou deux. Une des choses qui avaient été bénéfiques pour le restaurant était leur sélection de bières belges à la pression. Les gens venaient plusieurs fois par semaine juste pour une bière, ainsi que pour regarder un match ou parler. À l'heure de la fermeture, l'équipe et lui nettoyèrent la cuisine, et les tables furent dressées pour le lendemain. Une fois la porte principale fermée et verrouillée, ils finirent leurs dernières tâches et tout le monde se dit au revoir. Darryl, presque toujours le dernier à partir, éteignit les lumières et verrouilla la porte de service, puis marcha jusqu'à sa voiture. La journée avait été ensoleillée mais froide, il était donc content d'avoir pris la voiture. Il se dirigea vers elle, grimpa dedans et conduisit jusqu'à chez lui, l'esprit détendu et les pensées vagabondes. Tout comme les jours précédents, elles se tournèrent rapidement vers Billy. Il ne savait pas ce que c'était, mais quelque chose le fascinait chez ce gamin.

— Merde !

Darryl appuya sur la pédale de frein, distrait par les pensées que lui causait Billy, et la voiture derrière lui klaxonna. Il reporta son attention sur la route et continua à conduire, essayant de se concentrer. Mais c'était dur avec les pensées qui continuaient à assaillir son esprit. Billy avait tout de suite compris ce qui n'allait pas avec sa sauce et le lui avait dit sans hésitation ou doute. C'était extraordinaire, surtout que Darryl doutait que Billy ait jamais goûté à de la cuisine raffinée avant. Pour dire, le gamin lui avait même demandé plus tôt dans la semaine pourquoi il y avait deux fourchettes sur la table. Son jeune serveur était une énigme, ça, c'était certain. Alors qu'il se garait devant chez lui, Darryl fronça les sourcils, se remémorant avoir cru voir Billy sortir du restaurant avec un récipient. Il ne pensait pas qu'il avait volé de la nourriture, mais il avait noté mentalement de vérifier l'inventaire le lendemain matin juste pour être sûr.

Il sortit, se traîna jusqu'à sa porte et entra, puis il déposa ses clés dans le bol et monta les escaliers. Après s'être dévêtu, il ouvrit le robinet d'eau et entra dans la douche, son corps protestant à chacun de ses mouvements tandis qu'il repassait dans son esprit des images de Billy.

— Putain, qu'est-ce qui ne va pas chez moi ?

Darryl se glissa sous l'eau, essayant de ne pas penser au jeune serveur à la chevelure noir corbeau, à ses yeux qui dansaient et à son sourire qui illuminait la pièce.

— Doux Jésus, espèce de pervers.

Le gamin était bien trop jeune et visiblement innocent. Darryl se lava rapidement et se rinça avant de fermer le robinet. Il sortit, se sécha et s'écroula sur le lit. Il songea à se masturber, mais il savait qu'il penserait probablement à Billy et il ne voulait pas s'aventurer sur ce chemin-là.

# III

Darryl se réveilla dans son lit, seul, comme d'habitude. Il repoussa les couvertures et grogna doucement tout en s'asseyant, les mains sur sa tête pour l'empêcher de palpiter. Il se sentait comme après une soirée de beuverie, mais ce n'était pas le cas. À chaque fois qu'il s'endormait, le visage de Billy réapparaissait devant ses yeux – et ce n'était pas toujours que son visage. Durant toute la nuit, encore et encore, son esprit avait été rempli d'images de ce qu'il aimerait faire au jeune serveur, et peu importe le nombre de fois où il s'était répété que Billy était bien trop jeune pour lui, son esprit et son corps refusaient de l'écouter.

Il sortit du lit, se leva et marcha jusqu'à la salle de bain. Puis il ouvrit l'armoire à pharmacie, attrapa le tube de crème à raser et en fit jaillir un peu dans sa main. La crème dans sa paume, il se surprit à se regarder dans le miroir. Quand il ferma les yeux, le visage de Billy apparut en face de lui, et la main emplie de crème à raser glissa plus bas. Darryl siffla quand la mousse froide entoura son sexe, et il le serra entre ses doigts. Gardant les yeux clos, il laissa les images qui avaient pris possession de son esprit toute la nuit avoir le champ libre. Billy, nu, les yeux pénétrants et la peau luisante, tendant la main vers lui. Darryl put presque sentir le contact de sa peau et commença à se masturber lentement, ses doigts le caressant sur toute la longueur, ses hanches bougeant légèrement. L'image s'agenouilla devant lui, et ses mains furent soudain remplacées par les lèvres de Billy, sa verge disparaissant dans sa gorge chaude et humide, et Darryl s'entendit gémir.

Le Billy imaginaire fredonna autour de son sexe, et dans son esprit, Darryl baissa les yeux sur le jeune homme qui commençait à se masturber, les bruits de succion et l'excitation croissant. Darryl pouvait presque les entendre se réverbérer sur les murs tandis qu'il augmentait la vitesse de ses mouvements de hanches, s'enfonça dans sa main qu'il imaginait être la bouche de Billy. Le bruit de succion dans sa tête devint plus bruyant, et il augmenta la pression. Dans son esprit, Billy l'accueillait profondément et passionnément, et Darryl crut qu'il allait perdre l'équilibre. Au lieu de ça, il commença presque à flotter ; son imagination et les endorphines le mettaient dans un état de béatitude.

Il pouvait presque sentir les cheveux de Billy entre ses doigts quand ses hanches se mouvaient frénétiquement et qu'il s'enfonçait profondément dans la bouche du jeune homme. Son corps réagissait comme jamais, ses testicules se contractaient, ses genoux tremblaient, sa tête bouillonnait, et il sentit la jouissance venir et s'éjecter hors de lui, ses gémissements résonnant sur les murs.

Le Billy dans son esprit s'effaça et Darryl releva lentement les paupières et baissa les yeux. Il était dans un état lamentable. Il y avait de la crème à raser partout sur son entrejambe, ses mains étaient couvertes de sperme et de crème, des taches blanches couvraient le tapis de bain, et il pouvait à peine tenir debout, ou même voir distinctement. Il fit un pas en arrière, puis s'adossa au mur et laissa ses mains retomber le long du corps, respirant bruyamment. Doux Jésus, il aurait cru se sentir mieux, mais ce n'était pas le cas. Il devait mettre fin à son obsession pour Billy. Peu importe comment, mais il devait y mettre un terme. Il pourrait le renvoyer, mais cette pensée le fit se sentir minable. Pourquoi Billy devrait-il souffrir parce qu'il ne pouvait pas se contrôler ? Non, il devait juste faire avec. Il s'écarta alors du mur, saisit le gant de toilette et commença à se nettoyer. Quand ce fut terminé, il enroula le gant dans le tapis de bain et jeta le tout dans le panier à linge avant de finir de se raser et de se laver.

Après avoir quitté la salle de bain, il s'habilla et pénétra dans la cuisine afin de se verser une tasse d'énergie de la cafetière – Dieu bénisse celui qui avait inventé la minuterie – et sortit sur le perron ramasser le journal. Il s'assit à la table de la cuisine, sirota son café et lut pendant une heure, jusqu'à ce que ce soit l'heure de travailler, l'esprit paisible et imperturbable pour la première fois depuis qu'il avait engagé Billy.

Terminant son rituel matinal, il posa sa tasse dans l'évier et jeta le journal dans le bac de recyclage. Il ouvrit la porte et sortit, courant pour esquiver le plus possible les gouttes de pluie puis s'engouffra dans sa voiture avant de démarrer.

Il se gara au même endroit que d'habitude et entra dans le restaurant qui, pour changer, était paisible ; aucun drame et aucun bruit. Il entendit des bruits sourds de travail venant des cuisines et décida de prendre quelques minutes de plus dans la salle. Les tables étaient fin prêtes et le sol brillait. Regardant autour de lui, il sourit quand il vit les maillots de football belges pendus près du plafond. Il avait parcouru le Net pour trouver les bonnes couleurs, et toutes les équipes devaient être belges. Il avait même réussi à trouver le drapeau de quelques équipes. Les drapeaux et les maillots n'étaient pas juste colorés, ils aidaient à absorber le son et à rendre le restaurant plus silencieux et plus propice aux discussions. Quand il avait ouvert, au tout début, le lieu était bien trop bruyant.

— Bonjour, Monsieur Hansen.

Darryl se retourna et vit Billy sortir des cuisines, souriant gaiement tout en posant la pile de nappes.

— Vous avez bien dormi ?

Les images du matin et de Billy agenouillé traversèrent son esprit, et Darryl se mit à tousser.

— Oui. Merci.

— Est-ce que ça va?

Billy attrapa un verre d'eau derrière le bar et accourut.

Darryl avala le verre, se reprenant.

— Merci.

Doux Jésus, un sourire et une simple question du gamin et son esprit pervers se mettait en marche. Sans le regarder, Darryl s'excusa et courut presque se mettre en lieu sûr dans la cuisine.

— Qu'est-ce qui t'arrive ? le réprimanda Maureen quand il entra dans la pièce. Tu as l'air coupable de quelqu'un qui vient de rouler sur un chien.

Darryl la vit lui jeter un air mauvais.

— Ce n'est pas le cas, n'est-ce pas ?

— Non. Je n'ai pas tué de chien. Mon Dieu, Mo, comment est-ce que ça a même pu te passer par la tête ?

Elle retroussa les lèvres en l'étudiant.

— Alors, qu'est-ce qui t'arrive depuis quelques jours ? Tu es nerveux et agité ; ce n'est pas bon.

Maureen commença à ajouter du sucre à sa mixture et mit en marche le mixeur.

Darryl regarda autour de lui.

— Est-ce que Kelly est là ?

— Non, c'est son jour de repos. Elle a presque tout préparé hier soir pour toi.

Maureen lui montra du doigt la note sur le tableau.

22

— Tu sais déjà tout ça. Qu'est-ce qui se passe ?

Darryl lui fit signe de le suivre, et elle éteignit le mixeur pour le rejoindre dans la salle du fond.

— Je n'arrête pas de penser à Billy. La nuit dernière, j'ai rêvé de lui. Chaque fois que je ferme les yeux, je vois son visage, son…

Darryl déglutit, mal à l'aise de parler de ça avec elle, mais ne sachant pas à qui d'autre se confier.

— À chaque fois que je le vois… je suis excité.

Maureen rit.

— Je ne comprends pas le problème. Il n'y a rien de mal à l'apprécier.

Darryl soupira et vit Maureen souffler sur une de ses mèches.

— Il est bien trop jeune et il travaille pour moi. Je ne peux pas être intéressé par lui.

Maureen secoua la tête.

— Sauf que ce qui est marrant, c'est qu'on ne choisit pas qui attire notre attention ou fait battre notre cœur.

Elle lui sourit avec indulgence.

— Depuis que je te connais, tu passes ton temps à travailler, Dieu sait combien d'heures, et c'est encore pire depuis que tu as ouvert cet endroit. Je ne sais pas comment tu as fait pour avoir des relations sexuelles pendant toutes ces années, et je ne veux pas le savoir, mais je sais que tu n'as jamais eu de temps pour quelqu'un, pas sérieusement.

— Alors qu'est-ce que je devrais faire ?

Il détestait paraître si perdu.

— Ce que tu devrais faire ? Rien. Laisse la nature reprendre son cours. Tu ne sais même pas si Billy est intéressé. Et tu as raison, il est jeune et c'est ton employé, mais ne t'angoisse pas à cause de tes fantasmes ; ils sont sains et ne font de mal à personne.

Elle lui mit un coup sur le bras.

— Mince, si je te parlais de mes fantasmes, tu mourrais probablement d'embarras.

Elle lui fit un clin d'œil et retourna à son poste de travail. Darryl sentit sa mâchoire se décrocher alors qu'il essayait de savoir si Maureen fantasmait à propos de lui. Mais merde, il était hors de question qu'il ouvre cette boîte de Pandore. Il y avait des choses qu'il valait mieux ignorer.

— Monsieur Hansen ?

Darryl sursauta et se retourna, sachant que Billy était derrière lui.

— Sebastian m'a dit de terminer avec les serviettes et de ranger l'argenterie, mais il ne m'a pas dit où elle se range.

— Oh, d'accord, je vais te montrer où ça va.

Darryl le conduisit de l'autre côté et lui montra où tout se rangeait.

— Où est Sebastian, d'ailleurs ? demanda Darryl tout en vérifiant sa montre. Il devrait être déjà là, vu l'heure.

— Il a appelé ce matin et m'a demandé si je pouvais l'aider. Il m'a dit qu'il avait un rendez-vous chez le médecin et ne voulait pas laisser les choses en suspens jusqu'à son arrivée. Puisque je vis en bas de la rue, c'était facile pour moi de venir tôt.

Darryl retourna travailler en cuisine, mais Maureen attira son attention. Elle lui fit les gros yeux d'un air qu'il avait appris à décrypter comme étant de la confusion.

— Qu'est-ce qui se passe, Darryl ?

Il pouvait se sentir bouillonner de l'intérieur, et il voulait fuir.

— Je ne peux pas en parler.

Il savait qu'il allait passer pour un froussard, mais il ne pouvait en parler à personne s'il voulait ensuite pouvoir la regarder dans les yeux. Darryl sentit ses genoux commencer à trembler légèrement, et il crut en perdre l'équilibre.

Maureen se rapprocha.

— Il n'y a pas que Billy, n'est-ce pas?

Darryl opina et prit une grande inspiration.

— On se connaît depuis que nous avons travaillé à La Petite, et maintenant que j'y pense, je ne t'ai jamais vu sortir avec quiconque, ou même porter de l'intérêt à quelqu'un.

Maureen le serra contre elle.

— Je ne sais pas ce qui t'est arrivé et tu n'as pas besoin de me le dire jusqu'à ce que tu te sentes prêt, si tu l'es un jour, mais sache que je ne te jugerai pas, quoi que tu aies à me dire.

Elle lui caressa gentiment le dos, le réconfortant.

— Je sais que l'âge de Billy te fait flipper pour quelque raison que ce soit, mais il est adulte. S'il est intéressé, il te le fera savoir, et s'il ne l'est pas, passe à autre chose.

Darryl ne répondit rien ; elle était bien trop proche de la vérité. Elle desserra son étreinte et recula.

— Détends-toi un peu et arrête de t'inquiéter et de t'en vouloir. Préoccupe-toi de ce que tu peux faire, pas de ce que tu penses.

— Ce n'est pas ce que mes parents me disaient, répondit Darryl d'un ton morne.

Entendre une porte s'ouvrir et se refermer rappela à Darryl que d'autres personnes étaient à côté, et il voulut désespérément terminer cette conversation aussi vite que possible. Il se retourna et marcha jusqu'au tableau, abaissa la note de Kelly et la lut sans vraiment comprendre les mots qui y étaient écrits.

— Si c'est une question de culpabilité religieuse mal placée, murmura Maureen derrière lui.

Il se retourna, uniquement pour voir son expression de pure colère qu'il avait toujours tenté d'éviter. Maureen était une amie géniale, mais elle pouvait être redoutable quand elle était en colère.

— Je vais te cogner dessus si tu commences à croire toute ces conneries du genre 'cette convoitise va te mener tout droit en enfer'. Je sais que ton père croyait en ces conneries, mais ça ne veut pas dire que c'est vrai, et tu dois vivre ta propre vie.

Darryl inhala profondément et expira lentement.

— Je sais, et si je l'oublie, je sais que tu te chargeras de me le rappeler.

— Tu as sacrément raison !

Elle retourna à son plan de travail et éteignit le mixeur, retira le bol et retourna travailler. Darryl prit la note de Kelly et commença à relire ce qu'elle avait fait et ce qu'il lui restait à faire. D'une manière ou d'une autre, il parvint à se concentrer sur sa note et retourna travailler. Mécaniquement, il coupa et hacha, remplissant les récipients dans les bacs de préparation. Pendant longtemps, il avait été capable de caser dans un coin de son esprit ce qui était arrivé, ce qu'il avait fait, mais maintenant cela refaisait surface et le frappait de plein fouet. Quittant son poste de travail, il alla jusqu'à l'évier, remplit un verre d'eau et l'avala en quelques gorgées.

— Monsieur Hansen, est-ce que je devrais ouvrir les portes ?

Il leva la tête et vit Billy en face de lui, tout sourire, avec une lueur enjouée dans le regard.

Darryl vérifia l'heure à sa montre.

— Est-ce que Sebastian est enfin là ?

Billy secoua la tête.

— Comment est-ce qu'on peut ouvrir si tous nos serveurs ne sont pas présents ? dit-il pour lui-même.

Mais il vit le sourire de Billy s'évanouir. *Merde !*

25

— Je ne suis pas fâché contre toi. Je suis juste un peu nerveux, je suppose.

— Sebastian devrait être là dans peu de temps. Je peux m'en occuper.

Billy leva le menton, confiant.

— Ça ne devrait pas être plein avant un moment.

Darryl baissa la tête et fixa son plan de travail ; il ne voulait pas voir ces yeux brillants et ce visage angélique.

— Merci.

Il fit de son mieux pour ne pas regarder Billy quitter les cuisines, mais releva malgré tout la tête.

— Je pense que ça répond à ta question.

Darryl se retourna et lança un regard noir à Maureen, lui donnant la sensation de devenir de plus en plus bourru de minute en minute.

— Quelle question ? gronda Darryl entre ses dents.

Maureen se contenta de lui sourire en retour.

— Ce garçon sourit à tout le monde, mais il ne s'illumine que quand tu es dans les environs.

— Maureen, ça n'a pas d'importance. Il travaille pour moi, et il est trop jeune.

Il espérait prendre un ton irrévocable, mais Maureen le railla et termina ce qu'elle était en train de faire, mettant les desserts dans la chambre froide.

— Préparons le déjeuner, dit-elle avec un sourire alors qu'elle retournait à son plan de travail.

Les jours de repos de Kelly, Maureen l'épaulait pour le déjeuner. Bien que ses compétences ne soient pas les mêmes, elle était une grande cuisinière et plus que capable de le seconder. Ils travaillaient toujours bien ensemble, et même si elle n'était pas aussi intuitive que Kelly ou Julio, elle faisait toujours de son mieux.

La porte de la cuisine s'ouvrit, et Billy entra, les yeux écarquillés.

— Un groupe de quatorze personnes vient d'entrer. J'ai regroupé les tables ensemble et les ai fait s'asseoir, mais la salle se remplit rapidement.

Ses yeux étaient grands ouverts et il semblait paniqué.

— Ça va aller.

Il pouvait gérer ces crises ; c'était sa vie personnelle qui était un chantier.

— Fais ce que Sebastian t'a dit, et dis-nous si d'autres personnes entrent. Maureen ou moi pouvons te soutenir jusqu'à ce que Sebastian arrive.

— Mais… balbutia Billy.

26

Darryl pouvait le voir se balancer d'un pied sur l'autre. Il quitta son poste de travail et avança jusqu'à Billy.

— Tout ira bien.

Sans s'en rendre compte, il plaça ses mains sur les épaules du serveur.

— Apporte-leur de l'eau et prends leur commande pour l'apéritif. Ensuite, prends celle de leurs repas et note tout dans l'ordinateur immédiatement. Au moment de servir, nous t'aiderons.

Ces grands yeux s'apaisèrent, et il put sentir la nervosité du jeune homme s'envoler. Puis Darryl prit conscience de la chaleur de Billy sous ses mains, et une douce senteur de fraîcheur envahit ses narines. Le gamin était si attirant et tellement beau avec son visage rond et ses fossettes quand il souriait. Darryl retira ses mains et recula.

— Tu peux le faire. Je sais que tu en es capable.

Darryl ne pouvait détourner le regard de cet adorable visage.

— Prends ton temps, sois consciencieux et parle-leur.

Darryl sourit, se demandant ce qu'il devrait dire d'autre.

— Billy, mon lapin, voici une carafe d'eau, dit Maureen en la lui tendant.

— S'il y a un quelconque problème, contente-toi de sourire et ralentis.

Billy prit la carafe et sortit de la cuisine.

À travers la porte, Darryl vit un groupe de femmes avec des cadeaux sur la table.

— Il semblerait que ce soit l'anniversaire d'une des femmes.

— Alors ça ira.

Maureen retourna à son plan de travail, et Darryl fit de même. Un court moment plus tard, l'imprimante démarra, et Darryl commença à préparer les commandes, laissant le travail réduire ses pensées au silence. Alors que les commandes de nourriture commençaient à sortir, Darryl vit les commandes commencer à apparaître avec le nom de Sebastian dessus et il soupira légèrement avec soulagement. Oh, il était en colère qu'il soit en retard, mais il était soulagé que Billy ne soit plus seul.

Le rush du midi ralentit puis se tarit.

— Mon Dieu, c'était quelque chose, commenta Maureen tout en nettoyant autour de son plan de travail.

— Je nettoierai ici si tu veux bien vérifier et remettre à jour l'inventaire avant de partir. Je dois effectuer la commande pour le week-end.

Ce n'était un secret pour personne qu'il détestait faire l'inventaire, alors Maureen accepta, et il finit de nettoyer l'endroit avant de cuisiner les restes pour le déjeuner de l'équipe. Une fois que ce fut fait, il ramassa les plats terminés, erra jusqu'à la salle, qui semblait avoir été frappée par un cyclone, et plaça la nourriture sur le bar. La plupart des tables devaient être nettoyées. Billy avait un bac, et il rassemblait les assiettes et les transportait jusqu'à la plonge. Les plongeurs nettoyaient aussi les tables, les préparant pour le dîner. Sebastian était assis au bar, pliant les nappes et polissant l'argenterie. Darryl s'approcha et s'assit près de lui.

— Qu'est-ce qui t'est arrivé ? Billy a été submergé de travail et toi tu n'étais pas là pour aider.

Il laissa un peu de son irritation percer dans sa voix.

— Je devais aller chez le docteur, et ça a pris une éternité. J'ai essayé de leur dire que je devais retourner travailler, mais ça a pris encore plus longtemps. J'ai accouru dès que j'ai pu.

Il était évident que Sebastian savait dans quel pétrin il les avait mis.

— Je n'aurais jamais cru que ça prendrait si longtemps.

— Ce n'est pas comme si j'étais heureux de ton retard, mais je suis content que tu te sois dépêché et que tu aies appelé Billy. Il s'est très bien débrouillé.

Il parla assez fort pour que Billy l'entende.

— Ne le refais plus jamais, ajouta-t-il.

Mais son attention s'était reportée sur Billy qui allait et venait dans la pièce.

La salle fut rapidement remise en ordre. Les assiettes avaient disparu, et les tables, bien que vides, étaient au moins propres. Il vit Billy arrêter de travailler et lui sourire. Leurs yeux s'accrochèrent pendant quelques secondes, et il ne sut qui rougit le plus, lui-même ou Billy. Darryl fut le premier à rompre le contact visuel, reportant son attention sur la nourriture.

— Servez-vous.

Il vit Billy poser le bac dont il se servait pour débarrasser et se diriger droit vers le bar, remplir une assiette et avaler son contenu avec son éternel enthousiasme. Les autres le rejoignirent aussi, et le temps qu'ils soient tous servis, Billy avait fini son assiette et se resservait.

— Tu aimes ?

Billy sourit, la bouche pleine, et opina vigoureusement tout en continuant à manger.

— C'est vraiment bon.

— Est-ce que les dames de l'anniversaire t'ont bien traité ?

Billy rougit furieusement.

28

— Elles m'ont laissé cent dollars ! cria-t-il pratiquement et Darryl eut l'impression qu'il était prêt à danser ici dans la salle, puis il se rapprocha.

— La vieille dame qui présidait la table, c'est elle qui m'a laissé le pourboire. Elle m'a pincé les fesses quand elle est partie.

Billy frotta inconsciemment son derrière et rougit encore plus quand Sebastian se mit à rire.

— J'ai été pincé, tripoté, et des femmes ainsi que des hommes m'ont fait le coup de la 'fourchette qui tombe'. Ça fait partie du boulot.

Darryl fronça les sourcils.

— Ça ne fait pas partie du travail !

Les autres arrêtèrent leurs activités et le regardèrent.

— Vous êtes tous des professionnels. Vous faites votre travail sans bavure et de façon efficace. On n'est pas à Hooters ou au Playboy Club, mais au Café Belgie, et je n'accepterai pas que mon équipe soit traitée de cette façon. Aucun d'entre vous.

Il leur lança un regard noir.

— La prochaine fois que ça arrive, je veux être mis au courant.

Darryl se leva et prit son assiette avec lui, pas vraiment sûr de la raison de sa colère. Il n'était pas fâché contre eux. Les serveurs devaient souvent faire face à l'attitude fâcheuse des clients, des autres serveurs, ou même de lui parfois.

Leur travail était dur, et il savait que ce genre d'ennui arrivait, spécialement avec les femmes, mais aussi avec les hommes.

— Merde !

Il laissa tomber ses affaires dans la salle de plonge, heureux que les employés soient en train de manger dans la salle, et il retourna immédiatement à son bureau, refermant la porte.

— Putain.

Il se laissa tomber sur sa chaise et se prit la tête entre les mains. S'il était honnête avec lui-même, il savait pourquoi il était en colère – à cause de la vieille chouette qui avait pincé Billy. Nom de Dieu, si quelqu'un devait pincer ce petit cul, il voulait que ce soit lui.

— Je dois me débarrasser de cette foutue culpabilité qui me bouffe, d'une manière ou d'une autre.

Il entendit quelqu'un frapper doucement à la porte, puis celle-ci s'ouvrit.

— J'ai fini l'inventaire, et tout est bon.

Maureen lui tendit l'écritoire à pince et entra.

— Merci, dit-il en lui prenant des mains. On se voit demain.

Elle marcha jusqu'à lui et lui baisa la joue avant de quitter le bureau. Prenant du temps pour lui, il finit de remplir quelques papiers et de mettre à jour les plats qui seraient à la carte les jours suivants sur le site web du restaurant avant de retourner à la cuisine.

— Hé, Julio, comment ça va ?

Il vit son commis nettoyer sous les meubles de la cuisine.

— Voilà ce que j'aime voir, une cuisine étincelante.

— Tu avais déjà presque tout fait, alors je me suis avancé dans les tâches hebdomadaires pour qu'on puisse partir plus tôt ce soir, dit Julio en souriant tout en continuant à travailler.

— C'est bien.

Darryl était pointilleux en matière de propreté. Son premier chef avait ancré ces notions profondément en lui.

— Je reviens dans pas longtemps pour t'aider.

— *No problemo, Papi.* Je m'en occupe, répondit Julio en se redressant. Mais c'est peut-être le bon moment pour demander une augmentation.

Un grand sourire illumina son visage.

— Je t'en ai donné une il y a à peine…

Darryl s'arrêta et sourit.

— C'était il y a combien d'années, déjà ?

Ils rirent tous les deux, et Julio retourna à son travail. Le problème de l'augmentation était une blague entre eux. Darryl payait bien ses employés, et en conséquence, les meilleurs travaillaient pour lui. Alors qu'il quittait la cuisine, il rentra dans Billy et le fit presque tomber.

— Désolé.

— Je dois y aller, Monsieur Hansen.

Il semblait être pressé, il portait déjà sa veste sur le dos.

— D'accord. Merci d'avoir aidé, et peu importe ce que cette femme a fait, tu as très bien travaillé et tu mérites chaque cent de ce pourboire.

Billy lui fit un de ses grands sourires, et le pantalon de Darryl se fit étroit. Il devait mettre de la distance entre eux. Le gamin avait un effet sur lui, un effet qu'il ne devait et ne pouvait permettre.

— À demain.

Darryl utilisa sa voix professionnelle et se plaça derrière le bar pour vérifier les fournitures, faisant tout pour garder le contrôle sur son corps. Il entendit la porte principale s'ouvrir et se refermer. Il leva alors la tête et vit Billy disparaître par la devanture.

30

— Sebastian, on a besoin de verres au bar.

— Je sais, dit ce dernier tout en s'approchant du bar. Ces femmes qui fêtent leur anniversaire boivent leur liqueur de framboise comme de l'eau. J'étais sur le point d'aller les chercher. Ils devraient être propres.

Darryl termina de tout arranger et entendit les verres tinter lorsque Sebastian posa un égouttoir sur le bar.

— Est-ce que tu as donné à Billy quelque chose à emporter ?

— Non.

Cela capta l'attention de Darryl.

— Pourquoi ?

— Il transportait un Tupperware quand il est parti.

Sebastian commença à ranger les verres.

— Bordel !

Darryl se dépêcha de sortir de la cuisine et attrapa sa veste en passant devant le bureau.

— Où est-ce que tu vas, *Papi* ? demanda Julio, près du sol de la cuisine.

— Licencier un voleur.

Tout en disant ces mots, il sentit son cœur se serrer. Le gamin avait si bien travaillé et avait tellement d'énergie.

— Je reviens dans quelques minutes.

Il devait s'en occuper maintenant, et il détestait avoir à faire cela.

— Demande à Sebastian de vérifier les comptes tout de suite.

Il sortit en toute hâte, traversa la salle à toute vitesse et poussa la porte du restaurant. Il savait maintenant que ces sourires et ces grands yeux innocents avaient pour unique but de l'amadouer.

Darryl inspecta le trottoir, et il put voir au loin Billy qui attendait à l'intersection principale de la ville. Il transportait un Tupperware blanc, bien en évidence. Alors qu'il allait le rattraper, le feu passa au vert, et Billy traversa, continua sur le trottoir, ouvrit le porte de l'hôtel Molly Pitcher et disparut à l'intérieur.

Darryl se rapprocha de la devanture et jeta un coup d'œil à l'intérieur. Il ne voyait pas Billy. Il poussa la porte, puis entra à l'intérieur du vieil immeuble négligé. Le Molly avait autrefois était un hôtel de luxe, mais maintenant, après une décennie durant laquelle il avait été presque laissé à l'abandon, c'était devenu une résidence pour les gens à faibles revenus. Regardant autour de lui, Darryl aperçut la petite boîte qui servait de boîte aux lettres située derrière la réception et vit le nom Weaver à côté du nombre 201.

31

Darryl repéra les escaliers et monta. Au second étage, il suivit les nombres jusqu'au fond de l'immeuble et toqua à la porte.

Darryl attendit seulement quelques secondes, puis vit la porte s'entrouvrir et un regard familier apparaître dans l'entrebâillement.

— Monsieur Hansen ?

La porte s'ouvrit un peu plus, et il vit la confusion sur le visage de Billy.

— Qu'est-ce que vous faites ici ?

— Billy.

Merde, il détestait devoir faire ça, mais il n'avait vraiment pas le choix. C'était mieux d'en finir avec ça.

— Je vais devoir me passer de toi.

La porte s'ouvrit en grand, et Darryl vit que Billy n'avait même pas enlevé sa veste.

— Mais pourquoi ? balbutia-t-il faiblement. Vous avez dit que j'avais bien travaillé et que je méritais le pourboire.

Darryl crut que Billy allait se mettre à pleurer.

— C'est parce que tu as volé de la nourriture.

Darryl regarda dans la petite pièce et vit le Tupperware sur la petite table.

— Je n'ai rien volé.

Billy se redressa et pénétra à l'intérieur, attrapa le Tupperware et le tendit à Darryl. Puis il ferma la porte avec un clic, et Darryl se retrouva seul dans le couloir. Ne sachant pas quoi faire, il ouvrit distraitement le Tupperware.

— C'est quoi ce bordel ?

Il regarda fixement à l'intérieur. Il y avait quelques lamelles de bœufs, quelques cuillères de pommes de terre écrasées, une dizaine de pommes de terre rouges, et quelques légumes. Alors qu'il fixait la nourriture en se demandant ce qui se passait, il entendit une porte de l'autre côté du hall s'ouvrir, et deux petites têtes en sortirent. Silencieusement, ils traversèrent le vestibule, se suivant l'un l'autre, puis le chef de file se mit sur la pointe des pieds pour ouvrir la porte de Billy. Ils ne devaient pas avoir plus de quatre ou cinq ans.

— Biwwy, tu es là ?

La porte s'ouvrit, et Darryl vit Billy adossé contre le mur à l'intérieur, les mains sur le visage, visiblement en pleurs.

— Biwwy.

Les deux garçons coururent jusqu'à lui, l'un s'agrippant à son genou pendant que l'autre s'accrochait à son cou.

— Ne sois pas triste.

Billy enleva les mains de son visage, les larmes coulant le long de ses joues alors qu'il enlaçait les garçons.

— Biwwy, j'ai faim, chuchota doucement l'enfant qui était resté silencieux jusqu'à maintenant.

— J'ai bobo au ventre, dit l'autre, gémissant doucement.

Il posa sa tête contre l'épaule de Billy et commença à pleurer silencieusement.

— Tu as dit que si on était gentils, tu nous donnerais à manger.

Darryl entraperçut ses grands yeux tristes et tourna la tête, ayant l'impression d'être de trop. L'indignation justifiée qui avait alimenté la douleur et la colère de Darryl s'évanouirent quand il réalisa que la faible quantité de nourriture qu'il y avait dans le Tupperware était pour ces enfants. Darryl ne savait pas quoi dire, non pas qu'il puisse parler avec sa gorge nouée. Doucement et silencieusement, il s'avança et posa une main sur l'épaule du jeune homme.

— Est-ce que je peux te parler une minute ?

Il la serra gentiment, à peine capable de prononcer ces mots.

Billy opina et se leva du sol.

— Restez ici, je reviens.

Les enfants hochèrent tous les deux la tête et se blottirent près du mur, regardant Billy sortir.

— Est-ce que je peux avoir la nourriture ? Au moins, ils auront de quoi manger aujourd'hui, dit Billy avait une note de colère dans la voix.

Darryl lui tendit automatiquement le Tupperware.

— Pourquoi tu ne m'en as pas parlé, ou juste demandé ?

Il regarda au-dessus de l'épaule de Billy, fixant les garçons et leurs deux paires d'yeux qui le fixaient en retour. Il remarqua que les deux garçons se tenaient le ventre et semblaient sur le point de fondre de nouveau en larmes.

Billy regarda lui aussi par-dessus son épaule.

— Qu'est-ce que j'étais censé vous dire ? Que je mourais de faim et que je ne savais pas comment nourrir mes frères ?

Il gardait la voix basse mais parlait les dents serrées.

— Ou peut-être étais-je censé demander si je pouvais garder les restes de nourriture dans les assiettes des clients afin que les garçons puissent manger ?

Il pointa du doigt les garçons, des larmes coulant sur son visage même si son ton laissait transparaître de la colère.

Darryl se sentit idiot et honteux. Il n'avait jamais connu la faim avant, et en regardant le visage de ces petits garçons, il était évident qu'ils la connaissaient, même s'ils n'étaient rien de plus que des bébés. Mince, cela expliquait bien des choses : l'appétit prodigieux de Billy, l'état de ses vêtements, et le soulagement à l'idée que Darryl lui en procurerait pour le travail. Ses inquiétudes insignifiantes ne comptaient plus maintenant, et sans s'en rendre compte, il enlaça le jeune homme et vit les garçons les rejoindre, chacun s'accrochant à une jambe de Billy.

— Tu as raison, Billy. Je suis désolé.

Il était si bon de prendre le jeune homme dans ses bras que Darryl ne voulait pas le laisser partir. La chaleur de Billy traversa les vêtements et l'atteignit, tandis que son odeur fraîche et masculine touchait directement son cœur. Darryl recula, effrayé d'être allé trop loin, et reprit le Tupperware, voyant l'expression d'espoir de Billy s'évanouir. S'agenouillant, il se mit au niveau des garçons.

— Vous voulez venir manger chez moi ?

Les garçons relevèrent la tête et fixèrent Billy, qui opina lentement, et ils se mirent alors à hocher vigoureusement la tête, les yeux écarquillés.

Billy pénétra dans l'appartement, et Darryl le suivit avant de fermer la porte. C'était un studio miteux avec une table et deux chaises, une commode à la peinture écaillée dans le coin, et deux lits superposés contre le mur. Le coin cuisine était dans le coin restant, avec une petite cuisinière, un évier et un frigo. Darryl pouvait difficilement en croire ses yeux et essaya de garder une expression neutre et de ne montrer aucune réaction.

Billy ouvrit un des tiroirs de la commode et prit deux petites vestes qu'il tendit aux garçons, qui les enfilèrent. Darryl s'agenouilla devant le plus petit des deux.

— Comment tu t'appelles ?

— Moi, c'est Davey.

Une petite main pointa son frère.

— Lui, c'est Donnie.

— Ce sont mes frères, ajouta Billy, tout en enfilant sa veste.

— Eh bien, Davey, est-ce tu es prêt à aller déjeuner ? demanda Darryl.

La petite tête de Davey opina avec une telle vigueur que Darryl crut qu'il allait se faire mal.

— Alors allons manger.

Darryl prit le petit garçon dans ses bras, et deux petites mains se refermèrent autour de son cou. Darryl vit Billy soulever Donnie et il mena la marche hors de l'appartement, pendant que Billy fermait et verrouillait la porte derrière eux.

Ils descendirent les escaliers, puis sortirent sur le trottoir. Les bras du petit garçon ne bougèrent pas vraiment, ils se resserrèrent juste autour de son cou. Darryl ne savait pas quoi dire à Billy, alors il resta silencieux. Il pouvait difficilement croire à ce retournement de situation. Il était venu pour virer Billy et… merde, il avait viré Billy. Il se morigéna. Il avait sauté sur les conclusions et plutôt que de lui parler, il avait d'abord agi, et il avait même l'impression d'être un sale con. Et pour ne rien arranger, il n'avait pensé qu'à son attirance pour Billy, alors que pendant ce temps, le gamin se demandait comment faire pour nourrir ses frères.

Au coin de la rue, ils s'arrêtèrent et attendirent que le feu change de couleur. Billy se tourna vers lui. Il n'y avait pas la moindre trace du sourire qui réchauffait Darryl de l'intérieur. Tout ce qu'il voyait était de l'inquiétude, de la détresse et de la peur. Le feu changea, et Billy traversa la rue. Darryl accéléra le pas et tint la porte à Billy. Il avait peut-être agi comme un vrai con, mais il pouvait toujours se rattraper, ou du moins essayer.

# IV

BILLY NE savait sacrément pas quoi penser quand il entra dans le Café Belgie. Darryl l'avait viré, et pas plus de dix minutes plus tard, Davey lui mangeait dans la main. Il avait même porté son frère de l'hôtel au restaurant. Une fois à l'intérieur, Darryl l'avait installé dans un box et lui avait dit qu'il allait revenir. Donnie était toujours cramponné à Billy, ne voulant pas s'éloigner, mais le jeune homme pouvait voir ses grands yeux enregistrer tout ce qui l'entourait.

Darryl émergea des cuisines, transportant des assiettes dans une main et un plat de crackers avec des morceaux de fromage dans une autre.

— Je ne savais pas ce qu'ils aimaient, mais je me suis dit que ce serait bien pour commencer.

Darryl posa le plat sur la table, face à Davey, et le petit garçon mit la main dedans, fourra un cracker entier dans sa bouche, et commença à mâcher. Donnie semblait hésitant, alors Billy s'assit, et Donnie attrapa un cracker, croqua dedans avant d'en attraper un autre.

— J'ai quelques bâtonnets de poulet en train de cuire. Je reviens.

Darryl se hâta de retourner en cuisine.

Sebastian arriva et s'assit face à Davey.

— Qui es-tu ?

Il chatouilla le ventre du garçon.

— Davey, lui Donnie.

Davey cracha des morceaux de cracker en parlant, pointant du doigt son frère, qui prenait la nourriture dans les deux plats à deux mains. La porte des cuisines s'ouvrit, et Darryl posa les assiettes de bâtonnets de poulet avec des carottes et des frites.

— Sebastian, pourrais-tu apporter deux verres de lait aux garçons ? demanda-t-il.

Dès que Sebastian se leva, il prit sa place. Davey lui fit un sourire, découvrant ses dents recouvertes de miettes de crackers. Sebastian revint, posa les verres, et chatouilla de nouveau Donnie avant de retourner travailler.

Billy regarda toute cette nourriture en silence, se demandant encore ce qui se passait.

— Monsieur Hansen, pourquoi faites-vous ça ?

Les garçons mangeaient maintenant joyeusement, et Billy se détendit un peu. En tout cas, au moins, Davey et Donnie mangeaient un vrai repas. Reportant son attention sur son patron, enfin, ancien patron plutôt, il attendit une réponse à ses questions.

— Billy, nous devons parler, mais nous pouvons attendre que les garçons aient fini, non ?

Darryl piqua une frite dans l'assiette de Donnie, et le plus jeune le fusilla du regard, avant d'en attraper une et de l'enfourner dans sa bouche avec un grand sourire.

— Je dois vérifier des trucs pour le dîner, mais je te promets que nous parlerons une fois que j'aurai fini.

Darryl toucha son épaule alors qu'il se levait, et Billy sentit le même fourmillement que lorsque Darryl l'avait enlacé, comme si, d'une façon ou d'une autre, tout allait s'arranger.

Darryl alla en cuisine, et Billy surveilla les garçons, s'assurant qu'ils ne mettaient pas trop la pagaille. Sebastian revint vers eux et apporta des sets de table ainsi que des crayons.

— La mère de Janet a appelé pour dire qu'elle sera absente pour quelques semaines. Elle a attrapé la mononucléose quelque part. Alors, tu peux faire le service du dîner ce soir ?

— Je ne sais pas.

Billy lança un regard à la porte des cuisines. Avait-il toujours un travail ? Qui allait prendre soin des garçons ? Il ne pouvait pas demander encore ça à Madame Tadesco. Elle était gentille, mais Billy savait que ces longs moments à surveiller les enfants étaient fatigants pour elle.

— Hé, Sebastian.

Darryl passa la tête par l'entrebâillement.

— Où est Janet ? Elle n'est pas censée être là ?

Sebastian se leva et rejoignit Darryl. Billy les regarda parler, puis Darryl marcha jusqu'à lui, et Sebastian retourna travailler.

— Je sais que nous devons parler, mais je suis désolé d'avoir été aussi hâtif dans mes conclusions, et si tu veux…

Darryl semblait un peu nerveux.

— … j'aimerais que tu continues à travailler ici.

Le soulagement l'envahit, et il sourit et hocha la tête, gagnant un sourire de Darryl en retour.

— Je sais que vous avez besoin de quelqu'un pour vous aider ce soir, mais je n'ai personne pour garder les garçons.

Il vérifia et il les vit tous deux en train de colorier et gribouiller les sets de table, levant les yeux sur lui toutes les deux minutes avant de retourner à leurs dessins.

— Ne t'inquiète pas pour ça. Ils peuvent jouer dans mon bureau. De cette façon, ils seront tout près, et nous pouvons veiller sur eux jusqu'à ce soir.

Billy ne savait pas vraiment comment ça allait se passer, mais il était reconnaissant de l'offre de Darryl et se surprit à opiner tout en regardant dans les yeux marron de l'autre homme. Quelque chose chez lui l'attirait, mais il ne pourrait jamais agir en conséquence – Darryl était son patron. Il était juste gentil parce qu'il avait pitié de lui.

Billy détourna les yeux de ce regard de cocker et vit Davey bâiller, suivi de Donnie. Étant jumeaux, ils faisaient toujours tout ensemble, et si l'un était fatigué, Billy savait que l'autre ne tarderait pas à l'être. Darryl rejoignit le box, et Davey sauta directement dans ses bras comme si c'était l'endroit auquel il appartenait. Tandis que Darryl tenait son frère, Donnie posa la tête sur son épaule et bâilla à nouveau, à moitié endormi. Darryl inclina la tête vers la salle du fond, et Billy souleva Donnie, suivant Darryl à travers les cuisines jusqu'au bureau au fond de l'établissement.

— Ils peuvent se reposer ici.

Darryl ouvrit la porte, et Billy le suivit à l'intérieur. Darryl déposa Davey sur un futon, et Billy plaça Donnie à côté de lui, les deux garçons s'enlaçant. Son patron tira sur la couverture rangée au bout du futon et les recouvrit tous deux avant de faire signe de quitter la pièce, laissant la porte entrouverte derrière eux.

— J'avais pensé me débarrasser du futon. J'avais l'habitude de dormir dessus il y a quelques temps quand j'essayais de maintenir le restaurant à flot, dit doucement Darryl alors qu'il les ramenait en passant par les cuisines à la table de la salle.

— Nous avons un moment avant d'ouvrir pour le dîner, et je pensais que nous pourrions parler maintenant.

— Oh.

Billy hocha la tête et s'assit dans le box.

— Je ne veux pas être indiscret…

Darryl se glissa sur la banquette, face à lui.

— … mais il semblerait que tu puisses bénéficier d'un peu d'aide.

Billy réfléchit un instant, essayant de trouver par où commencer. Heureusement, Darryl l'aida.

— Pourquoi ne commences-tu pas par me dire pourquoi tu t'occupes de tes frères ?

— Notre mère est morte environ un mois après la naissance des jumeaux.

Billy n'avait parlé de cela à personne depuis un long moment, et il commença à revivre les tourments et les peines qu'il avait vécus.

— Elle n'a jamais récupéré de la naissance des jumeaux, et je l'ai retrouvée dans son lit en revenant de l'école. Les garçons étaient endormis à côté d'elle, et au début j'ai pensé qu'elle aussi dormait, mais elle ne se réveillait pas.

Il garda les yeux fermés, souhaitant garder le contrôle de ses émotions.

— Tu es celui qui a découvert le corps de ta mère ?

— Oui.

Il décida que le seul moyen de parvenir à réussir à tout raconter était de continuer de parler.

— C'est dur pour toi, n'est-ce pas ?

— Oui, elle me manque tout le temps.

Il laissa échapper un petit soupir.

— Après son enterrement, papa n'a plus été le même. Il essayait de tenir le coup pour nous tous, mais je devais tout faire et m'occuper des garçons.

Il pouvait voir Darryl faire de rapides calculs.

— C'est beaucoup demander à une personne de seize ans.

— Peut-être, mais que pouvais-je faire d'autre ? Ils avaient besoin d'amour, d'attention et de soins. J'ai appris très vite à les nourrir, les laver, changer les couches et les bercer pour les endormir. Ils sont devenus la chose la plus importante au monde pour moi. Papa travaillait de nuit comme soudeur, alors il les gardait la journée, et je prenais soin d'eux au retour de l'école. Après mon bac, je suis resté à la maison parce que papa ne pouvait pas s'en occuper seul. À ce moment-là, il a perdu son travail, et on a emménagé là où il était susceptible d'en trouver un nouveau. Il y a environ six mois, on a emménagé ici.

— Qu'est-ce qu'il lui est arrivé ?

— Il est mort il y a deux mois. Ils ont dit que c'était une crise cardiaque, mais je pense qu'il avait le cœur brisé. Il ne s'est jamais remis de la mort de maman.

Billy attrapa une serviette et se moucha dedans.

— Il disait toujours que c'était l'amour de sa vie.

Billy soupira et sentit les larmes poindre leur nez. Il vit la tristesse sur le visage de Darryl et essaya de discerner s'il s'agissait de pitié ou d'autre chose.

— Après l'enterrement, il n'y avait plus beaucoup d'argent, et je ne pouvais plus payer l'appartement. J'ai réussi à trouver l'endroit où nous vivons, mais j'ai dû vendre beaucoup de nos affaires, juste pour la caution.

Billy déglutit difficilement et abandonna. Le chagrin, la peur, et les mois d'anxiété le rattrapaient alors que des larmes coulaient sur ses joues.

— Nous avons vécu de nouilles bon marché ou tout ce que je pouvais acheter, et ce jusqu'à ce qu'on n'ait plus d'argent.

Il sentit la banquette à côté de lui s'affaisser, puis se sentit enlacé. Ce simple geste de gentillesse abattit les dernières barrières de sa retenue. Cela faisait si longtemps qu'il n'avait pas été étreint ou enlacé par quelqu'un, qu'il pouvait à peine se souvenir de l'avoir déjà été.

— C'est bon. Laisse-toi aller.

La voix réconfortante de Darryl résonnait doucement à son oreille.

— J'ai essayé de trouver du travail, dit Billy contre le torse de Darryl, ne voulant rien faire qui amènerait l'autre homme à relâcher son étreinte.

C'était si agréable d'avoir quelqu'un qui s'inquiétait pour lui, même si c'était par pitié.

— Mais personne n'embauchait, et je n'avais personne pour surveiller les garçons.

Billy s'assit, et Darryl relâcha son étreinte, le faisant légèrement frissonner.

— J'ai arrêté de me nourrir afin que les garçons aient quelque chose à manger. Et comme un ange tombé du ciel, vous avez accepté de m'engager. Je pouvais à peine y croire, et ensuite vous m'avez donné à manger, mais tout l'argent que je gagnais servait à payer le loyer. Je sais que je n'aurais pas dû prendre de la nourriture, mais je devais me débrouiller pour nourrir les garçons.

Billy se sentit malheureux d'avoir dû se servir en petite quantité dans les ordures pour nourrir ses frères.

— Avant que vous les nourrissiez cet après-midi, les garçons n'avaient pas mangé depuis hier soir.

Billy sentit les larmes recommencer à couler mais les refoula volontairement.

— Ils ont pleuré ce matin, ils avaient si faim.

— Qui a gardé les garçons ?

Billy s'essuya les yeux.

— Notre voisine. Elle les a probablement un peu nourris, mais elle ne possède pas grand-chose elle-même. Le pourboire que j'ai récolté cet après-midi va servir à payer le reste du loyer pour ce mois-ci et de quoi manger un peu. Mais que Dieu nous vienne en aide si l'un des garçons tombe malade et doit aller voir un docteur.

C'était une des plus grandes peurs de Billy. Levant les yeux, Billy s'attendit à voir de la pitié, mais ce qu'il vit était un étonnement qui laissait Darryl bouche-bée, et il ne savait comment le prendre.

— On doit ouvrir pour le service de ce soir dans quelques minutes, mais je tendrai l'oreille et m'assurerai que les garçons aient de quoi manger plus tard, et après, on décidera comment faire pour la suite.

— On ?

Billy n'était pas sûr d'avoir bien compris. Personne ne l'avait aidé, de quelque façon que ce soit, depuis très longtemps.

— Oui. J'aimerais essayer de t'aider si je le peux.

Billy pouvait difficilement en croire ses oreilles, et il passa ses bras autour du cou de son patron dans une explosion exubérante de soulagement. Au début, Darryl sembla surpris, puis Billy sentit les bras de l'homme se refermer autour de lui, et il se détendit. Pour la première fois depuis la mort de son père, il semblait y avoir de la lumière au bout de ce qui semblait être un très long et sombre tunnel.

Darryl le relâcha, et Billy attrapa une nappe, se tamponnant les yeux afin de se redonner contenance.

— Allez, allons vérifier si les garçons vont bien.

Darryl lui adressa un sourire, et Billy s'essuya les yeux tout en le suivant jusqu'au bureau. Le jeune homme ouvrit la porte et vit les deux garçons toujours endormis, lovés l'un contre l'autre.

Après avoir refermé la porte, Billy se tourna vers son patron, incertain quant à la façon de le remercier pour tout ce qu'il avait fait. Il essaya de trouver les mots, mais finalement se contenta de sourire, et Darryl le lui rendit.

— Vous allez vous embrasser ou quoi ?

41

Billy sursauta à la plaisanterie de Sebastian, qui se tenait derrière lui. Se disant qu'il s'était un peu laissé emporter, il suivit l'autre serveur jusqu'à la salle pour finir les préparatifs pour le dîner.

Billy s'assura que toutes les tables étaient dressées convenablement et laissa son esprit vagabonder. Darryl avait été si gentil avec lui, et il était si beau et sentait tellement bon... Prenant plus de couverts et de nappes, il les posa sur la dernière table, se demandant comment il se sentirait si les bras qui l'avaient enlacé plus tôt l'avaient étreint dans d'autres circonstances, le tout accompagné de la sensation des lèvres pleines de Darryl contre les siennes.

— Tu es où, Billy ?

Il eut un mouvement de recul et réalisa qu'il avait dressé deux fois trop de tables.

— Désolé, j'avais l'esprit ailleurs.

— Il était avec Darryl, n'est-ce pas ? demanda Sebastian tout en lui mettant un coup d'épaule.

— Non ! répondit-il rapidement, probablement trop.

Il se sentit rougir.

— Ça va. Je ne sais pas grand-chose de sa vie, mais ce que je sais c'est qu'il est célibataire depuis aussi longtemps que je travaille ici, et je pense qu'il doit se sentir seul.

— Est-ce que tu crois qu'il...

Billy déglutit.

— ... qu'il aime les hommes ?

Sebastian se mit à pouffer et se couvrit la bouche de la main. Il regarda la porte des cuisines.

— J'en suis sûr. Et vu la façon dont il te regarde, je dirais qu'il est intéressé par un homme en particulier.

— Non, répondit Billy, gêné et embarrassé, se retournant et regardant ailleurs, n'importe où sauf Sebastian.

— Allez, Billy. Je l'ai remarqué, et tu dois l'avoir remarqué toi aussi. De plus, j'ai vu la façon dont tu le regardes et lui souris.

Billy se retourna et regarda Sebastian.

— C'est l'un des hommes les plus gentils que j'ai jamais rencontrés.

Il pensa à la façon dont Darryl l'avait traité, une fois qu'il eut compris, et à celle dont les garçons s'étaient pris d'affection pour lui, avec Donnie qui s'était senti en confiance. Mais surtout, il se souvint de l'étreinte qu'il avait reçue du restaurateur.

— Ça ne serait pas bien d'être impliqué dans une relation avec mon patron. De plus, il est juste gentil avec moi et les garçons.

Tout en prononçant ces mots, il se surprit à espérer qu'ils soient faux. Il ne pouvait s'empêcher de regarder la porte, comme si en la fixant, il allait développer une vision à rayon X qui lui permettrait de voir Darryl.

— On devrait ouvrir les portes, dit-il en se retournant.

Billy avait besoin de changer de sujet afin de réfléchir.

Sebastian hocha la tête et alla jusqu'à la porte d'entrée, souleva le loquet, et Billy fit un dernier aller-retour dans la salle avant qu'ils commencent ce qui devait être une soirée chargée – et elle le fut. Billy eut à peine le temps de penser à autre chose qu'à ses clients, mais lorsqu'il se rendait en cuisine, il voyait Darryl lui sourire. C'était étrange, mais dans un sens positif. Après sa conversation avec Sebastian, il s'était mis à regarder son patron différemment, et à chaque fois qu'il le voyait, il se surprenait à lui sourire en retour.

— Biwwy.

Il scruta les environs et vit Davey se frotter les yeux. Il se tenait devant le bureau de Darryl.

— J'ai faim.

Billy vit Donnie suivre son frère dans le couloir.

— Restez dans le bureau, je reviens vite.

Les garçons retournèrent à l'intérieur, et Billy ramassa sa commande. Il alla en salle et plaça les assiettes sur la table. Lorsqu'il se retourna, il vit la porte des cuisines ouverte et les jumeaux de cinq ans traverser la salle en courant jusqu'à l'endroit où il se tenait, chacun lui agrippant une jambe. Ils furent presque immédiatement suivis par Darryl, qui les souleva tous deux, faisant des bruits d'avion tout en les emportant hors de la salle, ce qui fut accompagné d'éclats de rire et des cris de plaisir.

— Ce sont les vôtres ? demanda la vieille dame à table, avec un sourire.

— Ce sont mes frères, répondit Billy, regardant la porte se balancer puis se refermer derrière eux.

Il ne put s'empêcher d'être émerveillé par la façon dont Darryl rendait les garçons heureux. Ils avaient ri aujourd'hui, quelque chose qu'aucun des deux n'avait fait depuis la mort de leur père.

— Eh bien, ils sont vraiment adorables, répondit la dame tout en goûtant aux moules avant de poser la fourchette. Elles sont merveilleuses, mais je me posais une question. Quand j'ai lu le menu, j'ai remarqué que vous proposiez de l'anguille et je me demandais quel goût elles pouvaient avoir.

43

Elle le scruta d'un air penaud.

— Je vais voir si le chef peut s'arranger pour vous en donner un petit bout.

Il fit un signe de tête à la dame et à l'homme qui l'accompagnait avant de quitter leur table. Il se dirigea vers les cuisines, ouvrit la porte et fut choqué de voir les garçons, chacun avec un tablier enroulé autour de la taille, devant une table improvisée près du plan de travail où l'on préparait les salades.

— On aide, dirent-ils à l'unisson avant de reprendre leur tâche qui consistait à remplir les corbeilles à pain.

Billy ne put contenir son rire quand il vit leurs petites mains nager à l'intérieur de gants en plastique jetables. Billy regarda Darryl, qui se contenta de hausser les épaules, puis regarda Julio, qui faisait de son mieux pour ne pas éclater de rire. Les deux garçons étaient heureux comme tout, même si les panières habituellement impeccables de Darryl semblaient avoir été remplies par des enfants de cinq ans… attendez, mais c'était le cas !

— Est-ce que je pourrais avoir un morceau d'anguille à faire goûter à un client ? demanda Billy à Darryl en souriant et se rapprochant. Vous êtes génial avec les garçons. Je ne les ai pas vus sourire depuis des mois.

Billy détourna de nouveau la tête, ayant soudain la sensation de ne pas faire assez pour ses frères. Il ne pouvait pas les nourrir convenablement et avait du mal à leur mettre un toit au-dessus de la tête.

— Ils t'adorent, Billy.

On aurait dit que Darryl lisait dans ses pensées.

— Et tu as fait de ton mieux pour eux. Ne pense pas autrement.

Darryl posa une petite portion d'anguille sur le comptoir.

— Biwwy, rega'de ce qu'on fait.

Davey tenait une corbeille si pleine de pains empilés que cela ressemblait à une imitation de la tour de Pise.

— Je vais prendre ça.

Billy fit un sourire en coin à son patron.

— Vous devriez surveiller votre personnel.

Il espérait ne pas dépasser les limites, et Darryl lui sourit en retour.

— Je suppose, oui.

Darryl rejoignit les garçons tandis que Billy ramassait les assiettes. Il les apporta en salle et les plaça devant le client avec un moulinet en main. Le rush du dîner se terminait, et le restaurant devenait plus silencieux. Des clients parlaient au bar et quelques traînards savouraient leurs verres et leurs desserts.

— J'aime ce moment de la soirée.

Sebastian surgit derrière lui.

— Tout le monde est heureux et prend du bon temps. C'est comme un sentiment de bien-être post-coïtal.

Sebastian lui fit un clin d'œil, et Billy ricana avant de retourner nettoyer les tables.

Entre les derniers clients et les préparatifs pour le lendemain, les serveurs et les plongeurs furent occupés pendant le reste de la soirée. À chaque fois que Billy se trouvait dans les cuisines, les garçons semblaient heureux, et une heure avant la fermeture, il les retrouva à nouveau dans le bureau de Darryl, mangeant un hot-dog et des frites, assis sur ce qui semblait être une vieille nappe posée sur le sol. Et la fois suivante, ils dormaient à nouveau sur le futon, blottis l'un contre l'autre sous la couverture de Darryl.

— Ils sont incroyables, dit Darryl à voix basse, derrière lui.

— Je ne peux vous remercier assez pour ce que vous avez fait pour eux.

Billy sentit sa gorge se serrer et ses émotions prendre le dessus.

— C'est bien plus que ce qu'un patron doit faire.

Il était toujours convaincu que Darryl n'était qu'un patron bien au-dessus des autres. Billy sentit une main sur son épaule.

— Je ne l'ai pas fait parce que je suis ton patron. Je l'ai fait parce que tu avais besoin d'aide et parce que...

Darryl s'interrompit et Billy se retourna, le regardant dans les yeux, se demandant ce qu'il voulait dire. Il laissa presque tomber, mais n'y parvint pas.

— Parce que... ? reprit-il.

Billy observa Darryl pendant un moment alors que diverses émotions traversaient son visage, mais les seules qu'il identifia clairement furent le doute et la confusion.

— Parce que je t'aime beaucoup. Mais tu travailles pour moi, et je ne devrais pas, pas de cette façon.

Darryl recula lentement, et Billy tendit le bras, afin de toucher légèrement sa main. Darryl s'immobilisa, et Billy raffermit sa prise, ses doigts frôlant la peau du bras de Darryl. Toucher cet homme était comme toucher un fil sous haute-tension, et il ne voulait pas laisser les choses telles quelles.

Davey s'étira et se frotta les yeux en bâillant avant de se recoucher. Billy sentit la main de Darryl glisser hors de la sienne. Il se pencha et remit la couverture sur son frère. Quand il se retourna vers la porte, elle était vide. Billy savait qu'il ne devrait pas se sentir déçu, comme si quelque chose lui manquait. Mais comment quelque chose qu'il n'avait jamais eue pouvait lui manquer ?

45

Quittant le bureau, il traversa les cuisines et remarqua que Darryl le regarda à peine passer, mais il put voir en un coup d'œil le conflit sur son visage, et il était aussi évident qu'il tentait de le cacher. Billy s'arrêta pour lui parler, mais se retourna finalement et traversa les portes de la salle au lieu de retourner tout de suite travailler. Il arrivait à peine à penser à ce qu'il faisait, son esprit était focalisé sur ce que lui avait dit Darryl. 'Je t'aime beaucoup'. *Il a dit qu'il m'aimait beaucoup.*

— Qu'est-ce qui se passe ? chuchota Sebastian de derrière le bar tout en remplissant une pinte de bière.

Billy sortit de ses pensées.

— Rien.

Sebastian partit servir la bière puis revint, se tenant près de lui alors qu'ils regardaient les clients afin de s'assurer que personne n'avait besoin de rien. Mais le regard de Billy ne cessait de se poser sur la porte des cuisines.

— Finissons de préparer la salle afin de pouvoir rentrer chez nous.

Sebastian lui mit un petit coup d'épaule, et ils partagèrent un sourire avant d'aller s'occuper des clients et de préparer la salle pour le matin.

À l'heure de la fermeture, Sebastian verrouilla la porte principale. La dernière tâche avait été terminée, et Billy se dirigea vers la salle de repos. Traversant les cuisines, il ne vit pas Darryl jusqu'à ce qu'il soit à la porte du bureau. Il était à l'intérieur, assis sur sa chaise, et regardait les garçons dormir avec une expression confuse. Billy le toucha légèrement, et Darryl releva la tête, ses yeux définitivement un peu bouffis.

— Tout est fermé et nettoyé. Je vais ramener les garçons à la maison.

Il garda un ton bas et doux.

— Je vais t'aider.

Darryl se leva et se retourna. Billy se dit qu'il s'était peut-être essuyé les yeux. Puis il marcha jusqu'au futon et souleva Davey, qui enroula ses petits bras autour du cou de Darryl et posa sa tête contre son épaule. Billy récupéra Donnie et le jumeau fit la même chose sur lui, aucun des deux ne se réveillant vraiment.

— J'ai des choses à finir, les gars. Je vous verrai demain matin, dit Julio tout en continuant à nettoyer.

Darryl s'arrêta une seconde, probablement pour rétorquer quelque chose, mais Julio semblait s'y attendre.

— Merci, répondit Darryl, avant de sortir par la porte de service pour les mener jusqu'à sa voiture.

L'homme parvint à déverrouiller la portière malgré le petit garçon de cinq ans dans ses bras, et il l'installa sur le siège. Davey émit de petits bruits, et alors que Billy posait Donnie sur son siège, les deux se blottirent l'un contre l'autre, leurs grands yeux se refermant en même temps que les portes.

Billy se glissa sur le siège passager et attendit Darryl, qui ne lui avait encore pas adressé la parole. En toute honnêteté, cela commençait à le mettre mal à l'aise. Jetant un coup d'œil au siège du conducteur, il regarda Darryl se glisser sur le cuir souple. Avant de démarrer la voiture, Darryl le regarda et déglutit difficilement. Puis il posa sa tête contre le volant et laissa échapper ce qui devait être le soupir le plus terrible de l'histoire de l'humanité. Billy ne savait pas quoi dire, puisqu'il ne savait pas ce qui accablait Darryl, mais il passa sa main sur le dos de l'homme. À ce contact, Darryl releva lentement la tête.

— Tu dois croire que je suis une sorte de pervers.

Billy secoua la tête pour lui dire que non, et plongea son regard dans celui désespéré de son compagnon.

— Je pense que tu es l'homme le plus adorable, le plus gentil, que j'ai jamais rencontré, et je t'apprécie beaucoup, moi aussi.

Billy attendit, espérant que Darryl ne s'offusquerait pas du tutoiement et dirait quelque chose, mais il démarra juste la voiture et sortit de sa place de parking, laissant Billy comme un parfait idiot.

Le trajet fut court jusqu'à l'hôtel Molly, et Darryl gara la voiture devant l'établissement. Ils portèrent chacun un des garçons à travers les escaliers et jusqu'à l'appartement.

— Je m'occupe d'eux à partir de maintenant, dit sèchement Billy.

Il savait qu'il se montrait froid envers son patron, mais il n'avait jamais été aussi proche de montrer à quelqu'un qu'il avait ses sentiments pour lui, et Darryl l'avait snobé. Billy déverrouilla la porte et entra dans le minuscule appartement.

— Je vais les mettre au lit. Vous n'avez pas à rester. Vous avez probablement des choses à faire, de toute façon.

Billy alluma les lumières dans l'encoignure et porta Donnie à l'intérieur. Le garçon était réveillé maintenant, et Darryl posa Davey par terre.

— Vous deux, allez dans la salle de bain et brossez-vous les dents.

— C'est obligé, Biwwy ? On n'est pas fatigués, répondit Donnie tout en bâillant.

— Allez-y et je vous lirai une histoire une fois au lit.

Billy regarda les garçons aller dans la salle de bain. Il remarqua que Darryl attendait sur le pas de la porte, se mordillant nerveusement l'ongle du doigt.

— Merci pour tout ce que vous avez fait aujourd'hui. C'était vraiment généreux de votre part.

Mon Dieu, il semblait tellement formel, mais Darryl lui avait vraiment embrouillé l'esprit.

— Je t'aime beaucoup, Billy, vraiment.

Darryl fit un pas en avant.

— Mais tu es si jeune, et…

Darryl fit un autre pas en avant, et Billy commença à reprendre espoir.

— Je suis un adulte, Darryl, et je sais ce que je veux.

Il regarda dans la salle de bain et vit les garçons sur le marchepied se brosser les dents. Billy se retourna vers Darryl et le vit s'immobiliser, semblant à nouveau confus.

— J'aimerais que ce soit aussi mon cas, répondit Darryl. Peut-être devrais-je y aller.

Billy se rapprocha.

— De quoi as-tu peur ?

Darryl le regarda simplement avant de secouer lentement la tête.

— Je ne peux pas en parler.

Darryl se rapprocha légèrement. Billy pouvait voir la peine et la peur contenues faire irruption sur le visage de Darryl. Qu'est-ce qui pouvait transformer cet homme confiant pour qui il travaillait en un paquet de nerfs ?

— D'accord, mais si tu veux en parler, j'écouterai.

Billy se rapprocha de Darryl.

— Merci pour tout.

Il leva la tête vers Darryl, le voyant se lécher les lèvres, et Billy ferma les yeux. Mais rien ne se passa. Il rouvrit alors les yeux et constata que Darryl n'avait pas bougé. Il se pencha lentement en avant, dans l'attente que Darryl recule, mais ce dernier n'en fit rien. Billy se rapprocha encore et sentit ses lèvres toucher celles de Darryl. Un déclic se fit, et il sentit les lèvres de Darryl répondre, puis des mains glisser le long de ses joues, le tenant doucement tandis que le baiser s'approfondissait.

— Ooooh, entendit Billy, provenant des garçons derrière lui.

Souriant contre les lèvres de Darryl, il s'écarta puis lui sourit franchement, voulant vraiment recommencer.

— Biwwy faisait un bisou, dirent les enfants en chœur.

Heureusement Darryl sourit aussi, et il fut le premier à parler.

— Je devrais y aller.

Darryl se pencha et l'embrassa à nouveau avant de descendre les escaliers jusqu'au hall d'entrée.

Billy referma la porte.

— Allez, les garçons, allons nous coucher.

Billy aida ses frères à se déshabiller, à mettre leur pyjama, et à rentrer dans leur lit. Puis il s'assit au coin du lit, prit un exemplaire usé de Babar sur la petite étagère et commença à lire. Quand il eut terminé, les garçons étaient endormis. Il éteignit la lumière et se prépara pour aller se coucher, goûtant à nouveau aux lèvres de Darryl tandis qu'il se glissait sous ses couvertures.

# V

DARRYL DESCENDIT les escaliers du bâtiment de chez Billy en flottant presque, étourdi. Tout son corps avait ressenti ce simple baiser, et que quelqu'un ose lui dire que Billy n'avait pas le goût du paradis. Son corps entier frissonna, et il était si excité qu'il pouvait à peine se contenir. Le sentiment d'euphorie dura jusqu'à ce qu'il soit dans sa voiture, et alors les inquiétudes et les doutes commencèrent à retentir dans sa tête, de cette voix dure qui le morigénait toujours dans ce genre de cas. Il détestait cette voix, mais il ne pouvait pas la faire taire.

Il savait qu'il allait voir Billy presque tous les jours, et l'éviter était impossible, surtout après ce baiser si tendre. Il avait essayé de ne plus penser à ses sentiments, mais il avait son jeune serveur et ses deux frères dans la peau, et cela s'était fait si vite qu'il n'avait pas eu le temps d'y mettre un frein. Gravissant les quelques marches qui menait à sa maison, il fouilla dans ses poches pour prendre ses clés et son téléphone. Il déverrouilla la porte, posa les clés sur la table d'entrée et commença à composer un numéro.

— Maman, c'est Darryl.

— Bonjour, mon chéri, tu viens juste de rentrer chez toi ?

Il entendit sa voix plaisante et sentit son ventre se nouer un peu plus.

— Oui.

— Tu ne sembles pas très en forme. Est-ce que tu vas bien ?

Sa voix était passée de joyeuse à soucieuse en une seconde.

— Non. Je dois te demander quelque chose, et je ne sais pas comment faire.

Darryl s'enfonça dans le fauteuil en cuir qui se trouvait en face du poste de télévision éteint.

— Je sais que nous ne parlons plus de ça, mais j'en ai besoin.

— Tu sais que tu peux me parler de tout.

50

Même si elle disait ce qu'il fallait, sa voix semblait très méfiante.

— Même de Connor ? chuchota Darryl.

La ligne devint silencieuse durant un long moment.

— Oui, même de Connor.

Il pouvait presque voir sa mère se renfoncer dans la chaise de la cuisine.

— J'espérais que ces choses-là étaient loin derrière toi.

— Ces choses-là ? Tomber amoureux ?

Une larme coula le long de la joue de Darryl, et il la balaya de la main. Ce n'était pas le moment d'être émotif mais celui de mettre les choses au clair, et il savait que s'il se mettait à pleurer, elle l'entendrait et ferait de même.

— Non, chéri.

Sa voix était très claire et presque autoritaire.

— On veut que tu tombes amoureux.

Elle renifla doucement.

— J'ai presque toujours espéré avoir des petits-enfants, et j'accepte le fait que ce ne sera pas le cas, mais je veux que tu tombes amoureux et sois heureux. Je m'inquiète que tu sois autant seul.

— J'ai peut-être rencontré quelqu'un, mais il est...

Merde, toute cette vieille culpabilité et ces récriminations faites à son encontre lui revinrent. Il ne pouvait pas encore oublier toute cette douleur.

— Il est si jeune que ça ?

Elle semblait s'armer de courage pour affronter le pire choc de sa vie.

— Billy a vingt-et-un ans.

— Il est...

La voix de sa mère s'emplit de soulagement, puis l'inquiétude revint.

— Je ne comprends pas le problème, mon chéri, à moins que cela ait rapport avec l'incident avec Connor... Merde ! jura-t-elle avec véhémence. Je le savais. Je savais que ce toubib était un charlatan !

— Maman ! réagit-il à ses injures : elle n'était jamais vulgaire.

Puis le reste de ces paroles lui vinrent.

— Toubib ?

— Je suis tellement désolée, mon chéri.

Il pouvait l'entendre commencer à pleurer à l'autre bout de la ligne.

— Je savais que ce qu'ils disaient ne pouvait pas être vrai, mais on avait tellement peur pour toi et on a fait ce qu'ils voulaient.

Il l'entendit renifler puis se moucher le nez.

— J'aimerais être ici pour te parler en personne, mais je vais me contenter de te dire que tout ce que le Docteur Holcomb t'a dit était un

51

ramassis de conneries. L'idée que j'ai laissé cet homme approcher mon petit garçon me brise le cœur.

— Tu veux dire que je ne suis pas…

Darryl ne parvenait pas à dire le mot. On le lui avait répété tellement de fois il y a des années que cela restait coincé dans sa gorge.

— J'en doute. Si je lui mettais la main dessus, je briserais le cou de ce vieux schnoque.

— Alors il n'y a rien de tordu chez moi, maintenant ?

Darryl pouvait à peine en croire ses oreilles. Il aspirait depuis si longtemps à ce que quelqu'un pense ainsi – et c'était le cas, en quelque sorte, ils n'avaient juste rien dit.

— Je ne pense pas que cela ait été un jour différent.

Maintenant, il l'entendait sangloter.

— Quand je pense à ce qu'on les a laissés te faire endurer.

Ses larmes firent couler les siennes. Mais alors que celles de sa mères étaient dues au regret, les siennes étaient de soulagement, et un sentiment d'espoir commença à s'élever en lui tandis qu'une partie de lui qu'il avait refoulée pendant si longtemps commençait à s'ouvrir.

— Tu ne ressens rien pour…

— Non, dit Darryl avec un sourire. Ça n'a jamais été le cas. Je suis juste tombé amoureux de Connor. Mince, j'étais encore au lycée.

Il pouvait à peine s'empêcher de sautiller dans le salon.

— Je sais, mon chéri, et ton père et moi regrettons la façon dont nous avons réagi.

Elle renifla à nouveau.

— On t'aime tous les deux et on espère que tu pourras nous pardonner.

Darryl entendit qu'on décrochait le deuxième téléphone de la maison de ses parents.

— Je voulais juste que tu l'entendes aussi de moi.

La voix retentissante de son père résonna à l'autre bout de la ligne.

— Pourquoi avez-vous attendu si longtemps ? Je porte ça en moi depuis toujours.

— On pensait que tu étais passé à autre chose, et tu ne parlais jamais de ça, alors on a fait de même.

Il pouvait entendre du regret dans la voix de son père.

— J'aurais aimé que ta mère et moi puissions avoir cette conversation avec toi face à face, mais je suis heureux que nous puissions l'avoir néanmoins.

— Tout ce temps, j'ai pensé qu'il y avait quelque chose qui clochait chez moi.

Les mots sortirent presque comme un aveu.

— On s'en rend maintenant compte.

La voix habituellement posée de son père était rauque, comme s'il combattait ses propres larmes.

— Comme l'a dit ta mère, on espère que tu nous pardonnes.

Darryl soupira et se réinstalla dans son fauteuil.

— Bien sûr que je vous pardonne.

Que pouvait-il dire d'autre ?

— Vous faisiez seulement de votre mieux.

— Est-ce que tu viendras nous rendre visite bientôt ? demanda sa mère avec espoir.

— J'allais vous demander la même chose. J'adorerais que vous veniez voir mon restaurant.

Il laissa la douleur précédente être emportée par l'excitation retrouvée. C'était le passé, et il n'allait pas s'attarder dessus.

— Nous viendrons bientôt, dit sa mère, lui empruntant un peu de son excitation. Il se fait tard, et je sais que tu te lèves tôt. On t'aime, on se reparle bientôt.

Darryl l'entendit à nouveau renifler alors qu'il disait au revoir, et raccrocha le téléphone. Sans se lever de son fauteuil, il regarda autour de lui avec un regard neuf. Tout semblait plus clair, propre, comme si tout avait été changé. Il se releva enfin, alla dans sa chambre et se lava avant d'aller au lit. Il s'endormit du sommeil du juste.

Le lendemain matin, Darryl se lava rapidement, mais au lieu de descendre les escaliers pour son rituel matinal, il fit un détour par le grenier. Il alluma la lumière, puis commença à fouiller les cartons.

— Je sais que j'ai mis ces affaires qu'elle a envoyées...

Darryl farfouilla un peu plus en profondeur.

— Haha ! s'exclama-t-il quand il trouva la boîte qu'il voulait.

Il la sortit et la descendit à l'étage inférieur, la portant jusque dans le vestibule. Puis il se servit une tasse de café et en but le contenu, avant de laver la tasse et d'attraper sa veste. Il prit la boîte et sortit de la maison.

La matinée était lumineuse et le ciel dégagé, avec un air printanier éblouissant. Il se décida et choisit de marcher. Tout semblait juste ... mieux – les bourgeons dégageaient une odeur plus sucrée, le ciel était un peu plus bleu, et il se sentait plus léger à la fois à l'intérieur et à l'extérieur. Même le Molly

53

ne semblait plus aussi décrépi alors qu'il approchait de la porte d'entrée. Il débattit avec lui-même pour savoir s'il allait entrer pour voir Billy – ce qu'il fit presque – avant de décider que le jeune homme méritait un peu d'intimité.

— Et puis merde.

Darryl changea d'avis, fit demi-tour, entra à l'intérieur et monta les escaliers jusqu'à l'étage de Billy. Il toqua doucement. La porte s'ouvrit lentement, il vit les yeux brillants de Billy par l'entrebâillement, et la porte s'ouvrit un peu plus.

— Je me suis dit que j'allais m'arrêter et voir si je pouvais vous emmener prendre un petit déjeuner. Je connais le chef du restaurant en bas de la rue, et il fait une omelette qui déchire.

Darryl sourit et se pencha pour l'embrasser, mais Billy recula, le regardant avec circonspection.

— Hier soir, tu as dit que tu m'aimais, mais tu m'as à peine touché, et maintenant tu exultes de joie et tu te montres tendre. Je ne comprends pas.

Les yeux de Billy s'étrécirent, et il serra la mâchoire.

— Je sais, et j'en suis désolé. J'ai découvert quelques trucs grâce à ma mère hier soir, et ça m'a aidé à mettre au clair certaines choses. J'aimerais t'en parler cet après-midi.

Les yeux de Billy s'agrandirent, mais il ne dit rien.

— Tu as dit que tu écouterais, et je pense que c'est le moment d'en parler à quelqu'un.

Darryl lui tendit la boîte.

— Ma mère m'a donné un certain nombre de vieilles affaires il y a un moment, y compris cette boîte de vieux jouets. Je pensais que les garçons pourraient les aimer.

— Rentre. J'étais justement en train de les préparer.

Billy recula et Darryl entra dans l'appartement. Les garçons étaient debout sur le lit de Billy et sautillaient dessus.

— Dawwyl, cria Davey tout en sautant hors du lit.

Il se jeta dans les bras de Darryl, riant quand il l'attrapa, et Darryl lui fit faire l'avion dans la pièce.

— C'est quoi ? demanda-t-il en pointant la boîte.

Darryl le reposa tandis que les deux garçons scrutaient la boîte que Billy était en train de porter.

— Darryl vous a apporté quelques trucs.

Billy ferma la porte et posa la boîte à terre. Les garçons en scrutèrent l'ouverture, haletant quand ils en virent le contenu.

— Vous devez dire merci.

Deux paires d'yeux le fixèrent.

— Merchi, dirent-ils en chœur avant de sortir le contenu de la boîte, renversant tous les jouets sur le sol.

Puis Donnie se mit à l'intérieur de la boîte et ferma le couvercle. Darryl se mit à rire tandis que Davey se mettait à courir partout dans la pièce avec une des voitures.

— On doit vous habiller, dit Billy en relevant le couvercle de la boîte.

— On doit aller chez la dame ? demanda Donnie à Billy qui le souleva.

— Ouais, elle pue, ajouta Davey, se frottant le visage.

— Pas aujourd'hui. Darryl nous emmène prendre un petit déjeuner, et après je dois aller travailler.

— On va travailler aussi ? demanda Davey en faisant rouler sa voiture sur le sol.

— En fait, je me disais que si vous étiez sages, vous pourriez jouer avec vos nouveaux jouets dans mon bureau, dit Darryl aux deux paires d'yeux. Mais vous devez vous habiller pour Billy, afin qu'on puisse y aller.

Les garçons arrêtèrent ce qu'ils étaient en train de faire et coururent jusqu'à la salle de bain, avec Billy derrière eux. Darryl ramassa les jouets et entendit Billy et les garçons dans la salle de bain. Manifestement, les habiller était un vrai calvaire. Alors qu'il ramassait les derniers jouets, la porte de la salle de bain s'ouvrit, et Davey en sortit en sous-vêtements, attrapa la voiture sous la table et retourna dans la salle de bain.

Cela prit un moment, mais Billy parvint finalement à les habiller et ils furent prêts à partir. Darryl prit la main de Davey et porta la boîte dans les escaliers ainsi qu'à l'extérieur, alors qu'ils marchaient le long de l'avenue.

Ils pénétrèrent dans le restaurant par la porte de service. Maureen leva la tête de son travail et leur sourit.

— Bonjour, Maureen, dit Darryl. Ce sont les frères de Billy, Davey et Donnie.

Les garçons se cachèrent derrière les jambes de Billy, observant les environs jusqu'à ce que Maureen s'approche avec un gâteau dans chaque main. Leur timidité s'envola et leurs petites mains se tendirent, prenant les gâteaux, puis les garçons marmonnèrent leur merci avant de les enfourner dans leur bouche.

Darryl posa la boîte de jouets sur le sol du bureau et commença à changer de tee-shirt. Il entendit Billy dehors, parlant doucement aux jumeaux.

— Vous devez rester dans le bureau jusqu'à ce que Darryl vous demande de faire quelque chose pour lui. Vous pouvez vous amuser avec les jouets, et je viendrai pendant mes pauses pour vous lire quelque chose.

Il aurait aimé voir leur petit visage, mais Darryl les imagina opiner vigoureusement.

— Darryl vous apportera bientôt quelque chose à manger et je dois aller travailler. Vous me promettez d'être sages ?

— Oui, Biwwy, chantonnèrent-ils à l'unisson.

Les deux petits garçons coururent alors jusqu'à la boîte de jouets dans le bureau, recommençant à fouiller à l'intérieur.

— Tu es sûr que c'est bon ? demanda Billy depuis le pas de la porte, regardant les garçons faire rouler des camions sur le sol.

— Évidemment. Il n'y a rien qui puisse les blesser à moins qu'ils le veuillent vraiment, et cela devrait être sans danger pour eux. J'ai enlevé tout ce qui était dangereux hier.

Darryl eut un petit rire alors que Davey commençait à faire rouler les camions sur les murs.

— Vous devriez vraiment faire ça sur le sol.

Davey s'arrêta et de grands yeux se tournèrent vers lui. Il remit le camion par terre, et le fit rouler sous le futon et sous la petite table. Billy les enlaça tous les deux et les embrassa avant de quitter le bureau et de rejoindre la salle. Darryl partit juste après lui, laissant la porte ouverte. Il venait de quitter la pièce quand un camion roula derrière lui et fonça dans le mur qui se situait de l'autre côté du petit couloir. Donnie se précipita derrière lui pour le ramasser.

— Pourquoi ne pas aller chercher quelques caisses de lait et les placer dans le couloir ? cria Maureen avec un rire dans la voix. Cela stopperait tout fuyard.

Darryl fit ce qu'elle suggérait avant de retourner en cuisine. Il commença à préparer le petit déjeuner.

— Que se passe-t-il avec les enfants ? demanda Maureen tout en continuant à faire le glaçage d'un gâteau pour une fête qui était prévue le soir-même.

Darryl lui dit ce qui s'était passé ces derniers jours, et alors qu'il le faisait, la bouche de Maureen s'agrandit de surprise encore et encore.

— Je ne sais pas ce qui m'époustoufle le plus ; que Billy prenne soin de ses frères ou que tu admettes enfin que tu aimes quelqu'un.

56

— Je ne suis pas si méchant, plaisanta Darryl tout en cassant des œufs dans un bol.

Maureen lui mit un peu de glaçage sur la joue.

— Bien sûr que si, tu l'es, et tu le sais.

Elle continua le glaçage du gâteau, et Darryl essuya la traînée de sucre sur sa joue avec un sourire.

— Je n'arrivais pas comprendre pourquoi, c'est tout.

Darryl la vit arrêter de travailler et se tourner vers lui.

— J'ai toujours pensé que quelqu'un avait dû te blesser terriblement.

Darryl mit un peu de jambon et d'oignon sur le grill, les réchauffa avant d'ajouter la mixture à base d'œufs par-dessus. Il fit aussi griller un peu de pain.

— On l'a fait, mais pas dans le sens que tu imagines.

Il fut surpris de ne pas souffrir de la même façon qu'auparavant lorsqu'il en parlait. Les choses avaient changé, et Darryl pouvait même sauter de joie en pensant à ça.

— Tu m'en parleras ?

Elle finit ce qu'elle faisait et plaça le gâteau dans la chambre froide avant de nettoyer derrière elle.

— Je pense.

Il termina ses préparatifs, ne levant pas le regard du grill, sa vieille appréhension revenant au galop.

— Tu sais que peu importe ce que c'est, ça ne changera rien.

Maureen fouetta son derrière avec une serviette.

— Je t'aimerai toujours.

Elle le fouetta une fois de plus avant de retourner travailler. Darryl termina de préparer le petit déjeuner et trouva Billy dans la salle en train de plier les serviettes. Il leva la tête et sourit tout en travaillant, et Darryl serra les poings. Ce sourire l'atteignait en plein cœur à chaque fois. Savoir que cet homme était aussi doux que ses baisers l'aidait à avancer.

— Le petit déjeuner est prêt.

Billy mit son travail de côté, et Darryl lui tint la porte. Ils attrapèrent les assiettes, puis les portèrent jusqu'au bureau. Les garçons se regroupèrent autour d'eux, et Billy les installa. Ils goûtèrent les œufs avec précaution avant d'estimer qu'ils étaient bons et de les dévorer.

Darryl mangea une bouchée d'œufs, mais il n'avait pas très faim.

— Quand j'étais au lycée, j'avais un ami nommé Connor. On s'est rencontrés quand il était en troisième. J'étais une classe au-dessus de lui, mais il était si intelligent que l'on a fini dans les mêmes classes, et on est devenus amis.

Darryl regarda Billy manger lentement, son attention concentrée sur lui.

— Pour résumer, quelques années plus tard, on a tous les deux découvert qu'on préférait largement les joueurs de football aux pom pom girls.

Billy déglutit et opina doucement.

— Je comprends ce que ça fait.

Il sentit les doigts de Billy lui caresser gentiment le dos de la main avant de s'arrêter.

Darryl posa sa fourchette et prit la main de Billy dans la sienne.

— Au fil du temps, notre amitié s'est transformée en quelque chose de plus intense. On avait parfois l'habitude de rester chez l'un ou chez l'autre et…

Darryl déglutit, pas vraiment sûr de vouloir partager avec qui que ce soit ce que Connor et lui avaient vécu, pas même avec Billy. Les souvenirs étaient trop précieux pour lui.

— Tu vois l'idée.

Billy posa sa fourchette, le regard ancré dans celui de Darryl.

— Je suppose que ça ne s'est pas bien terminé.

— Non, effectivement. Le père de Connor nous a trouvés ensemble dans sa chambre. On pensait qu'ils étaient allés se coucher, et Connor et moi étions…

Darryl déglutit difficilement.

— … au milieu de certaines choses.

Il pouvait encore voir l'expression blessée sur le visage de Connor. Ce n'était pas tellement le fait que son père les avait surpris, mais les noms dont l'homme avait affublé son fils. Quand il y repensait, ça le hérissait toujours autant.

— Son père l'a sorti du lit et a commencé à le frapper. J'ai essayé de le protéger, mais il m'a juste repoussé et a continué à battre Connor, l'appelant par les pires noms possibles.

Darryl sentit les émotions étouffées affluer à la surface.

— Je ne l'ai jamais dit à personne, jamais.

Darryl regarda les enfants qui avaient fini de manger et qui retournaient à leurs jouets.

— Finalement, il s'est épuisé et a explosé de colère, me balançant mes vêtements. J'ai réussi à m'habiller et il m'a jeté dehors.

Darryl déglutit difficilement.

58

— La dernière chose que j'ai vue était Connor tentant de se cacher sous les couvertures.

— Qu'est-ce que tu as fait ?

— J'ai couru jusqu'à chez moi comme une grosse poule mouillée. Ma mère et mon père étaient debout, et le père de Connor les avait déjà appelés.

— Ça a dû être dur.

Billy recommença à lui caresser la main. Darryl rit de douleur.

— Ce n'était que le début. Ma mère pleurait, et mon père me regardait comme si on lui avait tiré dessus ou quelque chose comme ça, mais ils m'ont envoyé au lit et ont dit qu'on en discuterait le lendemain matin. Je n'ai pas fermé l'œil de la nuit, m'inquiétant pour Connor, ainsi que pour ma mère et mon père.

— Qu'ont-ils fait ?

— Au début, rien. Ils ont essayé de comprendre et m'ont parlé de ce que je ressentais. Ça me stupéfiait qu'ils m'aiment toujours et tout. Je pensais qu'ils allaient peut-être agir comme le père de Connor, mais ce n'était pas le cas. Ils ont fait de leur mieux pour me comprendre.

— Je ne comprends pas où est le problème, ajouta Billy, confus.

— Le problème a commencé l'après-midi suivant avec la venue du père de Connor à la maison. C'était le pasteur d'une de ces églises qui pensent que les gays peuvent être guéris. Je venais d'avoir dix-huit ans, et Connor était toujours mineur, alors c'était soit entrer dans ce programme, soit aller en prison pour abus sur mineur.

Darryl se couvrit les yeux et essaya de ne pas penser à ce qui s'était passé.

— Des fois, je me dis que ça aurait été préférable. J'ai passé un mois loin de chez moi dans un de leurs programmes, et ensuite j'ai vu ce psychologue qui m'a répété pendant des mois que j'étais une sorte de pédophile et que je devais étouffer ce désir d'être avec des petits garçons.

Les yeux de Billy s'écarquillèrent, et Darryl le vit regarder les garçons, qui jouaient tous deux joyeusement.

— Ce n'est pas le cas. Je n'ai jamais eu de désir pour les petits garçons, ça n'a jamais été le cas.

Darryl sentit les larmes se former dans ses yeux.

— Mais je suppose qu'après avoir entendu ça encore, encore et encore, tu commences à te poser des questions. Je n'étais qu'un enfant, et un docteur continuait de me dire que j'étais malade, que j'aimais les petits garçons, et que je devais combattre cela. Ils me punissaient chaque fois que je me sentais excité par des photos d'hommes, qu'ils n'arrêtaient pas de me montrer afin de pouvoir me punir. Au bout d'un moment, j'ai fait de mon mieux pour faire ce qu'ils voulaient juste pour pouvoir partir.

Billy resserra son étreinte sur la main de Darryl.

— Laisse-moi deviner, tu as fini par y croire ?

Darryl hocha brièvement la tête.

— Je ne me suis pas permis d'avoir beaucoup de compagnons durant ces dix dernières années. Oh, je suis sorti avec quelques hommes, mais c'était juste du sexe sans conséquence. J'ai toujours été effrayé – ils m'ont rendu ainsi. La première fois que j'ai essayé d'avoir une relation sexuelle après Connor, tout ce que je pouvais voir était son père qui le battait. J'ai dû partir, j'étais malade.

— Tu as dû porter ça en toi pendant toutes ces années. Qu'est-ce qui a changé ? demanda Billy.

Il laissa échapper un petit cri de surprise quand Donnie vint s'asseoir sur ses genoux.

— J'ai parlé de toi à ma mère, et on a parlé de tout ça. Elle m'a dit en quelque sorte qu'ils avaient eu tort de me laisser aux mains de ces croyants cinglés, qu'ils m'aimaient et qu'ils croyaient en moi. Je suppose que j'ai finalement vu plus loin que ces conneries auxquelles ils m'avaient fait croire. J'ai réalisé ce que j'avais manqué et que je te devais une explication – et une confession.

Darryl s'installa confortablement quand Davey grimpa sur ses genoux et enroula ses bras autour de son cou.

— Tu as besoin d'un câlin, dit Davey, serrant ses bras autour de son cou avant de redescendre et de retourner faire rouler son camion sur le sol.

— Quel genre de confession ?

Darryl pouvait entendre quelque chose d'étrange dans la voix de Billy, mais il n'arrivait pas à savoir ce que c'était.

— Je ne t'ai pas menti la nuit dernière, je t'apprécie beaucoup. Merde, je t'aime vraiment beaucoup.

Darryl tendit le bras et passa la main sur la joue de Billy.

— Je ne peux pas dire que je n'ai pas peur, mais j'aimerais…

Il n'était pas sûr de la façon de procéder.

—… te demander un rendez-vous.

Voilà, il l'avait dit. Quelque chose qu'il n'avait pas fait depuis qu'il avait demandé à Connor un premier rendez-vous, il y a bien des années.

— J'adorerais. Mais on aura peut-être des chaperons qu'on devra surveiller.

Billy sourit alors que Donnie descendait de ses genoux, avant d'aller jouer sur le sol avec son frère.

— Le restaurant est fermé le dimanche. Je pensais que toi et les garçons vous pourriez venir la journée. Peut-être qu'on pourrait aller au parc l'après-midi.

— Pourquoi ? murmura Billy, sa voix à peine audible. Je suis juste un gamin qui peut à peine prendre soin de ses frères. Pourquoi voudrais-tu sortir avec moi ? Est-ce que c'est parce que tu as pitié de nous ?

— Non ! répondit Darryl bruyamment, avant de s'adoucir. C'est parce que tu es attentionné et l'un des hommes les plus adorables que j'ai jamais rencontrés. Et tu allèges mon cœur, et d'après mes souvenirs, tu es le premier à me rendre aussi vivant depuis Connor.

— Qu'est-ce qu'il lui est arrivé ?

— La dernière fois que je l'ai vu, il était couvert de bleus et pouvait à peine voir. Avant que je sorte du programme, sa famille avait déménagé, et je n'ai jamais su où. J'ai toujours espéré qu'il parvienne à être heureux d'une façon ou d'une autre.

Darryl plongea son regard dans celui de Billy, attendant sa réponse.

— D'accord, j'accepte un rendez-vous avec toi.

La porte de service s'ouvrit et se referma, attirant leur attention.

— Mais je dois retourner travailler avant que mon patron ne décide que je me relâche.

Billy lui fit un clin d'œil et se releva.

— Vous deux, soyez sages. Darryl et moi devons retourner travailler, maintenant.

Les garçons levèrent les yeux et hochèrent la tête avant de retourner à leurs jeux.

Darryl empila les assiettes afin de les emmener à la plonge pendant que Billy s'assurait que les garçons allaient bien. Quittant la pièce, ils remirent en place les caisses de lait dans le couloir. Après avoir déposé les plats, Darryl retourna travailler. Il avait la sensation qu'il venait de gagner à la loterie.

# VI

BILLY N'AVAIT presque pas dormi de la nuit. Leur minuscule appartement était silencieux, et il pouvait entendre un des garçons remuer occasionnellement dans leur lit. Le regard fixé sur le plafond taché, il laissa son esprit remonter le temps jusqu'à la semaine passée et ce que le changement avait apporté dans leur vie. Il regarda de l'autre côté de la pièce plongée dans la pénombre et put voir Davey serrer un ourson en peluche sous son bras, pendant que Donnie dormait près d'un hippopotame mauve. Tous deux avaient reçu ces cadeaux de Sebastian. Tout le monde au restaurant avait semblé essayer d'aider d'une manière ou d'une autre. Maureen avait apporté un immense carton de vêtements qui étaient devenus trop petits pour son fils. Ils étaient encore un peu grands, mais au moins ils n'avaient pas à s'inquiéter pour l'hiver à venir.

Et les jouets – il semblait que tout le monde au restaurant avait acheté quelque chose pour les garçons. Ils avaient les camions et les peluches avec lesquels ils dormaient tous les soirs. Maureen avait apporté des blocs de construction, et Davey s'était battu avec son frère à chaque fois que Donnie s'en était approché. Donnie avait fait de même avec les animaux de ferme que Mary Ellen, une des travailleuses à mi-temps, avait apportés pour eux. Billy sourit dans son lit en repensant à la façon dont tout le monde les avait en quelque sorte adoptés et dont ils veillaient sur ses frères. Outre sa famille, Billy n'avait jamais senti qu'il était à sa place où qu'il soit, mais le Café Belgie commençait à ressembler à son foyer, avec Darryl au centre.

— Biwwy.

Il entendit une petite voix percer les ténèbres.

Il repoussa alors les couvertures, puis sortit du lit et traversa prudemment la pièce.

— Qu'est-ce qu'il y a, Donnie ?

62

Le petit garçon s'assit en se frottant les yeux.

— Davey n'arrête pas de me mettre des coups de pied.

Il lança un regard noir à son frère endormi.

— Je peux dormir avec toi ?

— Bien sûr.

Billy souleva son frère, les couvertures retombant sur le lit. Donnie tendit le bras vers son hippopotame mais Billy secoua la tête.

— Herbie doit rester ici.

Donnie fixa la peluche pendant une seconde avant d'enrouler les bras autour du cou de son grand frère qui le porta jusqu'à son lit.

— Est-ce qu'on va rendre visite à Dawwyl aujourd'hui ?

Donnie s'installa sous les couvertures, bâillant avant que Billy retourne dans son lit.

— Oui. Il sera ici quand il fera jour. Maintenant, dors.

Le jeune garçon se retourna et fit rapidement ce qu'il lui avait dit de faire, suivi de Billy.

Quand Billy se réveilla des heures plus tard, ce n'était pas à cause du soleil printanier qui filtrait par la fenêtre ou du son relaxant du chant des oiseaux, mais à cause du bruit de collision de voitures et du bruit que faisait un de ses petits frères en imitant le moteur d'un camion.

— Vroum, vroum, freiiiine, boum !

Il vérifia l'heure sur la petite horloge de son lit et vit qu'il était six heures trente. Bon Dieu ! Il envisagea de dire aux garçons de se calmer, mais il savait que c'était peine perdue. Une fois qu'ils avaient commencé, ils devenaient incontrôlables. Non qu'il s'en plaigne : durant la semaine passée, ils avaient commencé à agir comme des petits garçons de cinq ans en pleine santé.

— Tu joues avec nous ? demanda Davey tout en percutant le camion de Donnie avec le sien.

— En fait, vous devez vous laver et vous habiller afin que nous soyons prêts quand Darryl arrivera.

Billy souleva le petit garçon qui attrapa au vol son camion.

— Tu ne veux pas le prendre dans le bain avec toi, il va rouiller.

Davey regarda Billy comme s'il était idiot et se cramponna à son camion alors qu'ils se préparaient pour le bain. Pendant que la baignoire se remplissait, Billy alla chercher Donnie et mit les garçons dans l'eau sans leurs jouets. Et ils n'en avaient pas besoin. Le petit appartement fut bientôt rempli de cris de joie alors qu'ils s'éclaboussaient l'un l'autre ainsi que Billy.

— Ça suffit. Lavez-vous pour qu'on puisse manger.

La nourriture les faisait toujours bouger, et bientôt Billy essuyait chacun d'eux dans les seules serviettes qu'il possédait.

Davey quitta la sienne en se tortillant et courut dans l'appartement tout nu, ses petites jambes et son postérieur à l'air tandis qu'il ouvrait un tiroir et commençait à enfiler ses sous-vêtements.

— Je peux le faire ! Regarde ! hurla-t-il fièrement alors qu'il essayait d'enfiler son tee-shirt à l'envers.

Billy rit et porta Donnie sous son bras jusqu'à la commode, d'où il sortit ses vêtements. Donnie s'habilla pendant que Billy aidait Davey à mettre ses habits à l'endroit. Une fois les deux garçons prêts et leurs chaussures enfilées, Billy fut finalement capable de s'habiller, et juste à temps, parce qu'il entendit quelqu'un frapper doucement à la porte. Il l'entrouvrit et vit Darryl debout dans le couloir.

— Bonjour, dit ce dernier alors qu'il se penchait vers lui.

Billy sourit tout en l'embrassant sur les lèvres.

— Je pensais qu'on pourrait retourner chez moi pour le petit déjeuner puis aller au parc.

— Ce serait sympa.

Il n'était pas vraiment sûr qu'ils sortent déjà ensemble, mais c'était sans aucun doute agréable d'avoir quelqu'un qui faisait attention à lui. Billy sursauta presque quand il sentit la main de Darryl sur son derrière, le caressant doucement.

— Est-ce qu'on peut prendre nos jouets avec nous ? demanda Davey au sol alors qu'il jouait avec son camion.

— J'ai quelque chose pour vous chez moi, répondit Darryl, mais vous devez laisser vos jouets ici avant.

Les petits pieds traversèrent la pièce, rangeant dans la boîte les jouets éparpillés, avant de sauter dans les bras de Darryl, piaillant qu'ils étaient prêts.

— Tu es prêt ? demanda Darryl à Billy.

Darryl le contempla, le regard brûlant, et la bouche de Billy s'assécha.

— Je suis prêt.

Ils quittèrent l'appartement et descendirent les escaliers, chacun des jumeaux tenant une des mains de Darryl. Ils marchèrent jusqu'au coin de la rue, puis descendirent le pâté de maisons. Billy regardait autour de lui, se demandant où Darryl les emmenait, jusqu'à ce qu'ils s'arrêtent en face d'une rangée de maisons blanches avec des portillons noirs et des jardinières colorées remplies de fleurs bourgeonnantes.

Darryl déverrouillait la porte lorsque Davey s'accrocha au pantalon de Billy.

— Je dois aller au pot, lui chuchota le petit garçon qui commença à serrer les jambes, sautant d'un pied sur l'autre.

Billy lui prit la main, et aussitôt que la porte fut ouverte, Darryl souleva Davey et ils pénétrèrent à l'intérieur. Darryl emmena Davey, les bruits de pas résonnant dans la maison, alors que Billy et Donnie s'immobilisaient dans le vestibule.

— Waouh, chuchota Billy dans un souffle tout en jetant un coup d'œil dans le salon.

Plafonds hauts, grandes fenêtres et plancher étincelant couleur miel leur souhaitaient la bienvenue, en accord avec les larges pièces remplies de mobilier en cuir à l'allure confortable. Ce n'était pas trop chargé mais propre et confortable avec une touche d'élégance ; en particulier la cheminée et le vieux chandelier en cristal. Billy ne voulait pas fouiner, mais il ne pouvait s'en empêcher, et il se déplaça jusqu'au fond du vestibule, scrutant la salle à manger avec sa large table élégante et ses chaises, les luminaires scintillants, et les murs d'un rouge profond.

— Est-ce que tu aimes ? chuchota la voix de Darryl à son oreille, la chaleur de son souffle caressant la peau de son cou.

— Ta maison est magnifique.

Billy se retourna et Darryl était si proche qu'il pouvait sentir la chaleur de son corps.

— Tout comme toi.

Les yeux de Darryl flamboyaient. Billy s'apprêtait à se faire embrasser, mais un chœur de 'J'ai faim' venant des petits grognons les interrompit, aussi Darryl les emmena-t-il jusque dans la cuisine, étonnamment étroite.

— J'ai aimé la maison dès que je l'ai vue, mais j'ai failli ne pas l'acheter à cause de la cuisine. Mais je cuisine presque uniquement au restaurant, de toute façon, alors... expliqua Darryl tout en commençant à préparer ce que Billy devina être du pain perdu.

— Elle est quand même vraiment bien.

Il laissa parcourir sa main sur le granit froid du comptoir. Ce n'était peut-être pas très grand, mais c'était bien plus agréable que son vieil évier, sa cuisinière, et son réfrigérateur qui se trouvait dans ce qui avait dû être un placard.

— Je peux faire quelque chose pour aider ?

Billy remarqua que les garçons étaient en train de commencer à explorer la maison.

— J'ai le petit déjeuner sous contrôle. Si tu veux...

Il pointa du doigt une porte de la cuisine.

— ... tu peux emmener les enfants dans le jardin.

Billy se retourna et vit Davey disparaître dans une autre pièce. Il se dépêcha de le rattraper, aperçut l'enfant dans un autre couloir et entendit Donnie rire, ravi. Il prit alors la main de Davey et suivit les bruits jusqu'à une chambre, où Donnie était déjà en train de sauter sur le lit.

— Descends.

Donnie arrêta de sautiller, sachant qu'il avait fait quelque chose de mal. Il se retourna, glissa du matelas, et Billy étira les couvertures avant de prendre chaque garçon par la main et de les conduire jusque dans la cuisine. Puis il ouvrit la porte, et ils marchèrent le long d'un petit chemin pavé entouré de plantes en pleine fleuraison. Dès que Billy lâcha les mains des garçons, ils coururent au fond du jardin et regardèrent à l'intérieur du minuscule bassin, passant leurs mains dans la fontaine.

— Il y a des poissons ! s'exclama Donnie, pointant du doigt et fixant le grand poisson orange et jaune alors qu'ils passaient leurs mains dans l'eau.

Donnie s'agenouilla et piqua presque une tête dans le bassin. La seule chose qui l'arrêta fut Billy, qui avait attrapé la ceinture de son pantalon.

— Ils ne peuvent rien abîmer ici, dit Darryl depuis l'embrasure de la porte.

— Sauf peut-être traumatiser tes poissons, rétorqua Billy avant de prévenir les garçons de ne pas aller dans l'eau.

Ils semblèrent perdre leur intérêt et s'éloignèrent pour explorer le reste du jardin.

— Le petit déjeuner sera prêt dans quelques minutes. Est-ce que tu veux bien m'aider à mettre la table ? demanda Darryl.

Après un dernier coup d'œil aux garçons, Billy rentra à l'intérieur.

— Ton jardin est magnifique. Tu es sûr que les garçons ne vont rien abîmer ?

— Tout ce qui est dehors est plutôt résistant.

Darryl lui montra où se trouvaient les assiettes et commença à servir la nourriture.

— Je me disais qu'on pourrait manger dehors.

La cuisine était assez petite pour que lorsque Darryl n'ait qu'à se pencher légèrement en avant pour toucher les lèvres de Billy. Quelques secondes plus tard, Billy entendit Darryl poser la nourriture sur le comptoir et de grands bras l'enveloppèrent, les rapprochant l'un de l'autre tandis que les lèvres et la langue du restaurateur dévorait sa bouche. La petite pièce fut remplie de petits gémissements et de geignements que Billy reconnut comme étant les siens. Les mains de Darryl glissèrent le long de son dos, et le jeune homme sursauta, mais ne recula pas, quand elles agrippèrent ses fesses.

— Devrait-on… commença-t-il à demander avant d'abandonner quand ses lèvres furent de nouveau capturées, cette fois avec plus de force et de désir.

Qu'importe ce qu'il allait dire, ce fut perdu dans la saveur des lèvres de Darryl et la chaleur de son corps pressé contre le sien. Il pouvait sentir l'excitation de Darryl contre sa hanche, se frottant contre sa propre érection enfermée dans son jean.

— Si tu n'arrêtes pas, je vais jouir, chuchota Billy avant que Darryl l'embrasse plus chastement et se recule doucement.

— J'aimerais voir ça plus que tout au monde.

Les yeux de Darryl brillaient et Billy espéra d'un côté qu'il continue, mais des cris provenant de l'extérieur les ramenèrent à la réalité.

— Pourquoi ne vas-tu pas voir ce qui se passe dehors, je te rejoins dans une minute.

Darryl lui fit un clin d'œil et sourit. Billy attrapa les assiettes et sortit.

— Davey, ne saute pas la clôture, admonesta Billy.

Son frère revint alors sur la terre ferme tandis que Donnie continuait à regarder à travers les planches de bois, essayant d'insérer sa main entre elles.

— Mon camion, se plaignit-il doucement, continuant à essayer de passer la main à travers.

Où avaient-ils trouvé ceux-là ? se demanda Billy silencieusement jusqu'à ce qu'il en voit d'autres éparpillés par terre. Darryl avait dû préparer ça.

— Nous irons le chercher après manger.

Billy le tira loin de la clôture, et le petit garçon continua à gémir, mais s'assit sur une chaise. Billy distribua les assiettes et les fourchettes.

— Darryl a fait du pain perdu.

Les deux garçons le regardèrent, inclinant légèrement la tête.

— J'ai de la nourriture pour les estomacs sans fond !

Darryl posa le plateau et chatouilla légèrement les garçons avant de poser les assiettes. Les deux garçons fixèrent la nourriture. Ils s'interrogèrent du regard et regardèrent Billy, mais n'y touchèrent pas.

— Qu'est-ce qui ne va pas ?

— Je ne pense pas qu'ils sachent ce que c'est. Papa n'a jamais fait rien de tel. On mangeait surtout des céréales, peut-être occasionnellement des œufs, mais rien de si élaboré.

Billy s'assit et eut la sensation que lui et son père avaient privé les garçons pendant tout ce temps.

— Goûtez, les garçons, c'est bon, les encouragea Billy alors qu'il prenait une bouchée.

Il ferma les yeux, la cannelle et le beurre fondant sur sa langue.

Les garçons comprirent l'idée et commencèrent à manger. Ils se mirent à sourire après leur première bouchée et s'y attaquèrent avec enthousiasme. Une fois qu'ils commençaient, ils semblaient toujours dévorer avec empressement, comme une personne sur le point de voir la nourriture s'envoler. Billy savait que c'était parce qu'ils avaient faim.

— Qu'est-ce qu'il y a ? Tu sembles triste, demanda Darryl, sa main caressant celle de Billy.

— Quelques fois, j'ai l'impression d'être un raté.

Billy posa sa fourchette.

— Je ne peux même pas les nourrir sans aide et parviens à peine à payer les chambres minables dans lesquelles on vit. Ils méritent mieux que ça.

— Ce qu'ils méritent, c'est quelqu'un qui les aime plus que toute autre chose dans ce monde, murmura doucement Darryl.

Billy examina ses frères, tous deux se goinfrant et souriant, des morceaux de pain perdu entre les dents.

— Regarde, ils sont heureux. Tu sais qu'ils n'ont pas besoin de beaucoup de choses ou d'une maison imaginaire – ils ont juste besoin d'être aimés.

— Mais je ne peux même pas les nourrir sans aide.

L'idée que le combat pour la nourriture reprendrait quand la générosité de Darryl se tarirait lui déchira le cœur.

— Il n'y a rien de mal à être aidé quand on en a besoin.

Billy se tourna vers Darryl et sentit la paume de sa main rugueuse lui caresser la joue.

— Je ne me suis pas senti nécessaire à quelqu'un depuis longtemps. C'est agréable de savoir que je peux les aider, dit Darryl en déglutissant. Ainsi que toi.

Billy regarda Darryl manger un morceau de son petit déjeuner, mais ses yeux ne le quittèrent pas, et Billy réalisa qu'il aimait être le centre d'attention de cet homme. C'était agréable, comme si quelqu'un prenait soin de lui. Quelque chose à l'intérieur de lui n'était pas prêt à s'en séparer.

— Mais si jamais tu n'étais pas là ?

Quelque chose traversa le regard de Darryl que Billy ne reconnut pas.

— Je ne prévois d'aller nulle part, alors détends-toi. Les garçons sont heureux, et j'espère que c'est aussi ton cas.

Billy opina légèrement. Il était heureux. Darryl semblait avoir cet effet à la fois sur lui et les garçons. Merde, il lui avait préparé le petit déjeuner pendant son jour de repos et les avait emmenés chez lui… et mis en danger ses poissons.

— Je sais que tu as raison.

— Alors ne t'inquiète pas. Contente-toi de te détendre et d'apprécier.

Darryl finit de manger et s'installa confortablement.

— Vous avez fini de manger, les garçons ?

Les deux bambins sourirent et hochèrent la tête. Les assiettes des jumeaux étaient propres, et ils étaient en train de commencer à s'agiter sur leur chaise, visiblement prêts à descendre pour voir ce qu'il y avait d'autre à découvrir.

— Alors ramenons ces assiettes dans la maison et nous irons au parc.

Les assiettes rentrées et la maison fermée, ils sortirent par la porte d'entrée. Billy regarda les garçons monter à l'arrière de la voiture de Darryl et attacher leur ceinture, puis ils traversèrent la ville. Ils s'arrêtèrent et se garèrent près d'un petit pavillon. Les garçons escaladèrent et regardèrent partout où ils allaient. Ils ne savaient pas ce qu'ils voulaient faire en premier. Il y avait un ruisseau avec des oies et des canards, un grand terrain de jeu avec des balançoires, une énorme forteresse d'escalade, et bien sûr l'eau elle-même. Les prenant par la main, Billy les mena jusqu'au terrain de jeu. Là, ils le lâchèrent, se mirent à courir et disparurent dans le fort.

Billy sentit la main de Darryl effleurer la sienne alors qu'ils approchaient de la structure de jeu. Billy fit un signe de main à Davey quand il vit sa tête sortir par une des fenêtres du rempart. Donnie sortit sa tête par la suivante, ses petites mains lui faisant de grands signes.

— Amusez-vous, cria Darryl aux jumeaux.

Billy se sentit alors gentiment dirigé vers les balançoires sur le côté.

— Est-ce que tu es déjà venu ici avant ? Tu peux facilement venir à pied.

Darryl attrapa une balançoire, et Billy s'assit sur celle à côté de lui.

— Non. On n'habitait pas ici avant que papa ne meure, et depuis, on a fait tout ce que l'on a pu pour survivre.

Il vit les garçons traverser en courant un pont avant de grimper les escaliers jusqu'au toboggan.

— J'aurais aimé savoir qu'il y avait cet endroit. Ils ont besoin de sortir et de faire des choses normales comme les autres enfants.

Billy se tourna vers Darryl et le vit commencer à se balancer, utilisant ses pieds pour prendre de l'élan. Alors qu'il regardait, Darryl arrêta le mouvement et sauta de sa balançoire.

— Je pense que c'est à ton tour de t'amuser un peu aussi.

Darryl se plaça derrière lui et commença à le pousser. Il se balança de plus en plus haut, son estomac tressautant à chaque fois. Mon Dieu, c'était amusant. Alors qu'il se mouvait, il vit Davey courir vers lui, le pointant du doigt. Darryl s'écarta, le plaça sur l'autre balançoire et commença à le pousser. Donnie galopa aussi vers lui, ne voulant pas être laissé pour compte. Billy ralentit le rythme de sa balançoire et en descendit. Il plaça son frère sur le siège et le poussa jusqu'à ce qu'ils se mettent à chanter en chœur 'plus haut, plus haut' accompagnés de rire, se battant pour être celui qui récolterait le plus d'attention.

— J'ai fini, cria Donnie et Billy ralentit la balançoire jusqu'à l'arrêter. On peut aller voir les oiseaux ? ajouta-t-il en pointant du doigt le ruisseau qui coulait le long de la lisière du parc.

— Ce sont des canards et des oies, le corrigea gentiment Billy.

Donnie commença alors à s'éloigner. Billy put à peine le suivre, mais ils furent tous deux dépassés par Darryl portant un Davey couinant de bonheur. Billy rattrapa l'enfant juste à temps.

— Un de ces jours, ton pantalon va lâcher et tu vas tomber dans l'eau la tête la première, le réprimanda-t-il.

Mais Donnie l'ignora complètement.

Une petite fille et son père se tenaient en bas du chemin, jetant des bouts de pain aux canards. Alors qu'ils approchaient, la petite fille donna à chaque garçon un morceau de pain, et les deux enfants firent de leur mieux pour essayer d'engraisser les canards. Billy recula. Il se tint à côté Darryl et regarda ses frères.

— C'est si agréable de les voir heureux. Merci.

Il regarda Darryl et voulut désespérément l'embrasser, là, maintenant. Il n'y avait pas eu beaucoup de joie dans leur vie pendant un moment, et quelque chose d'aussi simple que nourrir les canards signifiait beaucoup pour eux tous.

Mais Darryl glissa ses bras autour de lui, l'étreignant presque, ce qui était presque aussi agréable.

Une fois qu'il n'y eut plus de pain, la petite fille leur fit un signe d'adieu de la main et retourna jusqu'à la voiture de son père. Ils lui firent un signe d'adieu à leur tour, et les garçons crièrent : 'Merci !' aux feux arrière. Les garçons les regardèrent l'air de dire 'Vous n'avez rien apporté ?' avant de courir sur le gazon près de l'aire de jeu.

— C'était une idée merveilleuse ; ils sont si heureux grâce à toi.

— Et toi ? répondit doucement Darryl, marchant près de lui, une main touchant son bras. Tu es heureux ?

Billy ne put empêcher un sourire de s'étaler sur son visage.

— Oui, je le suis.

— Bien.

Darryl les mena vers une table de pique-nique à l'ombre des arbres qui entouraient le parc et s'assit près de lui sur le banc. Billy sentit quelques frissons le parcourir. Darryl le tira alors vers lui, et son corps se réchauffa.

— Je suis content que tu passes un bon moment, et j'espère qu'ils vont finir par se fatiguer. Ils font toujours des siestes, n'est-ce pas ?

Billy releva la tête de l'épaule de Darryl sur laquelle il se reposait. Son odeur, un parfum puissant, mêlé à celle de la terre de la forêt, commençait à l'exciter.

— Oui, ils en font.

— Merci mon Dieu, parce que ce que j'aimerais vraiment, c'est passer un peu de temps seul avec toi.

Darryl approcha ses lèvres si près des siennes que Billy put en sentir la chaleur.

— Je le veux vraiment.

Billy hocha lentement la tête et se sentit englouti par la chaleur du regard de Darryl. Personne ne l'avait jamais regardé de cette façon, comme s'il était le plat principal à un buffet.

— Je le veux aussi.

Billy eut l'impression de sentir les lèvres de Darryl frôler les siennes, mais des cris et des appels ramenèrent leur attention au terrain de jeu. Les deux garçons étaient en train de courir et jouer joyeusement, mais cela rappela à Billy que c'était sur eux qu'il devait se concentrer. Il ne pouvait pas se perdre dans la contemplation de Darryl, même si ce serait facile à faire.

— Tu crois que c'est l'heure de déjeuner ? Les garçons vont certainement avoir faim. Après tout cet air frais, une fois qu'ils auront mangé, ils iront sûrement tout de suite dormir pendant un moment.

Darryl leva la tête et vit les garçons franchir un pont de corde.

— Davey, Donnie, cinq minutes.

Billy commença à pouffer doucement. À leur expression, on aurait dit qu'on venait de leur enlever le dernier jouet sur terre.

— Billy et moi vous ramènerons ici.

Davey courut vers eux, Donnie juste derrière lui.

— Tu p'omets ?

Son petit visage semblait si sérieux, comme si c'était trop beau pour être vrai.

— Bien sûr, dit Darryl avec un sourire qui réchauffa le cœur de Billy. Maintenant allez jouer pendant quelques minutes et on ira manger.

Ils s'enfuirent en courant, et Billy s'assit et les regarda, se demandant ce qu'il avait fait pour amener cet homme bon dans leur vie. C'était presque trop beau pour être vrai.

— Qu'est-ce qui ne va pas ? demanda Darryl en cherchant un indice dans ses yeux. Tu sembles si tendu tout à coup.

— Je pourrais m'habituer à t'avoir près de nous, et ça m'effraie un peu, répondit Billy avec honnêteté.

— Pourquoi ?

— Parce que, et si un jour tu ne l'étais plus ? Près de nous, je veux dire.

— Je pense que c'est un peu tôt pour commencer à faire des promesses, mais je peux te dire que je n'ai pas prévu de partir où que ce soit.

Billy se douta que c'était tout ce qu'il pouvait espérer et se leva du banc. Il marcha en direction du terrain de jeu.

— Allez, les garçons. C'est l'heure du déjeuner.

À sa grande surprise, ils arrivèrent avec des sourires, se ruant vers eux deux et bavardant sur toutes les choses qu'ils avaient faites et ce qu'ils voulaient faire la prochaine fois qu'ils viendraient. Les deux hommes écoutèrent et répondirent avec enthousiasme avant de les mener à la voiture.

Darryl les conduisit au McDonald. Ils sortirent et les garçons firent la course jusqu'aux portes.

— Je devine qu'ils connaissent McDonald ? demanda Darryl avec un sourire.

— Effectivement, même s'ils n'y sont pas allés très souvent.

— Eh bien, réparons ça et nourrissons-les. Je sais que c'est mal de ma part, mais il y a des fois où je tuerais pour un Big Mac, déclara Darryl avant de se rapprocher avec un air conspirateur. Mais pour l'amour de Dieu, ne le dis pas à Maureen – elle n'arrêterait pas de me le rappeler.

Billy mena les garçons à une table pendant que Darryl commandait. Il apporta un plateau chargé de nourriture et le posa sur la table, distribuant à chacun sa commande. Les garçons continuèrent à jacasser tout en fourrant des nuggets de poulet et des frites dans leur bouche. Billy remarqua que Darryl avait seulement pris des frites pour les garçons, et il se dit que c'était une fierté de chef dont l'une des spécialités était les frites. Il fit de son mieux pour cacher son rictus tout en mangeant sa salade. Cela ne prit pas beaucoup de temps avant qu'ils ne remplissent le plateau d'emballages vides et de boîtes, mais ils surent que c'était vraiment le moment d'y aller quand Donnie se glissa sous la table, commença à courir vers la statue Ronald McDonald et décida qu'il voulait y grimper.

Une fois les garçons attachés à l'arrière de la voiture, Darryl les ramena en ville et se gara dans le parking du Walmart.

— Je me disais que si nous devions emmener les garçons en voiture, ils auraient besoin de rehausseurs, dit Darryl une fois qu'ils furent garés. Je me dépêche d'aller en chercher pendant que tu attends dans la voiture avec les deux chenapans.

Darryl se retourna, chatouilla les deux garçons et obtint des gloussements ravis et aigus en retour.

— Mais je…

Billy savait qu'il ne pouvait pas se permettre un tel achat, mais que Darryl sache qu'il leur fallait des rehausseurs et qu'il s'en préoccupe assez pour leur en acheter lui réchauffa le cœur.

— Je reviens vite.

Darryl se pencha, donna un baiser rapide à Billy, taisant ainsi ses protestations, avant d'ouvrir la portière et de se hâter vers l'entrée. Billy joua à *Qui suis-je ?* avec ses frères jusqu'à ce que Darryl revienne, ouvre les cartons et installe les sièges pour les garçons avant de les reconduire chez lui.

Au moment où ils revinrent chez Darryl, les nuages avaient commencé à pointer le bout leur nez, et le temps commençait à se rafraîchir. Les garçons et lui suivirent Darryl à l'intérieur. Ce dernier ouvrit le placard de l'entrée et sortit deux grands camions en métal.

— Je jouais avec ceux-là quand j'étais enfant.

73

Les yeux des garçons s'écarquillèrent et ils s'agenouillèrent sur le sol, immédiatement captivés par la pelleteuse et le tombereau bleu avec ses leviers et ses extracteurs qui faisaient tout bouger.

— Qu'est-ce qu'on dit ? dit Billy.

Les deux garçons se levèrent, enlacèrent Darryl et le remercièrent avant de se laisser retomber par terre pour jouer avec une joie incommensurable.

— Allons au salon, souffla Darryl.

Billy le suivit et s'assit sur le divan.

— On peut aller dehors ? demanda Davey tout en allant dans le salon, emportant avec lui un camion dans chaque main.

Billy regarda par la fenêtre et vit des nuages sombres s'épaissir à l'ouest.

— Je pense qu'il va pleuvoir.

Davey parut déçu mais ne dit rien.

— Tu peux jouer sur le sol de l'entrée, dit Darryl, en guise de consolation.

— Mais ne cogne pas les camions contre les murs, ajouta Billy.

Davey sourit et s'en alla, rejoignant Donnie dans le vestibule. Bientôt la maison fut remplie de bruits de camion, de crissements et même de bruits de klaxon quand ils imitaient les bouchons.

— Ils sont incroyables, dit Darryl tout en apportant deux verres de vin.

Il les posa sur la table basse et prit place à côté de Billy sur le canapé. Ils pouvaient entendre les garçons jouer, mais le dossier du canapé leur procurait une certaine intimité.

— Ce qui est aussi le cas de leur frère.

Billy sentit les bras de Darryl glisser autour de lui, et il plongea son regard dans celui du restaurateur alors que leurs lèvres se rapprochaient. Billy se passa la langue sur la lèvre supérieure, et alors les lèvres de Darryl se refermèrent sur les siennes. Chaudes, fermes et parfumées au vin ; Darryl l'embrassait. Ce n'était pas possessif ou violent, mais avide de tendresse. Billy fit un petit bruit, et Darryl prit cela pour une permission. Les lèvres se raffermirent contre les siennes et le baiser s'approfondit, lui coupant le souffle. Billy parvenait à peine penser, son esprit était court-circuité. Les bruits des camions et des enfants s'évanouirent au loin, remplacés par les battements excités de son cœur. Quelqu'un qui le désirait et avait des sentiments pour lui l'embrassait, d'un vrai baiser.

Doucement, Billy recula, et l'instant présent revint. À son soulagement, Darryl le regarda au fond des yeux puis mordilla gentiment sa lèvre inférieure, une main derrière sa tête. Il embrassa à nouveau Billy, cette fois-ci profondément, avec une violence et une passion qui lui coupa le souffle. Il plaça ses mains sur les épaules de Darryl pour se stabiliser alors que son esprit tournoyait et tourbillonnait. Alors qu'il tombait – enfin, pas vraiment, mais on l'aurait dit – sur les coussins, Darryl se pressa contre lui.

— J'aime les petits bruits qui sortent du fond de ta gorge, chuchota Darryl tout en suçotant une de ses oreilles.

Billy pouffa doucement alors qu'une main glissait sous son tee-shirt, caressant ses côtes chatouilleuses.

— On ne peut pas faire ça ici.

— Je sais.

La pression du corps de Darryl contre le sien diminua, et son compagnon s'assit, aidant Billy à faire de même avant de lui tendre un verre de vin. Billy but quelques gorgées et se reposa contre le corps ferme de Darryl, se confortant dans sa chaleur alors que les premières gouttes de pluie s'écrasaient contre la fenêtre.

La maison devint silencieuse, et Billy posa son verre avant d'aller voir ce que faisaient ses frères. Il les trouva dans la chambre du rez-de-chaussée en train de regarder le jardin par la fenêtre.

— Est-ce que les poissons aiment la pluie ? demanda Donnie, pointant du doigt le bassin.

Billy entendit des mouvements provenir de derrière la porte et vit Darryl qui se tenait dans l'embrasure. Davey bâilla, et Donnie fit de même. Darryl savait ce que cela signifiait et posa les couvertures sur le lit. Billy enleva les chaussures des garçons et les plaça sur le matelas.

— Quand vous vous réveillerez, on ira chercher des glaces, promit Darryl alors que leurs yeux se fermaient.

Il sortit en silence, Billy ferma la porte, et…

— Ouf !

Il rebondit presque contre Darryl, mais deux bras puissants le maintinrent en place pendant quelques secondes avant de les guider à travers le couloir.

— J'utilise cet endroit comme une sorte de tanière.

Il ouvrit la porte, et Billy resta bouche-bée devant la pièce sombre aux murs en brique. La porte se referma derrière eux, et Darryl le guida jusqu'à un immense canapé sur lequel ils se laissèrent pratiquement tomber dessus ensemble. Leurs lèvres se battirent en duel, puis Billy sentit les mains de Darryl glisser sous son tee-shirt, et le soulever.

75

Darryl s'éloigna légèrement puis ces lèvres et cette langue chaudes glissèrent le long de sa gorge avant de tourner autour de ses tétons. Billy sentit son dos s'arquer et ses jambes commencer à trembler tandis qu'il collait son torse contre celui de son compagnon.

— Mon Dieu, tu es sensible, gémit doucement Darryl contre la peau de Billy, le souffle chaud glissant sur la chair maintenant fraîche et humide.

— Est-ce que c'est mal ?

Billy fut soudain effrayé de faire quelque chose de mal. Il était si excité qu'il n'arrivait pas à contrôler ses jambes tremblantes, et sa verge semblait sur le point d'exploser dans son pantalon.

Darryl releva la tête et leurs yeux se rencontrèrent.

— Certainement pas. C'est la chose la plus sexy au monde.

Darryl ponctua ses paroles en suçotant un téton, une main dans le dos de Billy, le tenant dans ses bras puissants. Quand Darryl descendit le long de son estomac avec sa langue, le jeune homme commença à glousser, mais cela s'arrêta aussitôt que le muscle chaud tourbillonna dans son nombril avant de lécher la ligne juste au-dessus de la ceinture de son jean.

— Je m'occupe de toi. Profite et détends-toi autant que tu le peux.

Billy se laissa aller, abandonnant son corps à Darryl, qui semblait savoir comment jouer avec lui comme il le ferait avec un instrument. Il pouvait difficilement croire ce qu'il ressentait. Un petit suçotement sur ses tétons le fit trembler. Un coup de langue fit tressauter sa verge dans son pantalon, qui semblait maintenant être une taille trop petit, et quand Darryl lui leva les bras au-dessus de sa tête, léchant et embrassant en-dessous de son bras jusqu'à son téton, il jouit presque dans son pantalon.

— Désolé, chéri, mais tu dois baisser le ton.

Billy sortit la tête de la brume de plaisir dans laquelle Darryl l'avait mis.

— Oh.

Il avait fait quelque chose de mal.

— Ne le prends pas mal. Ces bruits sont vraiment sexy, mais je ne veux pas réveiller les garçons.

Darryl lui fit un clin d'œil comme s'il allait être très coquin.

— Du moins pas jusqu'à ce que j'en aie fini avec toi.

Billy sentit les mains de Darryl ouvrir sa ceinture et défaire le bouton de son jean. Alors cette langue se glissa dans la petite ouverture, aussi chaude qu'un fer à forger.

— Darryl.

La tête se releva, et il obtint un sourire lascif tandis que les mains se retiraient. Le tee-shirt de Darryl glissa alors le long de son corps avant de tomber sur le sol. Les yeux de Billy le suivirent mais revinrent sur lui lorsque la langue de Darryl retourna faire son office, et il sentit la chaleur de sa peau contre la sienne.

Il laissa ses mains vagabonder, les passant sur le dos large de Darryl alors qu'il sentait son pantalon s'ouvrir et des lèvres le parcourir sur sa longueur. Même à travers ses sous-vêtements, il pouvait sentir sa chaleur, et il fit un mouvement en avant, s'arrêtant contre le visage de Darryl tout en réprimant un petit gémissement. Puis Darryl s'éloigna d'un bond et Billy leva la tête vers lui, se demandant ce qu'il avait fait. L'avait-il blessé d'une manière ou d'une autre ?

Darryl le remit sur ses pieds, et le jean de Billy tomba autour de ses chevilles avant qu'il puisse faire un mouvement pour le rattraper. C'était ce qu'il s'apprêtait à faire lorsqu'il sentit l'épaule de Darryl sur son torse, et il fut soulevé.

— Hé ! cria-t-il doucement, ayant une bonne vue du dos et du postérieur de Darryl. Qu'est-ce que tu fais ?

Darryl continua à le porter sur son épaule et lui agrippa les fesses.

— Si on doit le faire, je veux le faire convenablement.

Ils commencèrent à se déplacer dans la maison, mais tout ce que voyait Billy était le sol mouvant et le postérieur de Darryl qui se bandait pendant qu'il marchait. Les escaliers apparurent, et ils commencèrent à les monter, puis encore du sol, une porte qui se ferme, et finalement il fut jeté sur un lit. Il fit quelques rebonds avant que son pantalon lui soit retiré. Ses sous-vêtements suivirent sans plus de cérémonie.

Le premier réflexe de Billy fut de se cacher. Il était maigre et fin.

— Pourquoi vouloir me voir ?

Les lèvres de Darryl s'étirèrent en un sourire, et ses mains glissèrent le long de sa peau.

— Parce que tu es beau.

— C'est faux. Je suis tout maigrichon et pâle.

Son argument fut interrompu lorsque des doigts encerclèrent son sexe.

— Celui qui t'a dit ça ne racontait que des conneries, lui dit Darryl.

Billy déglutit, n'y croyant pas vraiment. Son père lui disait ça tout le temps, qu'il était trop petit et qu'il avait trop pris de sa mère.

— Tu es absolument…

La main autour de lui commença à le caresser gentiment, et il se dit qu'il allait perdre le contrôle de lui-même.

— … magnifique. Surtout quand tu fais ça.

— Quoi ça ? demanda Billy à bout de souffle alors que Darryl commençait à le caresser plus vigoureusement et rapidement.

Une main glissa sous ses fesses, et il commença à se balancer, s'empalant sur ces doigts. Il pouvait sentir ses parois internes se contracter, et Billy savait qu'il ne pourrait pas tenir beaucoup plus longtemps.

— Jouis pour moi, dit Darryl presque à voix basse, même si c'était comme s'il l'avait crié.

La pression autour et à l'intérieur de lui était trop forte, et Billy poussa un cri et se raidit tandis qu'il jouissait dans la main de Darryl.

Billy s'effondra sur le lit, aussi mou qu'une poupée de chiffon. Lentement, il ouvrit les yeux et vit le sourire brillant que Darryl lui adressait.

— Tu vois, je te l'avais dit.

Billy ne sut quoi répondre, et son cœur décida de croire Darryl sur parole. Des lèvres douces rencontrèrent les siennes, et Darryl le serra contre lui, leurs corps pressés l'un contre l'autre.

— Mais, et toi ?

Billy commença à se tortiller, poussant Darryl sur le dos, baissant les yeux sur le corps de son compagnon.

— Pourquoi ne me déshabillerais-tu pas ?

Billy sourit et décida que ce revirement de situation était définitivement un juste retour des choses. Se penchant en avant, il passa sa langue sur un petit téton érigé, faisant les mêmes choses que Darryl lui avait faites. Il ouvrit la ceinture de Darryl et descendit la fermeture éclair. Darryl arqua le dos, et Billy retira le pantalon et le laissa tomber sur le sol. Une goutte apparut sur la pointe de la verge de Darryl et humidifia le haut du slip, et Billy sourit alors qu'il retirait le coton blanc.

Glissant sa main avec hésitation sur la peau de Darryl, il fut soudain incertain de ce qu'il devait faire. Il s'était demandé pendant des jours à quoi ressemblait Darryl sans vêtements, et maintenant il allait savoir. Le problème était qu'il ne pouvait décider quoi toucher en premier : ce torse puissant, ce ventre plat, cette verge épaisse et érigée... *Arf*. Il passa sa main autour du membre et la fit doucement glissa sur la peau. Il voulait donner à son compagnon tout ce qu'il lui avait donné, mais il n'était pas sûr de ce qu'il devait faire. Finalement, il décida de faire ce qu'il aimait et commença à

78

caresser lentement avec une main pendant qu'il taquinait les bourses imposantes avec l'autre.

Les yeux de Darryl se fermèrent, la bouche grande ouverte dans une expression de pur bonheur.

— Ça fait si longtemps. C'est si bon.

Darryl commença à gigoter sur le lit, et Billy se mit à le caresser plus vite lorsqu'il vit l'expression de Darryl changer. Il ne comprenait pas vraiment la raison de ces expressions, mais il savait ce qu'elles signifiaient.

Les hanches de Darryl commencèrent à bouger doucement en avant, et Billy s'accorda à son rythme. Darryl laissa échapper des petits bruits ponctués de grognement et d'encouragement.

— Je ne peux pas tenir.

— Ne le fais pas. Je veux que tu jouisses. Montre-moi à quoi je ressemblais.

Cela devait être la bonne chose à dire, parce que la bouche de Darryl s'ouvrit et il se tendit, jouissant sur son torse et dans la main de Billy.

Billy retira sa main et attrapa un mouchoir en papier, se nettoya ainsi que son amant, avant de s'allonger sur le lit. Darryl roula sur le côté, se rapprocha et l'embrassa doucement.

— Est-ce que je ressemblais à ça, moi aussi ?

— Je suis sûr que tu étais encore mieux, répondit Darryl alors qu'il embrassait Billy dans le cou.

Billy laissa ses yeux se fermer, se disant qu'il pouvait se reposer quelques minutes. Le souffle régulier de Darryl indiqua à Billy qu'il s'était assoupi. Le corps de Billy voulait désespérément faire de même, mais il combattit cette envie.

— Où est-ce que tu vas ? demanda Darryl, les yeux toujours clos, alors que Billy roulait sur le côté et commençait à se lever.

— Les garçons vont bientôt se lever, et je ne veux pas qu'ils se demandent où je suis, répondit Billy.

Mais avant qu'il ne soit levé, Darryl l'attrapa par les hanches, et le tira vers le lit. Billy se retrouva à rire alors que Darryl soufflait sur son ventre comme on le ferait à un enfant.

— Je te laisse y aller si tu me fais une promesse avant.

— Quelle sorte de promesse ?

Il s'arrêta de glousser mais continua à sourire.

— Reste ici ce soir.

Billy s'immobilisa et regarda Darryl avec surprise.

— Tu veux que je reste avec toi ?

— Oui. Je veux t'enlacer toute la nuit. Nous pouvons écouter le bruit de la pluie et faire l'amour au milieu de la nuit, et je m'assurerai que tu ne sois pas en retard au travail demain.

— Tu le ferais, hein ? le taquina Billy tout en s'installant sur le lit, la chaleur de Darryl l'enveloppant.

— Oui, je le ferais.

Darryl s'installa sur le côté, et Billy leva les yeux sur ce regard marron empli de bonté.

— Suis-je ta bonne action ?

— D'où est-ce que tu sors ça ?

Billy sentit Darryl se tendre contre lui.

— T'ai-je déjà traité comme si j'avais pitié de toi ?

— Non. Mais je n'arrive pas à comprendre ce que tu vois en moi.

— Et si tu acceptais tout simplement que j'aime ce que je vois ?

Darryl l'enlaça fermement, le touchant des pieds à la tête.

— Tu n'es pas une source de pitié mais d'admiration. Ne peux-tu pas le voir ? Tu as la volonté de tout faire pour tes frères, et c'est quelque chose d'extraordinaire.

— Ce sont mes frères

— Je sais, mais tu ferais la même chose pour eux s'ils ne l'étaient pas. Et c'est ce que j'aime chez toi.

Darryl se pencha en avant, captura les lèvres de Billy et l'embrassa passionnément. Darryl aurait pu parler jusqu'à ce qu'il meure, mais ces lèvres communiquaient en un simple baiser tout ce que Billy avait besoin de savoir.

— On devrait se lever.

— Je sais. Mais tu n'as pas répondu à ma question. Tu veux rester ?

Darryl prononça les mots doucement, presque délicatement.

— Oui.

Billy sourit, et Darryl l'embrassa encore alors qu'un bruit de petits pas leur parvenait des escaliers. Avec un sourire aux lèvres – qui venaient d'être embrassées – Billy se leva du lit et remit ses vêtements. Ils étaient tous deux habillés et se dirigeaient vers les escaliers quand les bruits de pas furent remplacés par le bruit de camions.

— Est-ce qu'on va vraiment avoir de la glace ?

Donnie releva tête pour les fixer de l'endroit où il jouait.

— Ouaip.

80

Darryl accourut et souleva le garçon dans les airs, le faisant voler dans la pièce.

— Dès que vous serez prêts.

— Suis prêt, intervint Davey, courant jusqu'à la porte d'entrée.

Darryl reposa Donnie, et il sortit à toute vitesse de la pièce sur les talons de son frère.

— Les garçons, je dois vous dire quelque chose.

Ils s'immobilisèrent tous les deux et se tournèrent vers Billy.

— Darryl nous a demandé de rester chez lui ce soir. Est-ce que ça vous va ?

Ils restèrent silencieux, et Billy pouvait à peine voir leur petite tête s'agiter.

— Tu veux dire comme une soirée pyjama ? demanda Davey, les yeux écarquillés.

— Oui, comme une soirée pyjama.

Il se tourna vers Darryl, se demandant si c'était ce que son compagnon avait vraiment en tête quand il lui avait proposé cela.

— D'accord.

Ils se dirigèrent tous les deux vers la porte d'entrée.

— Est-ce qu'on peut avoir de la glace, maintenant ?

— Oui, on va aller vous chercher ça, dit Darryl en ouvrant la porte.

Heureusement, il avait arrêté de pleuvoir. Alors qu'ils sortaient, Darryl se pencha vers Billy.

— Ils peuvent se régaler maintenant, et ce soir, ce sera notre tour.

Billy mit un coup de coude à Darryl en souriant alors qu'ils montaient dans la voiture.

# VII

— Si TU continues à sourire comme ça, ton visage va rester coincer comme le Joker, le taquina Maureen de son poste de travail. Je prends ça comme un signe que ça marche bien avec Billy.

Elle alluma le mixeur et régla son minuteur avant de se diriger vers Darryl qui était en train de préparer le service du midi.

— Oui, c'est le cas. J'ai passé le meilleur mois de ma vie.

— Même meilleur que l'ouverture du restaurant ? demanda-t-elle malicieusement.

— Oui.

Darryl hocha la tête, souriant comme un idiot.

— Qui aurait dit qu'embaucher un nouveau serveur pouvait tout changer si rapidement. Je veux dire…

Il balbutiait – ce n'était pas sorti de la façon dont il l'avait imaginé.

— Je sais exactement ce que tu veux dire, et pour rappel, c'est une bonne chose. Ce dernier mois, tu as été si heureux.

Elle recula de son poste de travail et éteignit le mixeur.

— C'est agréable à voir.

Maureen commença à gratter les parois du bol avant de remettre en marche le mixeur.

— Alors, tu as décidé d'offrir une promotion à Sebastian ?

Darryl sentit un autre sourire poindre le bout du nez.

— Je l'ai fait la semaine dernière. Il s'est vraiment amélioré, et il le mérite. Tu aurais dû l'entendre.

— C'est bien.

Elle retourna travailler, et les cuisines devinrent silencieuses.

Les pensées de Darryl se tournèrent vers Billy et les garçons. Ils avaient passé beaucoup de temps ensemble depuis ce dimanche au parc un mois plus tôt. Quand Billy était là, il était heureux, et quand ce n'était pas le cas, Darryl passait la plupart de son temps à attendre avec impatience de le revoir. Après avoir fini la préparation des légumes, il regarda l'horloge et marcha jusqu'à la porte, où Sebastian travaillait déjà durement, pour vérifier que tout était prêt.

— Tu as vu Billy ?

C'était presque l'heure d'ouverture.

Sebastian secoua la tête, l'air soucieux.

— Non, et il n'est jamais en retard.

— Je sais.

Darryl referma la porte et passa par les cuisines pour retourner à son bureau. Ou plus précisément, ce qui avait autrefois été son bureau. Il fit un pas à l'intérieur et secoua la tête. Les choses avaient vraiment changé. Son bureau était au même endroit qu'avant, mais le reste de la pièce ressemblait à une garderie. Il y avait des dessins sur les murs, des jouets entassés dans le coin et même une télévision avec un lecteur DVD sur un petit meuble.

— Ces garçons se sont vraiment accaparés l'endroit, n'est-ce pas ?

La voix de Maureen ne reflétait que de l'amusement.

— Je crois que ces garçons et leur frère se sont également emparés d'un autre lieu, non ?

Darryl opina ; il ne pouvait le nier. Son cœur était complet, et c'était merveilleux.

— Je me demande où il est.

La porte de service s'ouvrit et se referma bruyamment, et quelques secondes plus tard, les garçons accoururent dans la pièce. Lui et Maureen les enlacèrent avant qu'ils allument le téléviseur et s'installent sur le vieux futon. Darryl regarda en direction de la porte et vit Billy entrer. Quelque chose clochait. Son habituel sourire était absent, mais c'était son air abattu qui inquiéta Darryl.

— Qu'est-ce qui ne va pas ? demanda Darryl.

— Je vais ouvrir, cria Sebastian de la porte des cuisines.

Billy secoua la tête en réponse à la question de Darryl.

— Je dois aller travailler.

Billy sourit, mais cela semblait faux. Darryl interrogea les garçons pour voir s'ils avaient une idée de ce qui inquiétait Billy, mais ils étaient en train de regarder joyeusement *Bob l'Éponge*, et au final, rien chez eux ne semblait sortir de l'ordinaire.

Billy quitta la pièce et Darryl le suivit, posant sa main sur son épaule pour l'arrêter une seconde.

— Est-ce qu'on peut parler de ce qui ne va pas ?

L'imprimante dans les cuisines commença à sortir des commandes.

— On doit aller travailler, fut tout ce que dit Billy avant de s'éloigner et d'aller dans la salle.

Darryl commença les commandes, et bientôt il fut trop occupé pour penser – ou presque. Parfois, il était tellement plongé dans son travail qu'il oubliait que quelque chose préoccupait Billy, mais ensuite il voyait le jeune, l'inquiétude pleinement visible sur son visage, et Darryl sentait aussitôt ses intestins se tordre.

— Qu'est-ce qui a pu arriver ? marmonna-t-il dans sa barbe.

Billy n'était pas resté la veille au soir. Après le travail, ils avaient été tous deux si fatigués qu'ils étaient juste rentrés chez eux. C'était ainsi presque tous les soirs. Quand ils s'étaient séparés la nuit dernière, Billy l'avait embrassé comme si rien ne le chagrinait, et ce, même s'il était visiblement contrarié. Il ne pensait pas que cela pouvait être dû à quelque chose qu'il avait fait, mais il ne voulait pas voir l'homme qu'il aimait… Darryl s'arrêta en plein milieu de sa tâche, immobile, l'idée le frappant en plein estomac.

— Qu'est-ce qui ne va pas ? demanda Maureen derrière lui.

— Rien, répondit-il, probablement un peu trop rapidement. Je suis juste un peu inquiet, je suppose.

Il reporta son attention sur la tâche en cours et retourna cuisiner. C'était toujours la seule chose qui pouvait couper son esprit de tout le reste. Enfin, jusqu'à ce matin, c'était le cas. L'expression de Billy ne voulait sortir de sa tête.

Il profita d'une légère accalmie dans les commandes pour errer jusqu'à l'endroit où se trouvaient les garçons. Ils étaient accroupis sur le sol autour de la table basse que Maureen avait ramenée, têtes baissées, dessinant et coloriant des images. Sans les déranger, il retourna là d'où il venait et reprit son travail.

Enfin, les commandes du midi ralentirent, et après avoir rempli ce qui semblait être un million d'assiettes, Darryl prit une grande inspiration et commença la corvée de nettoyage. Billy pénétra dans les cuisines, son sourire commercial s'évanouissant rapidement. Darryl n'en put plus ; sa curiosité et son inquiétude ne lui laissèrent pas une seconde de plus.

— Sortons discuter.

Billy semblait ne pas vouloir y aller, mais Darryl n'aurait pas accepté non comme réponse.

La porte de service se referma dans un claquement derrière eux, et Darryl attendit de voir si Billy cracherait ce qui le contrariait tellement.

— J'ai reçu une lettre, ce matin. Ils l'ont glissée sous la porte de l'appartement hier soir. Il semblerait que l'établissement ait été vendu, et va être complètement rénové.

— Ça veut dire qu'ils vont réparer ton appartement.

Billy secoua lentement la tête en réponse.

— N'est-ce pas ? ajouta-t-il après coup.

— Non, ça signifie qu'on a quatre-vingt-dix jours pour trouver un autre endroit où vivre.

Billy avait l'air sur le point de pleurer.

— Je peux à peiner payer cet endroit, et seulement parce que c'est l'endroit le plus bas de gamme de la ville.

Billy était complètement déconfit.

— Je viens juste de remplir les papiers pour faire rentrer les garçons à l'école, et il semblerait qu'on doive à nouveau déménager.

— Ils ont le droit de vous faire ça ? Et ton bail ? demanda Darryl.

— Je n'en ai pas.

Billy se sentait tellement stupide.

— Ils n'en ont jamais proposé, et j'étais si soulagé de trouver un endroit qui ne coûte pas une fortune.

Maintenant, lui et les garçons pouvaient être à la rue.

— Attends une minute. Tu pars ?

— Je vais peut-être y être obligé, à moins de trouver un endroit où vivre qui soit dans nos moyens.

Le corps de Billy se relâcha, et il s'appuya contre le bâtiment.

— Tu as dormi la nuit dernière ?

Darryl tira gentiment le jeune homme dans ses bras.

— Je parie que tu n'as pas fermé l'œil.

— J'ai passé la majorité de la nuit à regarder le plafond et à me demander ce que j'allais faire.

Billy lui rendit son étreinte, et Darryl sentit sa respiration contre la peau de son cou. L'idée que Billy le quitte, c'était trop pour lui.

— Pourquoi ne viendriez-vous pas vivre avec moi ?

Darryl parcourut les doux cheveux de Billy de sa main.

— Je ne peux pas te demander de faire ça, répondit Billy en se retirant de l'étreinte.

Il regarda Darryl avec des yeux incrédules.

— Tu ne m'as rien demandé – je te le propose.

Darryl laissa retomber ses bras le long de son corps tandis que Billy reculait.

— Je sais que nous avons passé beaucoup de temps chez toi, mais tu sais ce que tu proposes ? demanda Billy, une note d'espoir dans la voix. Il n'y a pas moyen que je puisse espérer payer la moitié d'un loyer tel que le tien. Et est-ce que tu es sûr de vouloir que moi, Davey et Donnie venions vivre chez toi à plein temps ?

Les mots se déversaient.

— Ils vont s'attacher à toi, et si…

— Oui, je suis sûr. Je t'aime, Billy.

Darryl prononça les mots doucement, et ils eurent l'effet escompté. La tirade de Billy s'arrêta, et il resta là, la bouche ouverte.

— Tu m'aimes ?

Les yeux de Billy s'agrandirent, et il déglutit difficilement. Darryl opina en souriant.

— Oui.

Il fit alors un pas en avant.

— Et je veux que toi et les garçons veniez vivre avec moi.

Darryl tendit sa main et attendit.

— Avant que je vous rencontre tous les trois, ma vie tournait autour du travail. Maintenant j'attends avec impatience chaque minute passée avec toi.

Billy leva finalement sa main et la plaça dans celle de Darryl.

— On ne peut pas vivre avec toi en profitant de ta charité.

— Ce n'est pas de la charité.

Darryl resserra son étreinte juste un peu, passant son pouce sur le dos de la main de Billy.

— Je t'aime.

— Mais si jamais tu venais à me haïr ? Si tu décidais que tu ne veux plus de nous ?

— Est-ce que tu veux bien au moins essayer ? demanda Darryl doucement.

Billy opina.

— Alors tu pourras payer le montant que tu payais au Molly.

Darryl étreignit Billy, son cœur se gonflant de joie.

— J'ai juste encore une question.

Darryl commença à rire doucement.

— Juste une ?

— Ouais.

Billy le regarda dans les yeux, un petit sourire satisfait en coin.

— Où est-ce que tu veux que je dorme ?

Darryl sentit une vague d'insécurité l'envahir.

— Eh bien, je rêverais que tu veuilles dormir avec moi. Tu n'as pas à le faire, tu sais. Ce n'est pas une obligation. Mais j'aimerais que tu le fasses parce que tu le souhaites. C'est en tout cas ce que moi je souhaite.

Mon Dieu, l'unique pensée de voir le sourire lumineux de Billy avant d'aller se coucher et de se réveiller dans ce regard profond chaque matin était suffisante à l'exciter.

Billy opina légèrement, et Darryl l'enlaça plus étroitement, passant les doigts dans ses cheveux. Il voulait danser de joie, il était si heureux.

— Je peux le dire aux garçons ?

La voix de Billy était quelque peu étouffée.

— Tu peux le dire à toutes les personnes que tu veux, répondit Darryl, souriant toujours alors qu'il le guidait vers la porte.

Billy l'enlaça à nouveau puis ouvrit la porte, se dépêchant de rentrer. Darryl le suivit et se tint dans l'embrasure lorsque Billy expliqua tout aux garçons. Ces derniers haussèrent les épaules et retournèrent à leurs dessins.

— Je suppose que j'espérais une autre réaction, dit Billy alors qu'il rejoignait Darryl dans le couloir.

— Combien de fois avez-vous déménagé au cours des dernières années ? demanda Darryl tout en retournant à son poste de travail.

Kelly avait presque déjà tout nettoyé et continuait à s'activer autour de lui, préparant tout pour le repas du soir. Il la remercia doucement alors que Billy le regardait du comptoir.

— Trois ou quatre, je suppose.

— Alors ce n'est probablement rien de spécial quand tu leur dis qu'ils doivent déménager.

— Je suppose que tu as raison. Papa ne restait jamais très longtemps au même endroit. Il disait toujours qu'il aimait voyager.

Billy se mordilla la lèvre supérieure.

— Mais je crois qu'après la mort de maman, il ne se préoccupait plus de grand-chose, même de nous. Il trouvait un travail et le gardait quelques mois. Je sais qu'il avait tendance à boire un peu trop parfois, et il était une de ces personnes qui auraient été en retard à ses propres funérailles.

La lèvre de Billy commença à trembler légèrement, et Darryl arrêta ce qu'il était en train de faire. Il contourna le comptoir.

— Je me suis toujours demandé ce que j'avais fait de mal, et je pense qu'il blâmait les garçons pour la mort de maman. Elle n'est pas morte juste après leur naissance, mais il m'a toujours dit qu'elle n'avait jamais récupéré des suites de l'accouchement des jumeaux.

Darryl tira Billy contre lui, l'enlaçant alors qu'il regardait la porte du bureau, le bruit de la télévision et les rires des petits garçons atteignant la cuisine. Comment quelqu'un pourrait blâmer ces enfants pour quoi que ce soit ?

— Parfois, ces choses arrivent, et personne n'est à blâmer.

Billy écarta sa tête du torse de Darryl et se frotta les yeux.

— Je sais, mais j'aurais aimé qu'il porte plus d'intérêt aux garçons. Même quand il était en vie, je les élevais presque tout seul. Ils sont peut-être mes frères, mais ils sont plus les enfants que je n'aurai jamais.

— Darryl, Julio va bientôt arriver. Je peux m'occuper du service de ce soir avec lui, si tu veux.

Il leva la tête et vit l'excitation sur le visage de Kelly.

— Merci.

Il pouvait presque voir son énergie croître, et il était plus que reconnaissant de son offre. Billy était mort de fatigue et Darryl avait été distrait tout l'après-midi.

— Je vais vous ramener à la maison, les garçons et toi.

— Je suis désolé, murmura Billy contre lui. Je devrais juste ramener les garçons à l'appartement et ne plus te déranger.

— Tu ne me déranges pas. Kelly et Julio peuvent tout à fait s'occuper de tout.

Darryl réalisa à quel point cette déclaration était vraie. Ils pouvaient s'en occuper. Il avait fait du beau boulot en les formant tous les deux, et pour la première fois, Darryl réalisa qu'il y avait quelque chose – quelqu'un – dans sa vie plus important que le restaurant.

— Va t'occuper les garçons, et je vais finir de préparer quelques trucs. On s'en ira ensuite.

Billy semblait de plus en plus léthargique, et Darryl le regarda marcher lentement jusqu'au bureau en passant par la salle.

Les serveurs et les plongeurs avaient fini leur travail en salle, et Sebastian fonça droit sur lui.

— Est-ce que Billy va bien ? Il n'a pas l'air dans son assiette, aujourd'hui.

— Ça va aller, dit Darryl d'une voix apaisante.

Les deux hommes étaient devenus amis, et il entendit une inquiétude sincère dans la voix de Sebastian.

— Je vais le ramener à la maison pour qu'il se repose. Julio et Kelly vont s'occuper du restaurant ce soir.

— Nous avons beaucoup de personnel pour nous aider, alors tout devrait bien se passer, coupa Sebastian. Prends soin de lui.

Sebastian se tut et Darryl sentit son regard intense pendant une seconde.

— Il s'est passé quelque chose entre vous deux, n'est-ce pas ?

Darryl se sentit sourire comme un idiot.

— Billy et les garçons vont emménager chez moi.

Sebastian lui rendit son sourire.

— Bien. Il a besoin de quelqu'un qui prenne soin de lui. J'ai l'impression qu'il n'a pas reçu beaucoup de tendresse de la part de quelqu'un d'autre que Davey et Donnie depuis un moment.

Darryl opina. Billy était la personne la plus attentionnée et aimante que Darryl ait rencontrée.

Sebastian continua, presque comme s'il lisait dans ses pensées.

— Peut-être que c'est la raison pour laquelle il est si attentif aux gens qui l'entourent ; il espère qu'un peu de tout ça lui reviendra.

Merde, il était perspicace.

— Je pense que tu as raison, et je prévois de m'assurer que ce soit le cas.

Darryl frappa Sebastian sur l'épaule.

— Je te vois demain.

— D'accord, répondit Sebastian alors que son attention se portait ailleurs.

— Pas cette table, assemble les deux autres… Parfait, merci.

L'attention de Sebastian revint sur lui.

— Ne t'inquiète de rien, on gère.

Et Darryl savait que ce serait le cas.

— On appellera s'il arrive quoi que ce soit.

— Merci, Sebastian.

— De rien, répondit le jeune homme alors qu'il partait aider le serveur avec les tables.

Darryl retourna en cuisine. Julio était arrivé, et lui et Kelly planifiaient à deux le service, comme il le leur avait appris. Laissant s'échapper un peu de l'appréhension qui l'étreignait quand il n'était pas en train de travailler, il leur dit au revoir, et ils hochèrent tous deux la tête avant de retourner travailler.

— Tu es prêt ? demanda Darryl alors qu'il entrait dans le bureau.

Billy était assis sur le futon, déjà à moitié endormi, avec un livre dans la main, essayant de faire la lecture aux jumeaux. Il leva à peine la tête.

— Allez, les garçons. Allons dans la voiture.

— Est-ce qu'on va chez toi ? demanda Davey.

— Non, on va chez vous, corrigea Darryl avec un sourire. Vous allez y vivre aussi, vous vous souvenez ?

— Mm mmm, répondit Donnie pour eux deux.

Puis ils se levèrent. Billy referma le livre, se leva et traîna les pieds jusqu'à la porte. Darryl resta un peu en arrière et les regarda tous : Davey et Donnie faisant la course jusqu'à la voiture et Billy se traînant derrière eux. Darryl réalisa que tous les trois avaient complètement capturé son cœur. En un mois, ces deux garçons l'avaient amadoué, et Billy avait une forte emprise sur son cœur. Cela n'importait pas tant qu'il ait dit à Billy qu'il l'aimait et que le jeune homme n'ait rien répondu en retour. Il avait espéré que Billy se sentirait assez à l'aise pour le dire, mais Darryl pouvait deviner à la façon dont Billy le regardait et répondait à son contact que celui-ci ressentait la même chose que lui, même s'il ne parvenait à prononcer les mots.

— Est-ce qu'on peut-on s'arrêter chercher nos jouets ? demanda Davey.

— S'il te plaît ?

La façon dont Donnie prononça les mots était si adorable.

— Je veux mes camions et Herbie.

— D'accord, on va faire un court arrêt pour prendre vos affaires.

Darryl déverrouilla la voiture, et les garçons grimpèrent à l'arrière, jacassant constamment alors que Billy et lui montaient à l'avant.

— Ça ne va pas prendre longtemps, je te le promets.

Billy opina légèrement et sourit faiblement. Le jeune homme était épuisait et Darryl voulait qu'il se couche dans un lit confortable afin qu'il puisse dormir. Il avait lui aussi connu les nuits d'inquiétude et les insomnies – Darryl avait passé beaucoup d'entre elles à espérer et à essayer d'obtenir le prêt pour ouvrir le Café Belgie.

Darryl conduisit jusqu'à l'appartement de Billy, où ils montèrent récupérer les affaires dont les garçons et Billy auraient besoin, avant de se diriger vers la maison de Darryl. Il se gara devant et il déverrouilla la porte. Les garçons coururent à l'intérieur de la maison.

— Ils sont fascinés par tes poissons, dit Billy tandis que Darryl le guidait à l'intérieur.

— Je suppose, oui.

Darryl sourit en coin.

— Ils m'ont dit qu'ils en avaient appelé un Gordon et l'autre Anna, dit Darryl à Billy alors qu'ils montaient les escaliers pour arriver dans sa chambre, leur chambre.

Billy s'assit sur le rebord du lit, et Darryl aida son amant à se déshabiller. Lors de ce dernier mois, cette étape s'était avérée très érotique, mais aujourd'hui, ce n'était qu'un exercice d'attention. Darryl repoussa les draps et laissa Billy se coucher avant de s'assurer qu'il était bien installé.

— Dors, mon amour. Je m'occupe des garçons. Tu n'as pas à t'inquiéter de quoi que ce soit.

— Tu m'aimes vraiment ?

La voix de Billy était éteinte, à moitié endormie.

— Oui, vraiment.

Il se pencha en avant et embrassa chastement ces douces lèvres.

— Bien, parce que je t'aime aussi.

Billy lui rendit son baiser, et Darryl sentit son cœur s'envoler dans sa poitrine. Écartant une mèche de cheveux du front de Billy, il se leva et quitta silencieusement la pièce, laissant la porte entrouverte. Lorsqu'il jeta un dernier coup d'œil à l'intérieur, il vit que son amant s'était déjà endormi, un petit sourire sur le visage.

Au rez-de-chaussée, Darryl trouva les garçons dans le jardin en train de jouer avec leurs camions. Après s'être assuré qu'ils allaient bien, il alla vider la voiture, et apporta leurs affaires à l'intérieur.

— Est-ce que vous aimeriez que je vous lise une histoire ? demanda-t-il depuis l'entrée du jardin une fois que tout fut déposé à un endroit temporaire.

— Clifford ! s'écria Davey.

— Je veux Babar, le contra Donnie.

Ils laissèrent tous deux leurs camions là où ils étaient et coururent en direction de Darryl.

— Je vous lirai les deux si vous rangez vos jouets.

Darryl sourit lorsque les garçons coururent tout nettoyer, avant de le rejoindre et de le suivre jusqu'au salon. Il récupéra ensuite les livres qu'il avait laissés au rez-de-chaussée, laissa chacun des enfants en choisir un, puis s'assit sur le canapé avec un garçon de cinq ans de chaque côté.

— Clifford le Gros Chien Rouge.

Les jumeaux se préparèrent à écouter tandis que Darryl ouvrait le livre et commençait à lire.

Lorsque les deux histoires furent terminées, Darryl était assis entre deux enfants endormis, appuyés contre lui. Il avait à peine commencé le second livre que Donnie puis Davey s'étaient déplacés sur le canapé afin de se pelotonner contre lui. Il se leva lentement, réinstalla chaque garçon et les couvrit de la couverture placée au bout du canapé. Lorsqu'il attrapa le carton de jouets qu'il avait mis de côté, Darryl trouva un ours en peluche et un hippopotame. Il plaça les animaux en peluche près des garçons, et ils les serrèrent immédiatement contre eux, dans leur sommeil.

Il quitta la pièce, puis grimpa les escaliers pour aller là où Billy dormait. Il enleva ses chaussures, se faufila sous les couvertures, et Billy se lova immédiatement contre lui sans se réveiller. Il embrassa alors le front du jeune homme et ferma les yeux. Une crise avait été évitée, et il avait réussi à coucher Billy dans son lit grâce à cela. Il espérait que les crises finiraient toutes ainsi.

# VIII

BILLY SE réveilla avec Darryl collé contre son dos, son souffle régulier contre sa peau, la lumière commençant à peine à filtrer à travers les fenêtres. Il sourit tout en se souvenant que Darryl avait cuisiné pour les garçons et insisté pour qu'ils passent la nuit avant de l'aider à mettre les garçons dans le lit de la chambre d'amis. Il repoussa les couvertures, relâcha gentiment le bras de Darryl et commença à sortir du lit.

— Où penses-tu aller ?

La voix groggy de Darryl flotta jusqu'à ses oreilles alors qu'un bras le tirait vers le lit.

— On doit aller réveiller les garçons et se préparer pour le travail.

Billy pouffa doucement. C'était la dernière chose qu'il souhaitait faire. Être dans le lit avec Darryl, se blottir contre lui ; c'était l'endroit où il voulait rester durant la journée entière, mais les garçons et le travail avaient prévu autre chose.

— C'est dimanche, tu te rappelles ?

Darryl positionna ses hanches contre les fesses de Billy.

— Alors on ne doit pas se lever, et si on est silencieux, les garçons continueront à dormir encore un moment.

La main de Darryl caressa doucement le ventre de Billy. Il l'embrassa délicatement dans le cou. Il était si bon et apaisant d'être enlacé. Les baisers langoureux de Darryl continuèrent jusqu'à ce que Billy sente le lit bouger et qu'il se retrouve sur le dos, le corps de Darryl le pressant contre le matelas, solide et ferme.

Les baisers continuèrent, gagnant en intensité, tout comme leur désir.

— Tu as vraiment bon goût.

Darryl l'embrassa encore, leurs langues s'explorant.

— Toi aussi, tu as bon goût.

Les lèvres de Darryl esquissèrent un sourire alors que son érection se plaçait contre la hanche de Billy.

— Vraiment bon.

Les lèvres de Darryl disparurent et trouvèrent le téton de Billy. Il le lécha du bout de la langue et mordilla sa peau.

— Darryl !

Billy se cambra à son contact et ses mains agrippèrent le dos de son amant. Ses hanches s'arquèrent vers l'avant, essayant d'atteindre la peau de Darryl, mais il ne pouvait… pas vraiment… y parvenir.

— Relax, bébé.

La tête de Darryl remonta légèrement et ses lèvres rejoignirent les siennes à nouveau.

— Je sais que nous n'avons pas fait grand-chose ensemble pour le moment, mais il y a quelque chose que je veux faire pour toi.

Les lèvres de Darryl reprirent leur délicieuse tâche érotique, et Billy combattit son besoin de crier chaque fois que Darryl touchait un de ces points sensibles qui faisait fourmiller sa peau et tourner sa tête.

— Qu'est-ce que tu fais ? demanda-t-il, la respiration erratique, alors que Darryl continuait à tracer son chemin avec des baisers, de son torse à son estomac.

— Je t'aime, dans ton intégralité.

Billy porta un doigt à sa bouche. Il mordillait la jointure du doigt lorsqu'une chaleur humide entoura sa longueur, l'avalant profondément et diligemment. Il sentit l'air se vider de ses poumons, et chaque cellule de son corps cria lorsque la langue de Darryl fit quelque chose qui lui fit perdre la tête. Alors Darryl commença à sucer, et Billy sentit des mains glisser sous lui, prenant en coupe ses fesses, l'encourageant à bouger. C'était l'invitation dont il avait besoin. Arquant à nouveau son dos, il commença à bouger, s'enfonçant dans sa bouche avec abandon, tandis que Darryl lui faisant vivre l'expérience la plus incroyable de sa vie. Puis les lèvres de Darryl s'éloignèrent, et Billy gémit doucement, son corps cambré vers l'avant. Il avait été si proche de la jouissance…

— Pas encore, chuchota Darryl alors que ses mains apaisaient sa peau en feu.

— C'est cruel, gémit doucement Billy.

— Tu ne diras plus ça dans une minute, répondit Darryl.

Il souleva les jambes du jeune homme et guida ses genoux vers son torse. Billy n'était pas sûr de vouloir tout ceci, mais quand la langue de Darryl glissa le long de sa peau, dilatant son orifice, il rejeta la tête en arrière et ne put contenir un petit cri de bonheur. Darryl prit ses fesses en coupe, sa langue brûlant la peau de son jeune amant. Ce dernier empauma son érection et commença à se masturber vigoureusement, mais Darryl chassa sa main.

— Je vais prendre soin de toi, fais-moi confiance.

Billy opina lentement – il dirait oui à tout, juste pour que Darryl continue à le toucher. Il sentit un doigt taquiner son orifice avant de se glisser à l'intérieur. Il protesta presque, mais sa verge entière fut engouffrée dans un antre de moiteur, et sa capacité à parler s'envola ainsi que toute pensée cognitive. Il n'y eut soudain plus que les caresses que lui prodiguaient Darryl et les petits sons qui remplissaient la pièce. Tout le reste disparut.

La peau de Billy était en feu, et chaque mouvement que faisait Darryl intensifiait les sensations. Il laissa sa tête tomber sur l'oreiller, ses hanches faisant des mouvements de va-et-vient, remplissant la bouche de Darryl, alors que son amant plongeait son doigt plus profondément en lui. Soudain, Darryl toucha un point magique, et des étoiles emplirent les yeux de Billy. La pression qui s'était accumulée à l'intérieur de lui ne pouvait plus être contenue, et l'orgasme brûla en lui, s'épanchant dans la gorge de Darryl.

Il ne sentit pas Darryl avaler ou même se placer au-dessus de lui. Il était uniquement conscient des respirations lourdes et des petites caresses qui l'aidèrent à le ramener à lui.

— Est-ce que tu es de retour avec moi ?

Billy parvint à hocher la tête lorsqu'il commença à reprendre son souffle.

— Mm mmm.

Billy sentit le lit s'affaisser. Darryl l'enlaça, caressa sa peau et se colla à lui.

— Et toi ?

Billy était mortifié  dans son plaisir, il avait complètement oublié Darryl.

— J'ai joui en même temps que toi. L'expression sur ton visage quand tu as joui était si sexy que je n'ai pas pu me retenir.

Les lèvres de Darryl trouvèrent les siennes, et ils s'embrassèrent intensément et longuement, se caressant l'un l'autre de leurs mains, leurs corps partageant la chaleur de l'embrasement de l'amour.

Darryl tendit le bras vers le pied du lit et remonta les couvertures, les enveloppant de chaleur. Billy se sentit se détendre, retombant dans un sommeil satisfait, et ce fut seulement le bruit de pas rapides sur le sol, suivi de sauts sur le lit dont seuls deux petits garçons pouvaient être l'origine qui le réveillèrent.

— On a faim Oncle Dawwyl, prononça Davey alors qu'ils grimpaient tous deux sur eux, distribuant des câlins de début de matinée.

— D'accord. Vous deux, descendez, et je serai là dans un minute.

Les petits pas pressés s'éloignèrent en courant. La porte se referma derrière eux dans un claquement, et Billy sentit Darryl glisser du lit, puis mettre ses vêtements.

— Repose-toi encore un moment. Je m'occupe de distraire les canailles, et après manger, on ira chercher le reste de tes affaires à l'appartement.

Billy roula lentement sur le côté, regardant le visage de Darryl.

— La compagnie qui a racheté l'immeuble a dit qu'ils prévoyaient une indemnité de déménagement.

— Alors on va récupérer ça aujourd'hui aussi, et tu peux l'utiliser pour acheter des choses pour toi et les garçons.

Darryl boutonna son pantalon et enfila un tee-shirt avant de se pencher pour un baiser, que Billy lui donna avec joie.

— Je te vois en bas dans un petit moment.

Billy regarda Darryl quitter la pièce. Tout dans sa vie était si bien en ce moment. Darryl les aimait lui et les garçons, il avait un joli endroit où vivre, bien mieux que la décharge publique dans laquelle il avait vécu, et cerise sur le gâteau, il avait un travail qu'il aimait. Il était tenté de sautiller sur le lit comme les garçons. C'était presque trop beau pour être vrai. S'autorisant un petit bond, il se mit à rire avec allégresse avant de sauter du lit et courir dans la salle de bain.

Billy ouvrit les robinets de la douche avant d'aller au lavabo se raser. Laissant des restes de crème à raser sur son visage, il alla sous le jet et ferma le rideau. La sensation de l'eau sur sa peau était extraordinaire et il resta immobile, la laissant cascader sur lui.

Le bruit d'ouverture du rideau le fit sursauter. Il se retourna et vit un Darryl magnifique et nu pénétrer dans la baignoire.

— Les garçons sont heureux rien qu'en mangeant un bol de céréales, alors ils sont sortis manger là où ils peuvent voir les poissons, et j'ai pensé que je pourrais me joindre à toi. Je sais qu'on n'a pas le temps pour faire ce qu'on a fait ce matin…

Les bras de Darryl s'enroulèrent autour de lui.

— … mais je pense que nous pouvons au moins être ensemble.

Darryl prit la savonnette et commença à lui laver les épaules, passant la main sur son torse avant d'enrouler ses doigts autour de sa verge, qui se durcit immédiatement sous son contact.

— Je croyais que tu disais que nous n'avions pas le temps.

Les hanches de Billy commencèrent à remuer d'elles-mêmes.

— Je voulais dire que nous n'avons pas beaucoup de temps.

Darryl raffermit sa prise, et Billy siffla entre ses dents.

— Ouais, c'est ça. Fais-toi plaisir, roucoula Darryl alors que Billy se mouvait plus profondément dans sa main, tenant Darryl par les épaules pour garder l'équilibre.

— Tu ressembles à un ange débauché quand tu jouis, tu le sais ? Si beau et entièrement à moi.

Darryl continua à parler, et Billy sentit que son corps allait exploser d'une seconde à l'autre.

— Personne d'autre ne voit ça ou sent ça. Il n'y a que moi, mon amour, seulement moi.

Billy haleta, ses jambes tremblèrent et ses bras se crispèrent alors qu'il jouissait, se cramponnant à Darryl de toutes ses forces. Quand les secousses de son corps s'arrêtèrent, il rouvrit les yeux. Un homme sexy le fixait, un air de pur plaisir sur le visage. À nouveau capable de penser, Billy prit la savonnette et fit mousser ses mains, qu'il laissa glisser le long de l'homme musclé. Il aimait la façon dont les muscles du torse de Darryl se contractaient et dansaient sous ses mains, la façon dont son estomac se serrait quand ses doigts le caressaient. Il aimait particulièrement la façon dont les muscles élastiques des jambes de son amant se raffermissaient et s'étiraient quand il passait sa main autour de son fessier, prenant en coupe les globes fermes.

— Maintenant, c'est mon tour, chuchota Billy alors qu'il mordillait l'épaule de Darryl.

Il fit de nouveau mousser ses mains, enroula ses doigts autour de la verge épaisse de Darryl et commença de lents mouvements de va-et-vient, regardant ses yeux afin de s'assurer qu'il faisait ce qu'il fallait. Merde, à l'expression sur son visage, il était définitivement en train de le faire de la bonne façon. Les yeux clos, la bouche ouverte, la respiration entrecoupée, Darryl laissa échapper un léger gémissement. Billy sourit en enroulant ses doigts autour de la verge, alors que le gémissement devenait un petit cri.

— Tu sais que les choses marchent dans les deux sens. Tu es mien, Darryl, et personne d'autre ne te voit comme ça. Les jambes tremblantes, le souffle court…

97

Billy se pencha afin de se rapprocher.

— … les bourses tendues.

Billy passa ses doigts le long du périnée de Darryl, et les hanches de son amant vinrent à sa rencontre.

— C'est ça, laisse-moi voir. Je veux te regarder.

— Billy ! cria Darryl alors qu'il jouissait, laissant une giclée blanche sur la main de Billy.

L'homme musclé s'adossa contre le mur de la salle de bain, respirant comme s'il avait couru un marathon. Une fois qu'il eut récupéré, Billy l'étreignit étroitement, l'embrassant gentiment sous les gouttes d'eau chaude.

Après avoir coupé l'eau, ils sortirent et s'essuyèrent rapidement. Darryl s'habilla, pendant que Billy nettoyait la pièce avant d'aller lui aussi dans la chambre. Il s'habilla rapidement, puis suivit Darryl en bas des escaliers, regardant les fesses de son amant se bander dans son jean.

Billy alla immédiatement regarder où se trouvaient les garçons, qui étaient dans le jardin. Ils étaient à genoux près du bassin, leurs petites mains essayant d'atteindre l'eau, la barrière de Darryl marchant comme un charme. Les garçons pouvaient voir, mais pas s'approcher de l'eau.

— Qu'est-ce que vous faites, tous les deux ?

— On pêche, répondit Donnie, d'un air complètement innocent. On voulait caresser les poissons.

Billy dut retenir un éclat de rire.

— Les animaux n'aiment pas être touchés, le réprimanda-t-il doucement.

Ils se mirent alors debout.

— Si vous avez fini de manger, mettez vos assiettes dans l'évier et allez vous préparer. On va à l'appartement aujourd'hui.

Davey fit une grimace comme si quelque chose n'allait pas.

— Je ne veux pas. Je veux rester ici.

Il tapa du pied comme s'il était en colère.

— Je veux plus vivre là-bas.

— Ce n'est pas le cas. Oncle Darryl nous héberge, alors on doit aller chercher nos affaires et les apporter ici, expliqua Billy, alors que les deux garçons le regardaient d'un drôle d'air.

— C'est notre maison, maintenant. À Moi, Davey, Donnie et Oncle Darryl.

— Pour toujours. On doit plus déménager ?

Les yeux de Davey s'écarquillèrent, suspicieux.

— Non, on ne va plus déménager.

Darryl apporta un plateau avec deux assiettes et des verres.

— Alors allez vous préparer, et quand ce sera fait, on ira chercher nos affaires et on les ramènera ici.

Les garçons rentrèrent, et Billy les suivit pour s'assurer qu'ils montent les escaliers, avant de retourner à la table et de s'asseoir près de Darryl.

Malheureusement, ils durent se dépêcher de manger, et ils ramenèrent leur assiette à l'intérieur, les garçons regardant la télévision jusqu'à ce qu'ils soient tous prêts à partir.

Une fois qu'ils furent au Molly et eurent monté les escaliers, Billy ouvrit la porte de l'appartement et pénétra à l'intérieur. Tout était tel qu'ils l'avaient laissé.

— Pourquoi ne commences-tu pas à faire les cartons pendant que je descendrai les affaires ? proposa Darryl.

— Il ne reste vraiment pas grand-chose ici, maintenant.

Au cours de la semaine, ils avaient fait quelques voyages et emporté de petites choses.

— Il n'y a pas de quoi s'embêter avec le mobilier, dit Billy alors qu'il commençait à défaire les lits.

— Qu'est-ce que tu veux en faire ? questionna Darryl alors qu'il aidait les garçons à mettre leurs dernières affaires dans des cartons.

— Ne t'en occupe pas. Ils peuvent tout jeter.

Billy ne voulait rien de tout ça. Le peu qu'ils avaient, son père l'avait obtenu d'autres personnes ou en mendiant, et ça tombait presque en morceaux. Il se mit à quatre pattes, jeta un coup d'œil sous le lit et tendit le bras pour en sortir une boîte en métal.

— Qu'est-ce que c'est ? demanda Darryl, regardant par-dessus son épaule.

— C'était à mon père. Je l'avais presque oubliée.

Billy secoua un peu la boîte.

— L'école a besoin de copies des extraits d'acte de naissance des garçons, et je ne les ai pas trouvés.

Il la secoua à nouveau et essaya d'ouvrir le couvercle.

— Peut-être sont-ils à l'intérieur. Mais c'est fermé.

Billy commença à la secouer à nouveau.

— Il y a un bruit de ferraille mais il y a aussi un petit bruit sourd.

— Prenons-la avec nous. J'ai des outils chez moi. Si on ne trouve pas la clé, on brisera la serrure.

Billy opina et la plaça sur la pile des choses à mettre dans la voiture.

Cela ne prit pas longtemps avant qu'ils finissent d'emballer ce qui restait, et une fois que la voiture fut remplie – laissant à peine la place pour les sièges des garçons – ils fermèrent la porte et la verrouillèrent. Billy toqua à la porte de la voisine pour dire au revoir mais n'obtint pas de réponse. Il haussa les épaules, prit le dernier carton et descendit les escaliers. Puis il laissa les clés au gérant, récupéra le chèque qui remboursait l'acompte en plus de lui verser l'indemnité de déménagement, et quitta le bâtiment pour ne plus jamais y revenir.

— Tu es prêt ? demanda Darryl, Billy se tenant face au bâtiment décrépi.

— Oui.

Il tendit à Darryl le dernier carton et leva la tête afin de fixer la façade abîmée et érodée, disant au revoir à cette partie de sa vie. Puis il se retourna et sauta dans la voiture, ne regardant pas en arrière alors qu'ils s'éloignaient.

Arrivés à leur nouveau chez eux – dans l'esprit de Billy c'était maintenant officiel, puisque toutes leurs affaires étaient ici et que l'appartement avait disparu – ils vidèrent le contenu de la voiture dans le vestibule.

— Qu'est-ce que tu fixes ?

Darryl apparut derrière lui, entoura ses épaules de ses bras, et posa sa tête contre celle de Billy.

— Ma vie entière jusqu'ici tient…

Il compta pour lui-même.

— … en douze cartons, et la plupart appartiennent aux garçons.

— Tu sais que ça n'a pas d'importance, n'est-ce pas ?

La main de Darryl glissa sous le tee-shirt de Billy, et le jeune homme trembla d'excitation lorsque son amant caressa sa peau.

— Ce n'est pas ce qu'il y a dans ces cartons qui compte, mais ce qu'il y a ici.

La main de Darryl tapota l'emplacement de son cœur.

— Le reste n'est que matériel, mais ça…

Il tapota encore.

— … c'est spécial.

— Des fois, j'ai la sensation que je ne serai jamais capable de t'aider autant que tu m'aides.

— Ta présence ici est bien suffisante.

Darryl suçota doucement l'oreille de Billy.

— De plus, non seulement tu es mignon, mais en plus tu as bon goût.

Il le mordilla encore et Billy commença à rire.

— Allons mettre ça de côté, pour ensuite déjeuner et emmener les garçons au parc. Ils ont été si sages pendant tout ce temps.

— Oui, faisons ça, accepta Billy.

Il ramassa le premier carton et la monta au premier étage, dans la chambre des garçons.

Darryl leur avait donné une chambre proche de la leur. Il avait insisté pour leur acheter des lits en forme de voiture de course, pour leur plus grande – et très bruyante – joie. Billy ouvrit le carton, en sortit les jouets et les plaça dans la boîte à jouets dans le coin avant d'aplatir le carton et de le redescendre.

Quand il mit un pied sur le palier, il entendit Darryl lire une histoire sur le Roi Babar et la Reine Céleste. Il attrapa une autre brassée de cartons et les emporta à l'étage. Il suspendit dans le placard les habits que Darryl avait nettoyés pour lui, et il mit de côté le reste des affaires des garçons.

Après avoir fait deux autres voyages, il ne resta plus qu'un carton esseulé déposé devant le vestibule. Billy l'ouvrit et sortit quelques photographies ainsi que la boîte en métal de son père.

— Vous êtes prêts pour le déjeuner ? cria Darryl de l'autre pièce.

— On l'est ! s'exclamèrent en chœur de petites voix, suivies de pas rapides se ruant vers la cuisine.

— On va aider Oncle Darryl, Biwwy.

Il savait que si Darryl obtenait trop 'd'aide' de leur part, ils n'auraient rien à manger, mais il ne dit rien.

Il retourna jusqu'au carton et sortit une vieille photo encadrée – ses parents à leur mariage. Il regarda autour de lui, puis il plaça le cadre sur la tablette de cheminée et recula.

— Ils te manquent, n'est-ce pas ?

— Oui. Papa pouvait être…

Il essayait de trouver les mots justes.

— Dur et égoïste, parfois, mais il me manque.

Darryl marcha jusqu'à la tablette de cheminée et saisit la vieille photographie.

— Ta mère était belle.

Darryl sourit.

— Maintenant je sais de qui tu tiens.

Il reposa la photographie.

— Tu lui ressembles vraiment beaucoup.

Billy fixa l'image, entendant à peine ce que Darryl était en train de dire.

— Pardon ?

— Je demandais si le carton était vide.

— Presque.

Billy sortit les dernières photographies et posa le carton vide avec les autres. Puis il retourna dans la pièce et prit la boîte en métal.

— Est-ce que tu voudras l'ouvrir après le déjeuner ?

Billy secoua la tête.

— Cela peut attendre que l'on soit revenus du parc.

Il quitta la pièce pour suivre Darryl dans la petite cuisine. Billy ne trouvait pas cela juste que Darryl doive cuisiner durant sa journée de congé, alors il posa la boîte sur une chaise, trouva un peu d'espace dans la cuisine et aida son amant à préparer le déjeuner.

Après avoir mangé et nettoyé, ils se rendirent en voiture jusqu'au parc et passèrent par l'épicerie acheter une miche de pain. Les garçons passèrent l'après-midi à nourrir les canards et les oies avec une miche entière de pain, alors qu'ils jouaient et couraient. Billy et Darryl avaient chacun apporté un livre. Ils passèrent un après-midi silencieux à regarder les garçons et à lire sur une couverture à l'ombre d'un des grands arbres.

— C'est une façon parfaite de passer le dimanche après-midi, ici dans le parc, avec toi, chuchota Darryl à l'oreille de Billy alors qu'il posait son livre sur la couverture.

— Je peux imaginer quelque chose de mieux, gloussa Billy. Imagine-nous à la maison, au lit, les garçons endormis…

Il laissa sa voix diminuer de façon suggestive alors qu'il retournait à son livre. Darryl glissa ses doigts sur ses côtes, lui arrachant des éclats de rire alors qu'il se tordait et se tortillait.

Les garçons accoururent et se vautrèrent sur la couverture, se joignant à eux, et bientôt tous se roulaient par terre, riant hystériquement, alors que Davey et Donnie criaient de joie.

— On devrait rentrer, déclara Billy avec un sourire. Je connais deux garçons qui ont besoin d'un bain avant d'aller au lit.

Les grognements furent presque assourdissants.

— Ramassez vos affaires et allez jouer pendant dix minutes, puis on rentrera à la maison.

Les garçons s'enfuirent en courant, et Billy s'allongea sur la couverture, ses yeux voyageant jusqu'à la voûte de feuilles au-dessus de sa tête.

— Tu es heureux, Billy ? demanda Darryl en s'installant à côté de lui.

— Oui.

Il tourna la tête afin de regarder Darryl.

— Très heureux.

Il détourna le regard et fixa les feuilles et le ciel jusqu'à ce qu'il soit l'heure de partir.

À la maison, ils prirent un dîner frugal, et Billy se noya presque en donnant son bain à Davey et Donnie. Ils mirent de l'eau partout dans la salle de bain en jouant et en s'éclaboussant. Après les avoir essuyés, Billy leur mit leur pyjama avant de les mettre au lit. Darryl le rejoignit dans la chambre, et ils lurent des histoires avant d'éteindre la lumière.

— Allons voir ce qu'il y a dans la boîte, commenta Billy alors qu'ils descendaient les escaliers.

— D'accord. Les outils sont dans la cave.

Darryl ouvrit la porte et alluma la lumière. Billy prit la boîte et le rejoignit sur un plan de travail en bois.

— Tu te contrefiches de la boîte, non ?

— Oui, c'est juste une simple boîte en métal. Ouvrons-la et voyons ce qu'il y a à l'intérieur.

Darryl prit un tournevis et essaya de le glisser sous le couvercle, mais c'était trop étroit et il ne pouvait pas le faire bouger. Il prit un marteau, puis fouilla dans sa caisse à outils à la recherche d'un tournevis plus petit. Travaillant la serrure, il utilisa le tournevis comme levier et essaya de faire éclater le verrou. Cela ne marcha pas non plus, mais il sembla écarter un peu l'ouverture. Il fit glisser le tournevis par l'interstice, et ils parvinrent à l'ouvrir avec un peu de force et en mettant des coups bien placés de marteau.

Darryl tendit la boîte à Billy, le couvercle rabattu. Il se trouva qu'il y avait surtout des papiers. Billy fouilla à l'intérieur et vit le certificat de mariage de ses parents. Il le mit de côté et trouva son certificat de naissance, celui de sa mère, et de son père. Il trouva aussi le certificat de décès de sa mère. En dessous se trouvait un paquet de lettres attachées avec un ruban. Elles étaient adressées à son père, et Billy savait que ce devait être les lettres que sa mère lui avait écrites pendant son service militaire. Les mettant de côté pour pouvoir les lire plus tard, il découvrit un écrin ; à l'intérieur se trouvait une alliance et une bague de fiançailles.

— Ça devait appartenir à ta mère, commenta doucement Darryl.

Billy opina, incapable de parler à cause de la boule dans sa gorge. Il referma l'écrin et le serra pendant une seconde. D'une certaine façon, ces petites choses lui donnaient la sensation d'être plus proche d'elle. Il y avait un autre écrin, légèrement plus grand que l'autre, et Billy l'ouvrit, retirant le couvercle. À l'intérieur se trouvait une broche qui semblait représenter un colibri.

— On dirait que c'est émaillé, souffla Darryl.

Billy la lui tendit pour qu'il la regarde.

— Ça l'est, sûrement par-dessus l'or.

Il la rendit à Billy.

— C'est vraiment beau.

— Elle avait l'habitude de la porter sur ses vêtements. Elle disait que mon père la lui avait rapportée quand il était revenu de l'armée. Selon elle, mon père l'avait achetée à Paris. Elle disait qu'il lui avait dit avoir économisé six mois pour la lui payer.

Billy soupira doucement.

— Il n'y avait aucun doute sur l'amour qu'ils ressentaient l'un pour l'autre. Après sa mort, papa n'a plus été le même. Quand maman était en vie, nous avions l'habitude de nous amuser tous les trois ensemble. On allait au bowling et pêcher, voir des films. On faisait toutes sortes de choses, mais après, ça s'est arrêté. Je pense que ça lui faisait penser à elle.

Billy déglutit. S'il n'arrêtait pas, il allait avoir les larmes aux yeux. Il regarda à nouveau dans la boîte et vit quelques autres papiers au fond.

— Enfin, dit Billy dans un souffle. J'espérais qu'on les trouverait.

Billy déplia les papiers et les tendit à Darryl.

— Le certificat de naissance des garçons.

Darryl les posa sur la table, et Billy les examina.

— Est-ce qu'ils te semblent en règle ?

Il sortit le sien et les posa côte à côte.

— Bien sûr, pourquoi ? demanda Darryl.

— Je ne sais pas. Ils ont l'air différent.

— Peut-être parce qu'ils ont seize ans de moins que le tien.

— Probablement, acquiesça Billy.

Il rassembla les certificats et les rangea dans sa poche. Puis il remit les autres papiers et les bijoux dans la boîte.

— Après le déjeuner, demain, j'irai déposer ça à l'école.

— Pas de problème.

Darryl attendit que Billy ait tout rangé, le suivit en haut des escaliers et éteignit les lumières.

— Cachons ça dans un endroit qui ne craint rien, et allons nous coucher.

104

Billy fut d'accord, et après avoir mis la boîte dans un coin du placard, il se déshabilla et rejoignit Darryl sous les couvertures.

— J'ai tout ce dont je pourrais rêver, dit-il doucement, autant à lui-même qu'à Darryl, qui l'étreignait étroitement tout en l'embrassant doucement sur la nuque.

Mais secrètement, il se demandait combien de temps cela durerait.

# IX

— HEY, BILLY, est-ce que tu es allé déposer les papiers à l'école ? demanda Darryl, se remémorant que Billy ne l'avait pas mentionné.

— Ouaip, sourit-il. Je dois juste les emmener voir le docteur afin de m'assurer qu'ils sont à jour dans leurs vaccins, et ils seront fin prêts à entrer en maternelle dès cet automne.

Billy poussa la porte de service du restaurant, et les garçons accoururent dans ce qu'ils considéraient maintenant comme leur pièce, sans même regarder autour d'eux. Le sol était couvert de camions, voitures, cubes de constructions – la totale. Billy se faufila au milieu du désordre jusqu'à l'endroit où les garçons avaient déjà commencé à jouer.

— Ce soir, avant de partir, vous devrez vous assurer que tous les jouets sont rangés.

— D'accord, Biwwy, répondirent-ils sans lever la tête.

— Je suis sérieux. Vous ne voudriez pas qu'Oncle Darryl trébuche sur quelque chose et se blesse quand il devra vous lire votre histoire.

Ils s'arrêtèrent de jouer. La culpabilité – c'était quelque chose de merveilleux, parfois.

— On va ranger.

Comme pour le prouver, ils commencèrent à ramasser les cubes et les mettre dans leur boîte. Billy remarqua qu'ils en avaient ramassé la moitié avant de s'en désintéresser et de retourner vers leurs camions.

— Je reviendrai vérifier plus tard, et les jouets ont intérêt à être rangés.

— On le fera.

Billy savait que la bataille n'était pas terminée, mais se dit qu'il se battrait plus tard, quand il pourrait sortir l'artillerie lourde. Au cours des dernières semaines, il avait découvert qu'ils avaient tendance à faire ce que Darryl voulait quand il le demandait, alors qu'avec lui, ils essayaient de passer au travers des mailles du filet. Cela ne marchait pas, mais ils essayaient quand même.

Billy referma la partie inférieure de la porte fermière – un ajout récent – et traversa les cuisines. Il sourit à Darryl qui lui rendit son geste, avant d'entrer dans la salle et commencer à travailler.

L'affluence lors du service du midi fut particulièrement importante, et Billy eut à peine le temps d'aller vérifier que les garçons allaient bien. Lorsque le rush diminua, Billy eut une minute à lui et put retourner les voir. Il jeta un coup d'œil à travers la porte et vit Davey regarder la télévision pendant que Donnie dormait roulé en boule près de lui sur le futon, et pas un jouet n'avait été ramassé. En fait, il y en avait encore plus de sortis. Le sol ressemblait à un champ de mine de jouets.

— Davey, dit-il paisiblement, éteins la télévision et commence à ranger les jouets.

L'air sévère sur son visage dut alarmer le petit garçon, parce que celui-ci descendit du futon et marcha jusqu'à la télévision. Il pressa le bouton d'arrêt.

— Et Donnie ?

Il se retourna et pointa du doigt son frère endormi.

— Si tu ranges les jouets, alors tu auras le droit de choisir les histoires ce soir avant de dormir.

Les yeux de Davey s'écarquillèrent, et il commença à ramasser les camions et les placer dans la boîte dans le coin. Tout sourire, Billy retourna en salle en passant par les cuisines.

— Hé, Billy, il y a une dame qui veut te voir.

Sebastian pointa du doigt une femme assise dans un des box.

— Elle t'a demandé en utilisant ton nom complet, ajouta Sebastian de façon inquiétante.

Se demandant ce qu'elle pouvait vouloir, Billy marcha jusqu'à elle, essuyant ses mains sur une serviette.

— Je suis Billy Weaver.

La femme se leva.

— Je suis Helen Groveson, et je viens de la part des Services de Protection de l'Enfance du Comté de Cumberland, et j'ai quelques questions à vous poser sur...

Elle ouvrit son sac et sortit un petit calepin.

— ... David et Donald Weaver.

— Mes frères.

— Oui.

Elle eut soudain l'air mal à l'aise.

— Y a-t-il un endroit où l'on pourrait parler en privé ?

— Hormis le box dans le coin là-bas, j'ai bien peur que non.

Billy regarda autour de lui, puis son regard revint vers elle. Il se demandait ce qui pouvait bien se passer.

Elle haussa les épaules.

— Je suppose que ça devra donc se faire là-bas.

Elle prit alors son sac et suivit Billy jusqu'à l'autre box.

— Vous voulez une tasse de café ? demanda nerveusement Billy.

— Non, merci.

Elle fit un geste en direction de l'autre siège, et il se glissa dans le box.

— Je veux vous faire savoir que l'école nous a appelés à cause d'une irrégularité dans le formulaire d'inscription de Donald et David. Il est courant qu'elle nous contacte, et la plupart du temps, il se trouve qu'il n'y a rien, mais nous devons mener notre enquête.

Billy hocha la tête, fixant son visage pour deviner de quoi elle pouvait parler.

— Pouvez-vous me dire depuis combien de temps vous vous occupez de vos frères ?

— Mon père est mort il y a quelques mois, et j'ai pris soin d'eux à temps plein depuis lors. Avant ça, je m'occupais déjà d'eux, et ce depuis leur naissance, ou presque. Ma mère est morte quelques semaines après l'accouchement, et je regrette d'avoir à dire que sa mort a énormément touché mon père.

— Ça a dû être dur de vous occuper d'eux à un si jeune âge.

L'air de la femme se fit moins dur.

— Je les aime, répondit simplement Billy, comme si cela expliquait tout.

Elle consulta ses notes.

— Les garçons sont nés à l'Hôpital Chrétien dans la banlieue de Richmond, en Virginie.

— Oui. On habitait dans la banlieue de Richmond au moment où les garçons sont nés. Maman avait traversé une période difficile. Je me souviens que papa était très inquiet pour elle. Mais elle a eu les bébés, et ils sont revenus à la maison quelques jours plus tard. De ce dont je me souviens, elle eut l'air d'aller bien pendant une semaine, puis je l'ai trouvée un matin au réveil…

Billy essuya ses yeux avec sa manche.

— Elle était morte.

Billy se leva et attrapa une serviette posée sur le poste de travail des serveurs et retourna au box, s'essuyant les yeux.

— Est-ce que votre père s'est déjà conduit de manière étrange ?

Billy fronça les sourcils.

— Je ne sais comment répondre à cette question. Après la mort de ma mère, il n'a jamais plus été le même. Il buvait plus souvent qu'il n'aurait dû et ne semblait pouvoir garder un travail très longtemps. Après ça, on a commencé à déménager environ deux fois par an, et malheureusement, à chaque fois l'endroit était de pire en pire.

— Traitait-il David et Donald convenablement ?

— Je suppose. Au fur et à mesure que les années passaient et que je grandissais, j'ai commencé à prendre de plus en plus soin d'eux. Je pense qu'ils lui rappelaient tellement ma mère qu'il ne pouvait plus le supporter. Quand il est mort, ils ont dit que son cœur avait lâché, mais je pense qu'il était brisé et qu'il ne voulait plus continuer à vivre.

Billy s'essuya les yeux une dernière fois et fourra la serviette dans sa poche.

— Pouvez-vous me dire de quoi il s'agit ?

— Oui.

Elle semblait embarrassée, et Billy attendit. Il se sentait mal à l'aise depuis qu'elle avait commencé à lui parler.

— Y a-t-il un proche qui pourrait être là, avec vous ?

Elle déglutit difficilement.

— Vous voulez un verre d'eau ? demanda Billy.

Son regard, qui avait fait le tour de la pièce, revint sur lui.

— Oui, s'il vous plaît.

Billy se leva ct alla jusqu'au poste de travail des serveurs, prit un verre d'eau glacée et le posa sur la table avant d'aller en cuisine.

— Qu'est-ce qui ne va pas ?

Darryl accourut vers lui aussitôt qu'il vit le visage de Billy.

— Il y a une femme là-bas des Services de Protection de l'Enfance qui pose des questions sur les garçons.

Billy se surprit à commencer à trembler.

— Je lui ai demandé de quoi il s'agissait, et elle a demandé s'il y avait quelqu'un qui pouvait être avec moi.

Billy réprima ses larmes alors qu'il sentait les bras de Darryl passer autour de lui, l'enlaçant fermement.

— Ça va aller, Billy. Je te le promets, tout va bien se passer.

Darryl caressa ses cheveux et l'enlaça.

— Allons voir ce qu'elle a à dire avant de trop nous inquiéter, d'accord ?

Il sentit le doigt de Darryl sous son menton.

— Peu importe ce qu'elle veut, je t'aiderai, dans tous les cas. Tu le sais.

— Oui, je le sais.

Billy sentit le nœud dans son ventre se défaire légèrement, et il laissa Darryl le conduire de l'autre côté, jusqu'au box où Helen les attendait.

— C'est Darryl, c'est le propriétaire du restaurant…

Darryl tendit la main.

— Je suis le partenaire de Billy.

Ils se serrèrent la main, et Billy se glissa dans le box. Darryl s'assit près de lui, main dans la main.

— Voudriez-vous, s'il vous plaît, nous dire ce dont il s'agit ? Ces garçons ont vécu beaucoup de choses dernièrement, et nous ne voudrions pas contrarier leur vie sans une bonne raison.

Billy trouvait que Darryl se montrait un peu bourru, mais il ne dit rien, et Helen ne sembla pas s'en offusquer. Il se dit qu'elle avait probablement tout vu dans son travail et que rien ne la décontenançait.

— Comme je le disais à Monsieur Weaver, l'école nous a appelés pour nous parler d'une anomalie dans le formulaire d'inscription de David et Donald.

Sa voix sembla s'adoucir.

— Écoutez, je fais mon travail, et quelquefois, je ne l'apprécie pas particulièrement. Eh bien, aujourd'hui est un de ces jours.

À la fin de sa tirade, elle devint presque silencieuse.

— L'école trouvait que quelque chose n'allait pas avec le certificat de naissance des garçons et a appelé le comté où ils sont nés. Selon les registres, David et Donald Weaver sont morts un jour après leur naissance, il y a cinq ans.

Billy ouvrit la bouche en grand, il pouvait à peine respirer.

— De quoi êtes-vous en train de parler, madame ? Ils sont ici, avec nous.

Il pouvait sentir sa colère grandir, et Darryl lui ébouriffa gentiment la tête.

— Qu'insinuez-vous ?

— Il pourrait y avoir eu confusion. On sait que ça arrive, mais c'est rare. Nous avons enquêté et nous croyons – et votre histoire coïncide avec notre théorie – que David et Donald sont morts à la naissance et que votre père a pris d'autres jumeaux à l'hôpital pour les élever à la place de ses enfants morts.

— C'est dingue. Mon père n'aurait jamais pu faire ça !

Billy se débattit pour sortir du box, et Darryl fit de son mieux pour le calmer.

— Monsieur Weaver, nous ne sommes sûrs de rien, mais les certificats de naissance des garçons ont été modifiés, et vous dites vous-même que peu après la mort de votre mère, votre père a commencé à déménager régulièrement.

Billy sentit sa colère se transformer en une peur froide et incontrôlable.

— Vous êtes en train de dire que mes frères, les garçons que j'ai élevés depuis qu'ils ont été ramenés à la maison, ne sont pas mes vrais frères ?

— Nous ne savons pas, Monsieur Weaver, mais il y a une abondance de preuves. Je suis venue ici aujourd'hui pour vous dire ce que nous suspections et pour vous demander si vous accepteriez de faire une analyse ADN.

Billy secoua la tête. Il pouvait sentir son esprit se refermer. Cela ne pouvait arriver, c'était juste impossible. Il ferma les yeux et essaya de repousser ses pensées, espérant qu'il allait se réveiller de ce cauchemar. Quand il les rouvrit, cette horrible femme était toujours là, et cet enfer n'était pas un rêve tordu.

— Monsieur Weaver, nous pourrions obtenir une injonction de la cour pour un échantillon d'ADN, et en même temps nous demanderions au comté de placer temporairement les garçons. Aucun de nous ne veut ça.

Elle se tourna vers Darryl.

— Comme vous l'avez dit, ces enfants ont vécu assez de choses difficiles, et si nous avons raison, ce ne sera pas fini pour eux. Mais si nous avons tort, alors ils n'auront pas à savoir et ils pourront joyeusement continuer leur vie.

— C'en est trop.

Billy laissa tomber sa tête en avant et appuya son front sur la table.

— Je sais que c'est dur, Monsieur Weaver, mais je dois vous le demander. Vous n'êtes pas la seule personne impliquée dans tout ça. Si ces enfants ne sont pas vos frères...

— Ce sont mes frères, quoi qu'il en soit, grogna-t-il entre ses dents serrées.

— Monsieur Weaver, si les garçons ne sont pas vos frères de sang, corrigea-t-elle avec précaution, alors il y a des personnes dehors qui sont à la recherche de leurs enfants.

Billy eut l'impression qu'on venait de lui mettre un coup de poing et de pied au même moment, et ce dernier était le coup fatal.

— Nous nous soumettrons au test ADN juste pour prouver que Davey et Donnie sont mes frères, et que vous racontez des conneries.

Helen se leva.

— Je m'occupe de tout arranger et de vous recontacter.

Elle fit un pas en avant et s'arrêta.

— Et pour information, j'espère sincèrement que je raconte des conneries, pour le coup.

Étrangement, Billy réalisa qu'elle était sincère, et cela le fit se sentir un peu mieux, mais pas de beaucoup.

— Rentrons à la maison.

Il entendit la voix de Darryl dans son oreille, mais y fit à peine attention.

Darryl se glissa hors du box, et Billy parvint à se mettre sur pieds, traversant les cuisines dans un brouillard pour rejoindre l'endroit où les garçons étaient en train de jouer.

— Coucou, Biwwy, cria Davey, souriant de toutes ses dents. Regarde, j'ai ramassé tous les jouets !

Et c'était vrai. La boîte dans le coin était pleine et ne pouvait plus fermer, mais il n'y avait plus de jouets sur le sol. Il était certain que dès que l'un d'eux en ajouterait un autre, le reste s'écroulerait, mais cela n'avait pas d'importance. Davey semblait si fier de lui.

— J'ai le droit de choisir l'histoire.

Donnie se frotta les yeux alors qu'il glissait hors du futon, se dirigea vers la boîte de jouets et tira son camion d'un coup sec.

— Donnie, ramasse ça.

Davey avait les mains sur les hanches dans une indignation de petit garçon de cinq ans.

Billy se mit à rire, mais il éclata bientôt en sanglots, sans pouvoir s'arrêter. Les larmes continuaient à affluer malgré sa volonté de se calmer. Il se retourna afin que les garçons ne le voient pas, alla jusqu'aux toilettes et ferma la porte, serrant le lavabo alors qu'il était parcouru de spasmes. Aucun son ne sortit, et l'air quitta ses poumons. Finalement, il parvint à prendre quelques bouffées d'air et laissa échapper un cri qui emplit la pièce exiguë. Il sentit ses jambes le lâcher, et il s'écroula sur le sol.

Il n'entendit pas la porte s'ouvrir et se refermer. Tout ce qu'il sentit furent les bras de Darryl autour de lui, le serrant étroitement tandis qu'il le berçait d'avant en arrière. Billy passa ses bras autour du cou de Darryl, enfouit sa tête contre l'épaule de son amant et sanglota de façon incontrôlable. Si ce qu'elle avait dit était vrai, Billy ne savait pas comment cela allait pouvoir évoluer. Tout ce chagrin envers son père, cette vieille peine à propos de sa mère, liés à la peur de pouvoir perdre Davey et Donnie... c'était plus qu'il ne pouvait supporter. Il sentit à la fois son esprit et son corps se refermer. La seule chose dont il était conscient était Darryl.

— Ça va aller, mon amour. Laisse tout sortir.

Le ton apaisant de Darryl l'atteignit à travers son chagrin.

— Tu as le droit de pleurer, alors vas-y.

Billy enlaça Darryl comme si sa vie en dépendait, comme si sans lui, il allait se perdre et ne se retrouverait jamais plus.

— Ce sont mes frères. Peu importe ce qu'elle dit, ce sont mes frères.

— Et personne ne peut te les enlever. Peu importe ce qu'ils disent, ce sont tes frères, et tu les aimeras toujours, et ils t'aimeront toujours. Peu importe ce qui se passe, le réconforta Darryl alors qu'il continuait lentement à le bercer. Mais tu dois être fort pour eux. Ils ont besoin de toi.

Doucement, les mots de Darryl firent leur chemin, et le chagrin s'apaisa. Billy tourna son visage du tee-shirt de Darryl et regarda autour.

— Comment est-ce que suis arrivé ici ?

Il ne se souvenait pas du tout être allé aux toilettes. Darryl l'aida à se remettre sur pieds, et Billy ouvrit le robinet. Il s'aspergea le visage avant de prendre une grande inspiration.

— Je pense qu'il faut que tu rentres à la maison.

Billy secoua la tête.

— Ça va aller. Les garçons ont besoin que tout soit aussi normal que possible, et c'est le jour de repos de Sebastian, ce soir.

Billy s'essuya les yeux avec un papier essuie-tout.

— Il a un rendez-vous et je ne peux pas le laisser tomber.

— Est-ce que tu vas être assez en forme pour travailler ce soir ?

La voix de Darryl ne montrait que de l'inquiétude.

— Je le serai.

Billy enlaça une nouvelle fois Darryl avant de se laver les mains et d'ouvrir la porte des toilettes, pour découvrir la moitié de l'équipe debout dans le couloir.

— Qu... ?

— Est-ce que ça va ?

Sebastian avait visiblement été élu porte-parole du groupe.

— Merci. Oui.

Billy se fraya un chemin à travers le groupe jusqu'à la pièce où les garçons étaient en train de jouer, inconscients que quelque chose s'était produit. Il s'assit sur le sol avec eux, puis ramassa un camion et commença à le faire rouler sur le sol. Les garçons firent de même, et bientôt, la pièce fut remplie de 'vroum, vroum'. Billy essaya de se contenir alors que son cerveau enregistrait tout, comme si c'était précieux. Une partie de son esprit refusait de croire que ce qu'Helen disait pouvait être vrai, et une autre partie voulait chérir chaque moment au cas où ce serait le dernier. Une larme menaça, mais Billy la refoula et il continua à jouer. Ils passèrent l'après-midi à jouer aux camions. Avec son aide, ils bâtirent une tour de blocs de construction qui allait du sol au plafond. Un des garçons la faisait alors tomber afin qu'une autre puisse prendre sa place.

— Vous vous amusez ? demanda Darryl en passant la tête par la porte.

— Viens jouer avec nous, cria Donnie.

Darryl ouvrit la porte et pénétra à l'intérieur, les rejoignant dans leur quête qui consistait à construire la plus grosse et la plus grande des tours.

# X

DARRYL SENTIT Billy se retourner pour la millième fois cette nuit-là.

— Tu n'as pas du tout dormi, n'est-ce pas ?

— Non, effectivement.

Billy continua à fixer le plafond, et Darryl le tira encore plus près de lui, sachant qu'il avait besoin de savoir qu'il était là.

— Je n'arrête pas de penser à ce que je vais faire.

Il roula sur le côté.

— Et s'ils n'étaient pas les enfants de maman et papa ?

Darryl remarqua que Billy ne demandait pas : 'Et s'ils n'étaient pas mes frères ?' parce qu'il savait que dans l'esprit de Billy, ils étaient ses frères et le seraient toujours.

— Et si quelqu'un venait pour les emmener ?

— Alors nous nous battrons avec tout ce qu'on a.

Darryl enlaça son amant terrifié.

— Tu as élevé ces garçons pendant ces cinq dernières années ; et ils sont tes frères. On ne va autoriser personne à les éloigner de toi.

Il sentit Billy commencer à pleurer, mais ne l'entendit pas.

— J'ai passé la moitié de la nuit à me dire que je devrais peut-être prendre les enfants et les emmener.

— Je sais que tu ne le penses pas vraiment. Tu aimes trop ces garçons pour leur faire ça.

Darryl n'ajouta pas qu'il espérait que Billy l'aime trop pour le quitter comme ça, mais il ne parvint pas à le dire.

— Je sais. Je ne pourrais pas leur faire ça, ni à toi. C'est juste que je les aime tellement.

Les larmes recommencèrent à couler à flot, et Darryl serra son jeune amant, le berçant encore pendant qu'il pleurait. Darryl avait su, avant que tout cela ne débute, qu'il y aurait des tonnes de larmes à venir.

Il enlaça Billy et crut qu'il s'était peut-être assoupi. Finalement, ils se levèrent tous les deux et sortirent du lit. Ils se vêtirent en silence, Darryl observant les mouvements lents de Billy, l'esprit définitivement ailleurs.

— Les gens du service de santé seront bientôt là. Je leur ai dit de venir tôt. Ils n'en étaient pas très heureux, mais je m'en moque.

Billy hocha la tête d'un air absent, et Darryl n'était même pas sûr qu'il l'ait entendu, mais il ne s'en faisait pas trop pour ça. Il l'aiderait de toutes les manières qu'il le pourrait. Après s'être habillés, ils allèrent lever les garçons et leur donnèrent leur petit déjeuner. Quand ils eurent fini de manger, Billy s'éloigna avec les garçons, et ils attendirent leurs bourreaux.

On toqua à la porte d'entrée. *Ils* étaient là. Darryl serra l'épaule de Billy, puis traversa la maison et ouvrit la porte. Un homme et une femme se tenaient sur le porche, tous deux tentant de retenir un bâillement.

— Nous sommes du département de santé.

Ils montrèrent tous deux leurs plaques.

— Je suis Gerald Forrester, et voici Margaret Jessup. Nous sommes ici pour prendre des échantillons d'ADN de...

Il consulta son papier.

— ... William, David et Donald Weaver.

— Oui.

Darryl recula afin qu'ils entrent et ferma la porte derrière eux.

— Ils sont dans le salon.

Il leur fit signe de le suivre. Billy était assis sur le canapé avec un garçon de chaque côté, un bras passé autour d'eux, protecteur. Il semblait sur le point de s'enfuir à tout moment. Les présentations finies, les gens se mirent au travail.

— Ce que l'on va faire, c'est tamponner l'intérieur de chacune de vos joues.

Mme Jessup sortit ce qui ressemblait à un grand coton-tige, et la montra aux trois.

— J'ai besoin d'en prendre quatre de chacun d'entre vous, et ensuite ce sera fini.

Elle sourit, et Darryl vit Davey et Donnie se renfoncer tous deux dans le canapé.

— Je peux passer en premier, dit Billy, essayant de rassurer les enfants.

Elle sortit quatre tampons, chacun dans un emballage stérilisé, et quatre récipients clos. Après avoir écrit toutes sortes d'informations sur les récipients, elle enfila des gants en caoutchouc et ouvrit le paquet pour le premier échantillon.

— Ouvrez grand la bouche.

Darryl l'observa frotter le tampon dans la bouche de Billy, le retirer, et enfin le mettre dans un des récipients. Puis elle répéta la procédure trois autre fois, refermant chacun des récipients et les mettant dans un emballage.

Elle enleva ses gants et sourit aux garçons.

— Lequel d'entre vous veut passer premier ?

— Moi.

Davey se redressa et ouvrit la bouche, inclinant la tête en arrière, ressemblant à un oisillon. Darryl rit et rejoignit les autres dans la pièce, puis s'assit à côté de Donnie et serra la main du petit garçon. Donnie leva la tête, le regarda et essaya de sourire. À cet instant, Darryl réalisa que Donnie savait que quelque chose n'allait pas, et il le sentit se terrer derrière lui comme s'il était en train de se cacher.

— Tu étais très bien, dit en souriant la femme.

Elle finit de frotter l'intérieur de la bouche de Davey et se tourna vers Donnie.

— Tu es prêt ?

Elle lui sourit.

— Non, grinça Donnie, gardant la bouche close avant de mettre ses mains sur son visage et de se retourner.

— Ça ne va pas faire mal, Donnie, je te jure, dit Darryl.

Mais il pouvait voir la peur dans son regard. L'enfant ne savait pas exactement ce qui arrivait, mais il savait que quelque chose n'allait pas, et il était déterminé à ne pas coopérer.

— Tu peux le faire pour moi ? demanda Darryl.

La main de Donnie s'éloigna alors de son visage.

— Merci.

Darryl se tourna vers Margaret.

— Vous n'allez avoir qu'un seul essai.

— Je comprends.

Elle sourit à Donnie, prit un de ses tampons, le sortit de son emballage et le lui tendit afin qu'il puisse le voir. Il joua avec et le tendit à Darryl, qui le regarda et le lui rendit. Quand elle fut prête, elle se tourna vers Donnie.

— Veux-tu bien ouvrir la bouche comme un grand garçon ?

Donnie obtempéra, et elle utilisa les tampons les uns après les autres. Aussitôt qu'elle eut fini, il referma sa petite bouche et eut une moue dégoûtée. Il enfouit à nouveau sa tête contre Darryl.

— Merci.

Elle attrapa son sac et tendit une sucette à chaque garçon. Davey prit la sienne et l'ouvrit immédiatement, la fourrant dans sa bouche, alors que Donnie tenait la sienne et la fixait.

— Qu'est-ce qu'on dit ? répliqua Billy.

— Merchi ! répondit Davey, la bouche pleine.

Donnie dit quelque chose à voix basse et monta alors sur les genoux de Darryl, se tenant étroitement à lui.

— De rien.

Elle regroupa ses affaires, et elle et l'homme se dirigèrent vers la porte. Darryl tendit Donnie à Billy et les suivit à l'extérieur.

— Combien de temps ça prendra pour avoir les résultats ?

— Cela devrait prendre entre une semaine et dix jours. La moitié des échantillons est envoyée en Virginie, et l'autre moitié sera testée ici. Je sais que cela semble cliché, mais l'attente est la partie la plus difficile.

— Si vous avez besoin de parler à quelqu'un, dit Gerald en lui tendant une carte, n'hésitez pas à m'appeler. L'attente et l'incertitude peuvent être très dures, et parfois, ça fait du bien de s'épancher.

Darryl prit la carte et leur serra la main, les regardant s'éloigner avant de rentrer. Il trouva Billy qui n'avait pas bougé du canapé. Les garçons étaient partis.

— Est-ce que ça va aller ?

Il massa les épaules de Billy et se pencha au-dessus du canapé, embrassant son oreille.

— Je sais que c'est dur, et je suis là pour toi.

— Je sais.

Billy se retourna, et Darryl eut un aperçu fugace de la douleur que Billy était en train d'éprouver.

— Ce n'est pas que perdre les garçons.

Darryl lâcha prise et contourna le canapé, s'asseyant près de son amant.

— Qu'est-ce que c'est ?

— C'est un peu bizarre.

Billy s'arrêta, et Darryl prit sa main et attendit aussi patiemment qu'il le put.

— Mais j'ai un peu le sentiment que je ne sais plus vraiment qui je suis.

Billy se retourna vers lui afin qu'ils puissent mieux se voir.

— Mon père a peut-être volé deux enfants afin de les faire passer pour les siens. Quelle sorte de personne était-il ? J'ai tout simplement l'impression que la famille que je pensais connaître n'était pas réelle.

Darryl attendit silencieusement, mais Billy avait dit ce qu'il ressentait et il ferma les yeux.

— C'était réel. Ces garçons sont réels, et ce que tu ressens pour eux est réel. Je ne pense pas que quoi que ce soit d'autre compte.

— Qu'est-ce que je vais faire, Darryl ?

On aurait dit que Billy allait à nouveau fondre en larmes, mais ce ne fut pas le cas. Darryl le regarda redresser le dos et cligner rapidement des yeux.

— Ils ont dit que ça prendrait une semaine à dix jours avant qu'on ait une réponse. Je pense qu'on doit profiter au maximum de ce temps précieux et se préparer à entendre les deux réponses.

— Tu veux dire se préparer au pire, n'est-ce pas ?

Billy sauta sur ses pieds et commença à faire les cent pas.

— Je refuse d'abandonner tout espoir, Darryl. Je ne veux pas tourner le dos à ce que mon cœur sait.

— Ce n'est pas ce que je te demande.

Darryl se leva presque, mais il se dit que Billy n'avait pas besoin de son réconfort, pour le moment.

— On avisera en fonction de ce qui en sort, mais on doit tous deux accepter la possibilité que ce qu'Helen dit est vrai. J'espère sacrément qu'elle a tort, mais si jamais ce n'était pas le cas ? Et si Davey et Donnie n'avaient pas de lien de sang avec toi ? Est-ce que tu vas être capable de le supporter ?

Il essayait de garder un ton calme et posé, mais il n'y arrivait pas très bien, il le savait. Il tendit le bras et toucha la main de Billy.

— Je sais que je ne t'aide pas beaucoup, mais je veux simplement que tu ailles bien.

— Et les garçons ? Est-ce qu'ils iront bien s'ils découvrent subitement qu'ils vont devoir vivre avec des inconnus qu'ils n'ont jamais vus ? Et s'ils ne me laissaient plus jamais les revoir ?

Billy commença à trembler, et Darryl en eut assez. Il se leva et attira Billy à lui.

— Quelquefois, j'oublie juste à quel point tu es jeune.

Il sentit Billy se raidir, mais Darryl ne le laissa pas s'éloigner. Le jeune homme finit par se détendre un peu et lui rendre son étreinte.

— C'est beaucoup à supporter pour une seule personne.

— Je ne suis pas un enfant, Darryl. J'ai élevé mes frères, j'ai fait en sorte qu'ils aient un endroit où vivre, je les ai nourris… D'une certaine façon.

— Billy, tu es plus fort que la plupart des gens que je connais. Peu importe ce qui arrive, tu traverseras ça. Je sais que ton imagination te fait craindre le pire dans l'immédiat, alors essaye de te concentrer sur l'instant présent. La seule façon de se sortir de tout ça est de vivre au jour le jour.

— Je sais que tu as raison. Et je ne peux pas laisser ça affecter les garçons.

Billy posa sa tête contre l'épaule de Darryl.

— Alors, on fait quoi ?

— On doit aller de l'avant.

Par-dessus l'épaule de Billy, Darryl vérifia sa montre.

— Et on doit aller travailler, ou on ne sera jamais prêts à temps pour le déjeuner.

— Je sais.

Billy le laissa partir, soupirant doucement.

— Je dois aller préparer les garçons pour qu'on puisse y aller.

Ils arrivèrent au restaurant et Billy alla installer les garçons. Puisqu'ils étaient en retard, Darryl dut aller directement travailler.

— Tu dors assez ? demanda Maureen tout en travaillant.

— Non.

Darryl regarda autour de lui avant de lui donner une courte version de ce qui était en train d'arriver.

— Je ne veux pas que ça s'ébruite. Il est assez contrarié comme ça.

— Mon Dieu, fut la seule réponse de Maureen. Je ne peux pas imaginer comment il se sent. Je veux dire, si quelqu'un essayait de m'enlever mes enfants, je lui arracherais les yeux, et ce serait après lui avoir arraché les couilles.

Elle fit un geste avec ses mains, et Darryl croisa instinctivement les jambes.

— Crois-tu possible que Davey et Donnie ne soient pas ses frères ?

— Je crains que ce soit une possibilité à prendre en considération.

Il avait l'impression de trahir Billy en énonçant ses craintes à voix haute. Avant de pouvoir dire autre chose, il entendit des bruits de pas et il se tut. Billy passa devant lui et lui fit un sourire qui ne cachait pas une once de la détresse qu'il ressentait.

— J'aimerais tellement pouvoir faire quelque chose pour lui.

— Tout ce que tu peux faire, c'est être là pour lui. Et je vais te confier un secret : quand j'étais sur le point d'accoucher, j'ai traité Eric de tous les noms imaginables et même certains qui n'avaient pas encore été imaginés. Je lui en ai voulu pour la douleur et lui ai dit qu'il était responsable de tout, du réchauffement climatique au conflit Israélo-Arabe.

Darryl la fixa, se disant que la jeune femme avait complètement perdu l'esprit. Mais Maureen se contenta de lui sourire.

— Billy est sujet à beaucoup de stress, et ça ne va pas finir avant qu'il ait eu une réponse. Si elle est bonne, alors il fera avec et passera à autre chose. Mais si ce n'est pas le cas, alors l'anxiété continuera à gonfler, et tu es celui qui devra supporter tout ça. Alors ne sois pas surpris s'il te blâme de tout et de rien, et même s'il va un peu voir ailleurs. Ça ne voudrait pas dire qu'il ne t'aime pas, ça signifiera juste qu'il ne sait pas comment gérer tout ça.

Darryl sourit, croyant qu'elle plaisantait.

— Je suis sérieuse, ajouta Maureen.

Darryl hocha lentement la tête, laissant le message s'ancrer en lui.

— Est-ce que tu en as vraiment voulu à Eric pour le réchauffement climatique ?

— Mm mmm, je lui ai dit que tout ce qui ne va pas dans ce monde était la faute des hommes et que le réchauffement climatique était dû aux hommes, qui expirent de l'air chaud. Heureusement, il a juste secoué la tête d'un air indulgent et a demandé au docteur de me donner plus de calmants. Cet homme est un génie.

— Je ne pense pas avoir ce luxe avec Billy.

Darryl retourna à ses préparations quand il entendit Billy revenir en cuisine.

— Non, c'était son amour qui nous a aidés à traverser ce moment – ça et quelques médicaments efficaces. Tu l'aideras aussi. Je suppose qu'il te faudra de la patience et beaucoup de compréhension.

La porte de la salle s'ouvrit.

— Je vais déverrouiller les portes, lui dit Sebastian. En tête de cortège, il y a un grand groupe de dames à l'extérieur, alors on va être tout de suite occupés.

— Comment va Billy ? demanda doucement Darryl.

Sebastian jeta un coup d'œil à l'extérieur et laissa la porte se refermer derrière lui.

— Il m'a dit ce qui était arrivé, et il s'accroche pour le moment.

Sebastian fit quelques pas de plus en avant.

— Je vais garder un œil sur lui.

— Merci.

— Pas de soucis.

Sebastian quitta les cuisines. Bientôt les commandes commencèrent à affluer, et durant les heures qui suivirent, ils furent très occupés. À chaque fois qu'il avait un court instant entre les commandes, Darryl passait voir les garçons. Il se surprit à s'adosser contre la porte et les regarder jouer. À un moment, Kelly lui toucha le dos et pointa du doigt les commandes qui s'accumulaient sur le tableau, et il s'obligea à retourner travailler.

— Merde… Billy n'est pas le seul qui pourrait être blessé, murmura-t-il tout en retournant travailler et en commençant à exécuter les commandes.

Le service du midi se termina enfin, et Darryl entendit qu'on criait son prénom. Il se retourna et vit les deux garçons faire de petits bonds pour voir par-dessus la porte. Ils savaient qu'ils devaient rester à l'intérieur à moins de devoir aller aux toilettes.

— On a faim.

— Vous n'avez pas déjeuné ? demanda-t-il.

Ils hochèrent tous les deux la tête.

— On veut de la glace.

Darryl ouvrit la porte et tendit les mains. Chaque garçon en prit une et il les conduisit dans la salle. Les clients étaient partis, et l'équipe était en train de nettoyer et installer tout pour plus tard dans la journée.

— Quelqu'un veut de la glace ?

Tous arrêtèrent de travailler. Il montra un box aux garçons et leur dit de rester là et qu'il leur apporterait de la glace dans une minute.

Au moment où il revint avec la glace, des bols et une cuillère à glace, tout le monde s'était rassemblé. Les garçons avaient leur cuillère en main et babillaient tout en tapant du poing sur la table. Darryl remplit deux petits bols, les passa aux garçons, puis il commença à en servir à tous les autres. Ils travaillaient dur, et tout le monde méritait sa part. Mais il ne voyait pas Billy.

Il regardant partout dans la pièce et aperçut son amant derrière le bar, lavant des verres et nettoyant. Il fit le tour du comptoir et apparut derrière lui.

— Tu ne veux pas un peu de glace ?

Billy secoua la tête.

— Les garçons se demandent où tu es.

— Je sais, mais je ne peux pas les regarder être aussi heureux, sachant ce qui nous pend au nez. Je vais juste me mettre à pleurer comme une madeleine.

Billy rinça dans une bassine le chiffon qu'il utilisait pour laver le réfrigérateur et l'essora avant de se remettre à sa tâche.

— Je sais que ça semble stupide.

Il finit ce qu'il était en train de faire, mit le chiffon dans l'eau et ferma la porte.

— Mais j'ai juste besoin de rester occupé.

Darryl s'agenouilla près de lui.

— Bébé, tu ne peux pas fuir comme ça, et tu ne peux pas les ignorer pendant une semaine parce que ça fait mal. Je sais que ce n'est pas comparable, mais ça me fait mal à moi aussi, et je veux juste passer chaque seconde avec eux. Si je le pouvais, je fermerais le restaurant et nous passerions chaque jour à nous amuser, juste tous les quatre. Mais je ne peux pas.

— D'accord, tu as raison.

Billy se leva et souleva la bassine d'eau sale, la versa dans la canalisation et ouvrit le robinet.

— Allons manger de la glace.

Les autres avaient presque fini et ils apportaient leur bol dans la salle de plonge avant de retourner travailler. Darryl et Billy se glissèrent dans le box, et Donnie offrit à Billy sa cuillère remplie de glace. Billy prit la bouchée offerte et sourit à son frère, serrant un peu plus le garçon contre lui.

— Quelquefois, il faut juste accepter les petits moments de bonheur tels qu'ils viennent, commenta Billy alors qu'il acceptait une autre bouchée de Donnie avec un sourire.

Darryl pouvait voir que même s'il souriait, les yeux de Billy reflétaient son inquiétude. Il réalisa qu'il ressentait la même inquiétude et la même peur, sauf que dans son cas, il n'avait pas seulement peur de perdre Davey et Donnie. Il avait aussi peur de perdre Billy.

— On peut aller au parc ? demanda Davey en agitant sa cuillère vide dans tous les sens.

Darryl dut esquiver un coup pour échapper à l'arme que brandissait le garçon de cinq ans.

— Darryl et moi devons retourner travailler, dit Billy alors qu'il réunissait les bols vides. Mais nous irons ce week-end, je le promets.

Les garçons semblèrent satisfaits de la réponse et coururent jusqu'aux portes des cuisines. Darryl espéra que les résultats du test ne seraient pas donnés trop vite et qu'ils seraient capables de tenir leur promesse. Merde, il espérait même qu'ils seraient capables de tenir cette promesse chaque samedi jusqu'à ce que les garçons apprennent à conduire.

# XI

DIX JOURS. Billy avait l'impression d'avoir passé plus d'un mois au lieu de dix jours dans les flammes de l'enfer. Chaque fois que le téléphone sonnait, il faisait un bond d'un mètre. Quelques jours auparavant, il avait répondu au téléphone pour découvrir que c'était la mère de Darryl à l'autre bout du fil. Quand il lui avait dit qu'il allait chercher Darryl, elle lui avait expliqué qu'elle voulait parler avec lui. Apparemment, Darryl lui avait dit ce qui était en train de se passer, et elle avait appelé pour offrir son aide.

— Vous et les jumeaux rendez mon fils tellement heureux.

Billy pouvait voir que Cordy Hansen était une vraie lionne quand il s'agissait de sa famille.

— J'ai toujours pensé qu'il passerait sa vie seul, à travailler dans un restaurant jusqu'à sa mort, mais il n'a d'yeux que pour vous.

— Je vous remercie. J'aime votre fils.

Il ignorait pourquoi il lui avait dit ça, mais cela lui avait juste échappé.

— Je sais que c'est le cas, et si vous avez besoin de quoi que ce soit, comme un avocat ou même juste parler, nous sommes là.

— D'accord, merci.

Billy n'avait su où menait cette conversation et avait tendu le téléphone à Darryl, qui parla pendant quelques minutes avant de dire au revoir.

— Est-ce que ta mère est sérieuse ?

— Oui. Je crois qu'elle pense que tu es une sorte de superman ou un truc du genre. Elle m'a dit qu'ils vont venir nous rendre visite cet été, et qu'elle et mon père attendent avec impatience de te rencontrer.

Billy avait secoué la tête avec émerveillement, souriant alors qu'il essayait d'imaginer à quoi ressemblaient ses parents.

La sonnerie du téléphone le tira de ses pensées, et Billy fit de son mieux pour calmer les torsions de son estomac. La sonnerie s'arrêta, et il entendit la voix de Darryl lui parvenir de l'autre pièce. Puis Darryl revint et s'assit près de lui.

— C'était Helen Groveson. Ils ont les résultats du test, et elle demandait si elle pouvait passer. Je lui ai dit qu'on était à la maison, et elle a dit qu'elle serait là dans quelques minutes.

Billy avala son café, essayant de ne pas paniquer.

— Elle a dit quelque chose ?

— Non.

Darryl soupira et prit sa main. Billy lui rendit son étreinte et essaya de calmer ses nerfs, sans succès.

— Excuse-moi.

Billy courut jusqu'à la salle de bain et parvint à l'atteindre avant de régurgiter le peu qu'il avait ingéré au petit déjeuner.

— Ça va aller.

Il sentit la main de Darryl sur son dos, le massant doucement alors qu'il attrapait une serviette pour s'essuyer la bouche.

— Je sais que je l'ai déjà dit, mais quoi qu'il arrive, on gérera ça tous les deux.

Billy se redressa et tira la chasse.

— Je sais, c'est juste que…

Billy ne put finir sa pensée. Il ferma les yeux et sentit ses épaules trembler.

— Qui que soient ces personnes, et si elles leur faisaient du mal ?

— On n'a pas encore eu les résultats.

Billy savait que Darryl essayait de l'apaiser afin de le faire se sentir mieux, mais rien de cela ne marchait. On toqua à la porte et le bruit résonna à travers la maison. Billy s'arrêta brusquement de bouger, complètement figé.

— Vas-y, je serai là dans une minute.

Darryl l'étreignit rapidement, puis le laissa seul. Billy ferma la porte, puis se tint face à miroir pour s'y regarder, se tamponna les yeux et fit de son mieux pour se rendre présentable. Mais cela ne marcha pas.

— Ne sois pas une poule mouillée.

Il secoua la tête et prit une grande inspiration, puis il s'essuya à nouveau les yeux et ouvrit la porte, suivant le bruit des voix dans le salon.

Helen se leva et lui tendit la main. Billy la serra et s'assit près de Darryl, qui passa son bras autour de sa taille.

— Où sont les garçons ?

— Dans le jardin. Ils jouent avec les poissons, commenta sèchement Billy. Ils leur ont donné un nom et ont essayé de les attraper, mais Gordon et Anna sont trop rapides pour eux.

Billy se tut et attendit qu'elle dise ce qu'elle avait à dire.

— Les résultats sont arrivés, et je suis très triste de vous annoncer que David et Donald ne sont pas les enfants de vos parents. Ils sont les enfants biologiques de Marie et Charles Hanover. Les examens l'ont confirmé en tout point.

Billy sentit le bras de Darryl se refermer autour de lui, le serrant fermement, mais il n'entendit plus rien après ça. Son esprit s'arrêta presque de fonctionner, et s'il avait pu le vouloir, son cœur se serait aussi arrêté.

— Billy.

Il entendit Darryl prononcer son nom à travers ce qui semblait un brouillard, et il se concentra à nouveau sur Helen alors qu'elle continuait à parler.

— Comme je disais, continua-t-elle, la voix basse et pleine d'empathie, les Hanover sont d'accord pour venir à Carlisle, et ils resteront à peu près une semaine. Ils comprennent que les garçons ne sont au courant de rien et qu'ils auront besoin de temps pour construire une relation avec eux avant de les emmener. J'ai aussi énoncé clairement, quand nous avons discuté, que vous n'aviez rien à voir avec leur enlèvement et que vous les aviez élevés comme s'ils étaient vos propres enfants.

— Est-ce que je pourrai continuer à les voir ? parvint à prononcer Billy, ses yeux se remplissant de larmes.

Il enfonça son visage contre l'épaule de Darryl, pleurant de tout son saoul. Il sentit la main de Darryl sur son dos, et il lui fallut quelques minutes avant de se reprendre.

— Ce sera aux Hanover de décider, mais j'ai été confrontée à quelques cas similaires dans ma carrière, et je peux vous dire que je vais faire pression pour que vous ayez un droit de visite. C'est dans l'intérêt des enfants. Après tout, biologiquement ou pas, vous êtes leur frère.

Elle se leva.

— Je vais y aller.

Elle tendit sa carte à Darryl.

— Appelez-moi si je peux vous aider en quoi que ce soit.

Darryl se mit debout, mais Billy ne parvint pas à l'imiter. Il entendit la porte s'ouvrir et se fermer, mais resta assis là où il était. Comme Darryl ne revint pas tout de suite, il continua à attendre.

Lorsqu'il entendit la porte d'entrée s'ouvrir et se fermer à nouveau, il se leva et traversa la maison, et trouva Darryl au téléphone.

— Maureen, peux-tu s'il te plaît appeler Julio pour lui demander s'il peut faire le service du midi et aussi celui du soir, aujourd'hui ?

Billy se rapprocha et Darryl l'étreignit, tout en continuant à parler.

— Vois s'il veut bien travailler demain, aussi. Je ne pense pas que l'un de nous sera en état de venir. Je t'appelle plus tard pour te tenir au courant de ce qui se passe.

Darryl raccrocha et l'attira pour un câlin intense.

— Qu'a-t-elle dit d'autre ?

Darryl attendit quelques secondes avant de répondre.

— Que les Hanover arriveraient ici dans la journée et qu'elle nous appellerait pour trouver un endroit où les garçons pourraient les rencontrer. Ils ne vont pas juste prendre les enfants comme ça. Elle a aussi dit que ce serait mieux si on disait aux garçons ce qui se passe.

— Comment pourrais-je leur expliquer que leur vie jusqu'à maintenant n'était qu'un mensonge ?

Billy se sentit à nouveau au bord des larmes. Tout débordait.

— Billy !

La voix de Darryl prit une intonation dure.

— Tu dois être fort – si ce n'est pour toi, alors pour eux.

Darryl pointa du doigt l'arrière de la maison.

— Ils vont être perdus et ne vont pas comprendre ce qui arrive. Tu es le seul qui peut les aider à traverser ce qui va être un processus difficile. Je sais que tu les aimes, et c'est pour ça que tu dois les aider. Ou alors, ils vont être complètement perdus et confus.

— Je sais, Darryl.

Billy ferma les yeux, essayant de garder le contrôle de lui-même.

— Allons voir ce qu'ils font.

Billy commença à marcher jusqu'à l'arrière de la maison. Les garçons faisaient rouler leurs camions sur les pavés. Les massifs de fleurs étaient sens dessus-dessous, mais ni Billy ni Darryl ne s'en préoccupaient.

— Les garçons, voudriez-vous venir à l'intérieur un moment ? Je dois vous dire quelque chose.

La voix posée de Billy le surprit, et il s'essuya les yeux et conduisit les garçons dans le salon. Il ne savait absolument pas comment leur dire ce qu'il y avait à dire ou s'ils pourraient comprendre, mais il savait qu'il devait le faire.

Billy s'assit sur le sol avec les garçons face à lui, Darryl s'installant près de lui.

— C'est très dur pour moi de vous le dire, et je l'ai appris aujourd'hui.

Il prit une grande inspiration et plongea son regard dans leurs grands yeux inquisiteurs. Aucun d'eux ne bougea ou se tortilla comme ils le faisaient habituellement.

— Quand vous êtes nés, votre papa vous a pris à l'hôpital, mais vous n'étiez pas ses bébés. Vos vrais papa et maman sont d'autres personnes, et ils vous ont cherchés pendant très longtemps.

Billy s'arrêta, ne sachant pas comment il devait procéder à partir de là.

— Est-ce que ça veut dire que t'es plus notre frère ?

Davey se leva et courut jusqu'à lui, se jetant sur Billy et l'enlaçant de toute ses forces, avec Donnie juste derrière lui.

— Non, je serai toujours votre frère, peu importe ce qui arrive.

Il rendit l'étreinte, les serrant étroitement, comme s'il n'allait jamais les lâcher.

— Mais ça signifie que vos vrais maman et papa vont venir demain pour vous voir, et au bout de quelques temps, ils vous emmèneront vivre avec eux.

Billy sentit son cœur se briser en morceaux alors qu'il prononçait ces mots. Dans son esprit, il savait que Davey et Donnie étaient ses frères, pas ses enfants, et qu'il aurait normalement dû quitter la maison pour faire sa vie à l'heure actuelle. Mais ce n'étaient pas des circonstances habituelles. Ils avaient formé une famille à trois pendant des mois maintenant, et même quand son père était en vie, Billy avait vécu pour ses frères.

Donnie s'écarta de Billy, croisant ses bras devant son torse.

— Je ne veux pas vivre ailleurs !

Il tapa du pied et s'enfuit de la pièce, montant les escaliers.

— Je vais avec lui, dit Darryl en le suivant.

Billy entendit ses bruits de pas dans les escaliers.

— Je ne veux pas non plus partir.

Davey serra fort ses bras autour du cou de son grand frère, et Billy caressa son petit dos alors qu'il pleurait contre son épaule. Billy sentit ses propres larmes menacer de couler, mais il les refoula. Il devait être fort pour eux.

— Et s'ils sont méchants ?

— Ils ne seront pas méchants.

Cela, Billy en était sûr. Un couple qui avait pu engendrer des enfants comme ses frères ne pouvaient pas avoir un mauvais fond. Billy en était certain.

— Je suis sûr que ce seront de gentilles personnes qui vous aimeront beaucoup.

— Autant que toi ? demanda Davey à travers ses larmes.

— Personne ne vous aimera autant que moi.

Billy étreignit le petit corps contre lui et laissa ses larmes couler. Il ne pouvait plus se retenir.

Des bruits de pas attirèrent son attention. Il se retourna et il vit Darryl porter et calmer un Donnie en pleurs, la petite tête du garçon sur son épaule. Alors que ses larmes se tarissaient, Billy essaya à nouveau de parler.

— Nous répondrons à toutes vos questions, nous le promettons.

Davey, le plus hardi des deux, prit la parole.

— Si on doit partir, tu viendras nous voir ?

— Oui, bien sûr que je viendrai vous rendre visite, avec Oncle Darryl.

Billy sentit les larmes essayer de couler à nouveau, mais il parvint à les retenir comme par miracle.

Donnie leva la tête de l'épaule de Darryl.

— On pourra venir ici, parfois ?

— Bien sûr, répondit Billy.

Davey commença à gesticuler et Billy le posa.

— Nous allons les voir demain matin.

— Et si on ne les aime pas ? demanda calmement Donnie.

— Ouais, fit écho Davey. Si je les aime pas, alors je reviens ici.

Sur cette déclaration, Davey sortit de la pièce et grimpa les escaliers. Comme s'y attendait Billy, Donnie le suivit de près, laissant le jeune homme toujours assis sur le sol.

Darryl le rejoignit et il sentit des bras puissants s'enrouler autour de lui.

— J'espère qu'ils iront bien.

— Ils iront bien, Billy, et toi aussi. Je ne connais personne qui aurait pu mieux gérer ça.

Le bruit d'un camion dévalant les escaliers les firent tous deux sursauter, et lorsqu'il toucha le sol, ils virent Davey se précipiter derrière, le ramasser et remonter les escaliers aussitôt.

— On devrait aller voir ce qu'ils font.

Billy opina et se leva, suivant Darryl dans les escaliers. Lorsqu'ils approchèrent de la porte, il n'entendit rien. Il l'ouvrit légèrement et vit les deux garçons sur le sol de leur chambre, coloriant des images.

— Tu en fais un pour Oncle Dawwyl, j'en fais un pour Biwwy, d'accord ? informa Davey.

Donnie donna son accord d'un hochement de tête avant de retourner à sa tâche. Billy ferma lentement la porte et redescendit silencieusement les escaliers. Lorsqu'il se retourna, il vit Darryl se frotter les yeux.

— Ce fut une dure journée.

— Je sais.

Darryl retourna dans la cuisine, et Billy entendit le bruit des casseroles et des couvercles s'entrechoquer plus bruyamment que d'habitude.

— Tu peux aller au restaurant, si tu en as besoin. Je resterai ici avec les garçons.

Darryl secoua violemment la tête.

— Je reste ; tu as bien plus besoin de moi que le restaurant en ce moment.

— Ça ira, dit doucement Billy.

— Je sais que ça ira, et pareil pour les garçons. Ils sont tes frères, et peu importe où ils vivent, ils seront toujours tes frères.

Darryl soupira, puis se tut alors qu'il commençait à cuisiner.

— Qu'est-ce qu'il y a ?

— Rien. C'est un peu stupide, répondit Darryl.

Puis il enchaîna quand même :

— Je me disais juste que la maison serait bien silencieuse sans eux. Avant que je te rencontre, cet endroit était un peu sans vie. Toi et les garçons avez aidé à en faire une vraie maison.

Billy ne savait comment répondre à ça. La maison de Darryl ressemblait à un foyer – il ne savait juste pas comment cela allait être une fois les garçons partis. Mon Dieu, il détestait cette idée, mais il n'y avait aucun intérêt à le nier. Il ne pouvait rien faire pour l'empêcher, et il n'allait pas se montrer égoïste et rendre cela plus dur pour eux que ça ne l'était déjà. Il ouvrit la porte de derrière et sortit, la chaleur et le soleil éclairant un peu son esprit. Il regarda autour de lui et se permit un léger sourire lorsqu'il ramassa les jouets et les enleva du chemin.

Quand le déjeuner fut prêt, Darryl sortit, suivi des garçons, chacun portant le dessin qu'il avait fait. Davey sauta sur les genoux de Billy et lui tendit le papier.

— C'est toi, dit-il en pointant fièrement du doigt une forme. C'est Oncle Dawwyl, et c'est Donnie et moi.

Leur famille. Billy le serra un peu plus fort et écouta Donnie commenter son dessin.

— C'est Gordon et Anna.

— On dirait qu'ils sont dans vos lits en forme de voiture de course, commenta Darryl, perplexe.

Donnie rit.

— C'est le cas, répondit-il nonchalamment, comme si les poissons vivaient dans des lits en forme de voiture de course.

Darryl l'enlaça étroitement et prit le dessin.

— Je vais les accrocher tous les deux sur le frigo de la gloire.

Des étreintes furent partagées, et Darryl apporta le déjeuner. Les garçons s'assirent à la table située à l'extérieur et mangèrent avec leur habituelle vigueur, alors que Billy se contentait de picorer sa nourriture, mangeant très peu et savourant encore moins.

Ils passèrent l'après-midi à jouer à des jeux ensemble, et Billy se rendit compte qu'il pouvait s'amuser. Cela ressemblait à des derniers jours de vacances d'été, et même si c'était pénible, il se força à essayer. Et après un moment, la douleur n'importa plus tant que ça. Si les garçons pouvaient courir et jouer, alors lui aussi.

Après dîner, ils montèrent tous les escaliers, et après le bain, Billy et Darryl se relayèrent pour lire des histoires jusqu'à ce que les garçons s'endorment, serrant leur peluche contre eux. Une fois la porte fermée, Billy alla dans la chambre qu'il partageait avec Darryl et s'assit au bord du lit.

Il entendit Darryl entrer mais ne leva pas la tête.

— Je ne sais pas quoi faire de moi-même.

Il sentit Darryl le relever et il se laissa faire, n'ayant pas assez de force pour se battre avec lui. Ses vêtements furent retirés et glissèrent le long de son corps. Il vit, à travers son regard vague que Darryl faisait de même.

— Allonge-toi sur le lit, mon amour.

Billy fit ce que Darryl lui demandait, et bientôt des mains chaudes et magiques dansèrent sur sa peau.

— Je t'aime, Billy.

Il sentit des lèvres et une langue remplacer ces mains.

— Mets en veille ton esprit et tes inquiétudes. Pense seulement à mes mains et à ce qu'elles te font ressentir. Rien d'autre.

Billy se força à se concentrer sur la voix de Darryl, et un peu de tension s'envola. Le lit semblait plus confortable et les mains de Darryl plus chaudes à chaque caresse.

— Détends-toi et regarde-moi.

Billy se força à garder les yeux ouverts et vit ceux de Darryl s'ancrer en lui.

— Je t'aime, Darryl.

Ses lèvres furent prises dans un baiser tourbillonnant qui l'aida à débarrasser son esprit d'autres pensées.

— Je t'aime aussi, Billy, mon Billy.

Des mains continuèrent à faire des mouvements de va-et-vient et des lèvres continuèrent à l'embrasser jusqu'à ce que Billy puisse à peine se souvenir de son nom, ou de quoi que ce soit d'autre.

— Je vais te faire l'amour.

— Oui, siffla Billy à travers les dents. Aime-moi, Darryl.

— C'est déjà le cas, je vais juste te montrer à quel point.

— Oui.

Tous les mouvements de Darryl étaient lents et délibérés, alors que Billy flottait dans des nuages de sensations. Toute son inquiétude sembla disparaître lorsque Darryl lui fit l'amour pour la première fois. La douleur, l'amour, la perte, le chagrin, tout se mélangea et fut remplacé par l'amour que Darryl lui montrait. L'orgasme de Billy le laissa flottant dans les airs, et il n'atterrit pas avant le lendemain matin.

# XII

DARRYL ARPENTAIT le salon, attendant Billy et les garçons. S'il était si nerveux et agité, il savait que Billy devait être sur le point de bondir hors de son corps. Tout ce qu'il avait envie de faire en cet instant était sauter dans sa voiture, conduire à toute vitesse jusqu'au restaurant et cuisiner. Quand il était vraiment nerveux ou contrarié, il cuisinait – c'était la seule chose qu'il savait pouvoir toujours l'apaiser. Mais aujourd'hui, ce n'était pas pensable. Julio avait appelé pour lui dire que tout s'était bien passé la nuit dernière et qu'ils avaient les choses en main pour aujourd'hui.

— Après tout, j'ai été formé par le meilleur, avait lancé malicieusement Julio juste avant de raccrocher.

Helen avait appelé peu de temps après pour leur dire que les Hanover étaient en ville. Ils avaient demandé s'ils pouvaient les rencontrer, ainsi que les garçons, pour le déjeuner, mais vu la façon dont les émotions affluaient, Darryl avait suggéré qu'ils viennent à la maison.

— Ce sera bien mieux pour les garçons.

Darryl avait alors rapporté la conversation qu'ils avaient eue avec les garçons et leur réaction, et Helen fut d'accord que la première rencontre devrait se tenir là où Davey et Donnie se sentaient le plus à l'aise.

— Est-ce que c'est eux ?

Chaque bruit rendait son amant agité.

— Non.

Darryl entoura son amant de son bras. S'il était sûr de quelque chose, c'était que la semaine suivante allait être la plus dure. Darryl savait que Davey et Donnie s'y feraient, avec du temps et beaucoup d'amour et d'attention. Ils étaient jeunes et résistants, mais Darryl savait que, dans l'esprit de Billy, il était en train de perdre le reste de sa famille. Sa mère et son père étaient tous deux déjà morts, et maintenant les frères qu'il pensait avoir ne l'étaient pas vraiment.

— Où sont les garçons ?

Billy leva les yeux au ciel.

— À ton avis ?

— Dehors avec les poissons, dit Darryl, pince-sans-rire.

— C'est ça.

— Ce doit être les poissons les plus traumatisés de la terre.

Darryl sentit Billy pouffer un peu, avant de se raidir à nouveau.

— Ça va aller.

Il le répétait souvent ; il espérait juste que ce serait vrai. Billy se retourna pour le regarder, ses yeux étonnement clairs.

— Est-ce que c'est mal de ma part d'espérer qu'ils aient un accident de la route qui leur soit fatal ?

— Oui, mais probablement très naturel, répondit Darryl.

Il s'assit sur le canapé et tira Billy à lui pour l'enlacer.

— J'espère que tu réalises à quel point Davey et Donnie ont de la chance de t'avoir.

Billy ne répondit pas, alors Darryl continua quand même.

— Combien de personnes auraient pris soin de leurs frères de la façon dont tu l'as fait ? Même maintenant, tu les aides.

— Non, je ne les aide pas.

Billy secoua lentement la tête.

— Si, tu le fais, réitéra Darryl. La plupart des gens auraient engagé un avocat et auraient fait traîner les choses au tribunal pendant des années. Soit ça, soit ils se seraient enfuis et auraient essayé de se cacher quelque part. Tu ne fais pas ça. Au lieu de ça, tu les aides à évoluer et à se faire à leur nouvelle vie. C'est vraiment époustouflant.

L'expression dans les yeux de Billy lui indiqua au moins qu'un peu de ce qu'il disait l'atteignait.

— Tu es probablement la personne la plus généreuse que j'ai jamais rencontrée. Je sais que tu as mal, sacrément mal, mais tu places les garçons avant toi-même, et c'est vraiment exceptionnel.

— Je les aime et je veux qu'ils soient heureux.

— Je sais.

Darryl le serra gentiment.

— Et je veux que tu sois heureux.

Ce qu'il espérait vraiment, c'était qu'il y ait un moyen pour que tout le monde soit heureux, mais cela ne semblait pas complètement possible. On frappa à la porte, et ils sursautèrent tous deux légèrement.

— Tu es prêt ?

— Autant qu'on peut l'être, je suppose.

Billy resta en arrière tandis que Darryl ouvrait la porte d'entrée.

Helen se tenait devant un couple qui semblait nerveux. Darryl leur jeta un coup d'œil et s'il avait eu un doute sur le fait qu'ils soient les parents biologiques des garçons, il se serait parti en fumée. Les garçons étaient le portrait craché de leur père. Les yeux bleus, le visage rond – il avait même le même épi indiscipliné que les garçons malgré ses cheveux courts.

— Je vous en prie, entrez.

Darryl recula et Helen les conduisit à l'intérieur.

— William, Darryl, je vous présente Marie et Charles Hanover.

— Charlie, s'il vous plaît, corrigea-t-il.

— Appelez-moi Billy.

Darryl les regarda se serrer la main.

— Veuillez me suivre dans le salon.

— Peut-on voir les garçons ? demanda Marie, visiblement très nerveuse.

Helen prit le relais, au grand soulagement de Darryl.

— Je pensais que nous pourrions d'abord discuter. Vous devez tous avoir un million de questions. Darryl et Billy ont expliqué aux garçons ce qui se passe, mais ils peuvent être très timides et hésitants. Ils poseront probablement des questions qu'un ou plusieurs d'entre vous trouveront inconfortables, mais je n'insisterai jamais assez sur le fait que vous devez vous montrer honnêtes avec eux.

— On comprend, répondit Charles pour lui et sa femme. Il y a une chose que j'aimerais dire. Marie et moi réalisons que Billy n'était pas au courant de ce qui a eu lieu et qu'il n'était pas responsable de l'enlèvement des garçons à l'hôpital.

Darryl vit Marie se tapoter les yeux, et Charlie fit de même.

— Est-ce que vous avez d'autres enfants ?

Marie secoua la tête.

— Je n'ai plus pu en avoir après les jumeaux.

Elle attrapa un mouchoir dans son sac à main et se moucha délicatement le nez avant de les regarder tous les deux.

— Savez-vous ce qui est arrivé à l'hôpital ?

135

— Mon père est mort il y a quelques mois, et je ne sais que ce que m'a dit Helen. Honnêtement, je crains que la plupart des réponses soient mortes avec lui.

La voix de Billy sonnait étonnement forte et claire.

— Où sont les garçons ? demanda Marie, regardant autour d'elle.

— Ils sont dehors, ils jouent. Je vais les chercher.

Billy se leva et quitta lentement la pièce. Tout le monde resta assis en silence et attendit. Quelques minutes plus tard, Billy revint en tenant par la main chacun de ses frères. Aussitôt qu'ils furent entrés dans la pièce, Davey retira sa main et courut vers Darryl, sauta sur ses genoux et l'enlaça étroitement.

— Voici Donnie. Et lui, c'est Davey. Dites bonjour, les garçons.

Tous deux regardèrent Marie et Charlie avant de se retourner et de cacher leur visage.

— Donnie, ce n'est pas une façon de se comporter, le réprimanda doucement Darryl.

— Je veux aller nulle part, je veux rester avec Biwwy.

— Moi aussi, fit écho Davey sans relever son visage de l'épaule de Billy.

Darryl vit Marie tressaillir et attraper de nouveau son mouchoir. Il savait qu'il devait faire quelque chose.

— Vous voulez bien leur montrer Gordon et Anna ?

Donnie leva la tête pendant une seconde et y réfléchit avant de hocher lentement la tête et de regarder Marie et Charles, les yeux ronds.

— Alors, allons leur montrer.

Darryl se leva, portant toujours Donnie, et les guida à travers la maison jusqu'à l'extérieur. Il reposa le petit garçon et attendit de voir sa réaction. Donnie marcha jusqu'au bassin et pointa du doigt les poissons. Billy suivit l'exemple, et Davey le rejoignit.

— Lequel est Gordon ? demanda Charlie.

— Le jaune, répondit Davey, le montrant du doigt. L'orange, c'est Anna.

Charlie et Marie regardèrent tous deux dans le bassin, où les poissons nageaient.

— Vous aimez les camions ? demanda Charles en voyant le patio recouvert de jouets.

Les garçons opinèrent mais ne dirent rien, continuant à regarder les poissons.

136

— Lequel est votre préféré ?

Davey fut le premier à mordre à l'hameçon, courant jusqu'au tombereau que Darryl lui avait donné, poussant le reste. Le bruit attira l'attention de Donnie qui attrapa une pelleteuse. Charlie s'agenouilla et commença à faire rouler le bus lui aussi.

— Celui-ci amène les enfants à l'école, expliqua-t-il à son père.

Le sourire sur le visage de Charlie aurait pu illuminer la nuit.

Darryl recula et vit le conflit faire rage en Billy lorsque Marie alla s'asseoir précautionneusement sur le sol, poussant des camions sur les pavés.

— Billy, chuchota Darryl en mettant un bras autour de sa taille, on devrait rentrer.

L'expression sur le visage de Billy lui indiqua que c'était la dernière chose qu'il voulait faire, mais il opina lentement, et ils rentrèrent à l'intérieur.

Helen les suivit, et Darryl versa à chacun une tasse de café.

— J'ai la sensation de laisser mes enfants à des étrangers, commenta doucement Billy tout en s'enfonçant dans un des fauteuils du salon.

— C'est parfaitement normal, dit Helen tandis qu'elle enroulait ses mains autour de la tasse comme si elles étaient froides et s'asseyait face à lui.

Darryl s'installa près de Billy et lui prit la main.

— Vous allez pleurer leur perte, et c'est aussi normal.

Elle porta la tasse à ses lèvres et but une gorgée.

— Je leur ai parlé en chemin et leur ai expliqué que pour les garçons, vous étiez leur frère, et qu'ils devaient s'assurer que votre relation avec Davey et Donnie puisse continuer à fleurir.

Billy fixa sa tasse sans la toucher.

— Je n'arrive pas à imaginer ce que je vais faire sans eux.

— Vous étiez plus qu'un frère pour ces garçons, n'est-ce pas ?

Billy opina mais ne répondit pas, ce qui rendit Darryl nerveux, une fois encore. Tant que Billy parlait, il semblait gérer, mais quand il se taisait, Darryl savait qu'il ressassait tout ça.

— Vous étiez plus comme un parent.

— Oui, je suppose que c'était le cas.

Le 'mais je ne lui suis plus' qui ne fut pas dit pendait dans la pièce comme un nuage.

— Si je peux faire une remarque, à en juger à quel point ces garçons sont heureux, vous étiez un bon parent. Et une des choses les plus dures sur le fait d'avoir des enfants, c'est de les laisser partir quand le temps est venu. J'ai dû le faire quand mon fils est parti pour l'université. C'est sûr que ce n'est pas la même chose, mais je pense que c'est le même genre de sentiment.

Elle prit une autre gorgée.

— Tout votre temps et vos efforts ont été aspirés par ces deux.

Des éclats de rire filtrèrent de la cour, provenant des garçons et de leurs parents. Darryl déglutit difficilement quand la vérité le frappa – Charlie et Marie étaient maintenant les parents de Davey et Donnie.

— Le truc, c'est que vous devez vous construire votre propre vie maintenant. Bâtir votre relation avec Darryl, retourner en cours, peu importe ce que vous voulez faire. Ce qui est important, c'est de trouver ce qui vous rend heureux.

Billy soupira.

— J'aimerais savoir ce que ça peut bien être.

Billy resserra son étreinte sur la main de Darryl.

— Hormis toi.

Billy posa la tête sur son épaule, et Darryl frotta le bras de son amant.

Des bruits de pas attirèrent son attention, et il vit Davey courir jusqu'à lui.

— Ils jouent bien aux camions, Biwwy.

Il le tira par le bras.

— Viens jouer avec nous.

Darryl vit que Billy mourait d'envie d'accepter.

— Je vais parler à Helen pendant un moment, mais tu peux sortir jouer. On dirait que tu t'amuses beaucoup.

Billy gardait un ton égal, même si Darryl savait que c'était très dur pour lui.

— D'accord.

Davey s'enfuit, puis se retourna.

— On peut aller au parc ?

— Après le déjeuner, répondit Billy.

Puis il ajouta :

— Pourquoi ne pas demander à Marie et Charlie de venir avec nous ?

Davey hocha vigoureusement la tête et retourna dehors en courant afin de continuer à jouer.

— Je suis fier de toi, dit Darryl à l'oreille de Billy.

Helen se leva de la table.

— Je ne pense pas que ma présence soit vraiment nécessaire maintenant, mais vous avez ma carte, et je vous verrai demain.

138

Billy se leva et lui serra la main.

— Merci pour tout.

Elle alla faire ses adieux, puis quitta la maison.

— Allez.

Darryl mit leurs tasses dans l'évier, puis conduisit Billy dans l'antichambre de la maison et referma la porte.

— Je pense que tu mérites un peu de temps au calme. Je vais faire le déjeuner, et j'aimerais que tu te reposes pendant un moment, si tu le veux bien.

— Merci.

Billy semblait lessivé. Les deux derniers jours avaient été épuisants pour eux deux, mais surtout pour Billy. Darryl savait qu'il y avait beaucoup de larmes et d'au revoir qui les attendaient, mais Billy avait franchi la première étape.

— Je t'aime, Darryl.

Billy l'attira dans une étreinte.

— Je t'aime aussi. Vraiment beaucoup.

Darryl rendit l'étreinte.

— C'est la pire chose que quiconque puisse vivre, et tu gères ça mieux que je ne le pourrais.

Les rires des enfants leur parvinrent de l'arrière-cour. Darryl vit la douleur transparaître sur le visage de Billy.

— Ils semblent bien s'entendre.

— Je sais que tu espérais secrètement qu'ils se détestent, mais c'est mieux pour les garçons que ce ne soit pas le cas. Marie et Charlie sont leurs parents légaux maintenant.

Darryl entendit Billy gémir doucement.

— Mais dans leur cœur, tu seras toujours leur frère, et ça te blesse peut-être maintenant, mais tu sais que tu fais ce qu'il faut.

— Je sais, mais ça fait quand même mal.

— Bien sûr que ça fait mal, et c'est normal. Tu as le droit de pleurer et de râler pour ça si tu le veux… Évite juste de trop grogner.

Darryl ricana, mais Billy ne réagit pas, et il laissa couler.

— Repose-toi un moment. Je vais cuisiner et garder un œil sur les garçons.

— Merci.

Billy fit un pas en arrière, et le contact manqua déjà à Darryl. Réprimant le besoin de se rapprocher pour à nouveau le toucher, il laissa Billy s'installer sur le canapé et le couvrit d'une fine couverture. Il n'avait pas bien dormi depuis des jours et paraissait plutôt éteint, avec des cernes sous les yeux. Darryl ne s'attendait pas vraiment à ce que Billy dorme, mais il espérait que le jeune homme se reposerait un peu. De plus, les garçons avaient besoin de passer un peu de temps avec leurs parents. Ils devaient apprendre à les connaître et à construire une relation avec eux, et Darryl se doutait qu'ils ne le feraient pas si Billy était près d'eux.

Peut-être avait-il tort, et cela le travailla un peu, mais Darryl savait que, dans à peu près une semaine, les garçons partiraient avec Marie et Charlie et qu'il ne resterait plus que Billy et lui. Il se pencha en avant et embrassa Billy avant de quitter silencieusement la pièce et de retourner dans la cuisine.

Il venait de commencer le repas quand Marie passa sa tête à l'intérieur.

— Besoin d'aide ? demanda-t-elle, son accent de Virginie soudain très prononcé.

— Non, merci. La cuisine est plutôt petite, mais si vous voulez apporter une chaise, j'accepterais volontiers un peu de compagnie.

Elle prit une des chaises de la salle à manger, s'assit dans l'embrasure de la porte et commença à parler.

— Quand on a reçu l'appel nous disant qu'ils avaient retrouvé nos garçons, on n'était même pas sûrs de pouvoir y croire. Après tout ce temps, j'ai honte de dire que je pensais qu'ils étaient probablement morts.

Elle se tapota les yeux et regarda l'arrière de la maison.

— C'est une des plus étranges situations que j'aurais pu imaginer.

Darryl ne put réprimer un sourire. La situation était plutôt extraordinaire – folle et presque complètement étrange.

— Vous ont-ils raconté beaucoup de choses sur Billy et les garçons ?

— Pas vraiment.

Elle observait attentivement ses mouvements.

— Vous savez vraiment ce que vous faites.

Darryl expliqua pour son restaurant, puis ils parlèrent nourriture. Darryl eut même droit à sa recette de poulet frit. De temps à autre, ils entendaient des rires provenant de dehors. Quand le déjeuner fut prêt, Darryl alla chercher Billy, et les six mangèrent dans le jardin. Davey et Donnie insistèrent pour s'asseoir de chaque côté de Billy.

— On peut aller au parc maintenant ? demanda Davey alors qu'il fourrait les derniers morceaux de nourriture dans sa bouche.

— On ira quand tout le monde aura fini, répondit Billy.

Davey se rassit sur sa chaise plutôt silencieusement. Mais Darryl pouvait voir l'esprit du petit garçon travailler, essayant de trouver comment faire finir tout le monde plus vite.

Davey applaudit presque de joie quand les assiettes furent vidées. Lui et Donnie coururent dans la maison et montèrent jusqu'à leur chambre, revenant avec leur veste enfilée et courant jusqu'à la cuisine.

— On pourra nourrir les canards ?

— Bien sûr.

Darryl prit une miche de pain et la divisa dans des sachets, et les garçons coururent jusqu'à la porte d'entrée.

— Pourquoi ne monteriez-vous pas en voiture avec Charlie et Marie ?

Les deux garçons le regardèrent étrangement mais opinèrent. Leur insécurité momentanée fut rapidement remplacée par l'excitation, alors qu'ils suivaient leurs nouveaux parents dehors, chacun transportant leur moitié de pain.

Darryl et Billy verrouillèrent la porte, puis montèrent dans la voiture pour se rendre au parc, Charlie et Marie suivant derrière.

Le trajet jusqu'au parc fut calme – d'un calme perturbant. Billy était assis du côté passager, regardant d'un air vide par la vitre, et Darryl se surprit à observer sans cesse son amant. Mais il ne savait pas quoi lui dire, même s'il essayait de comprendre l'angoisse de Billy.

Arrivé au parc, Darryl se gara et sortit, mais Billy resta là où il était et ne bougea pas. La voiture des Hanover se plaça à côté de la leur, et les garçons s'éjectèrent presque de leur siège. Ils coururent jusqu'au pont, leurs sachets de pain se balançant avec eux.

— Allez, Billy, le poussa doucement Darryl.

Mais le jeune homme secoua juste la tête, et Darryl vit une larme couler sur sa joue. Il se pencha par-dessus le siège et l'essuya avec son pouce.

— Je vais vraiment les perdre, n'est-ce pas ?

Billy prit une grande inspiration.

— Jusqu'à maintenant, je suppose que je gardais espoir pour qu'un miracle se produise, mais il n'y en aura pas, n'est-ce pas ?

Billy se tourna vers lui, clairement angoissé.

— Regarde-les.

Darryl laissa son regard glisser de Billy à l'endroit où Davey et Donnie étaient en train de jeter des morceaux de pain aux oiseaux, les garçons riant alors que les oiseaux se battaient, piaillaient, et cancanaient autour de la nourriture.

— Ils s'amusent tellement. Est-ce que tu te rappelles, il y a vraiment peu de temps, lorsqu'ils s'amusaient autant avec nous ?

Billy se couvrit les yeux, et les larmes commencèrent à couler à flot.

Darryl avait envie de pleurer, lui aussi. Il se disait que les garçons allaient autant lui manquer qu'à Billy, mais il savait qu'il devait rester fort.

— Et ce sera encore le cas. Tu sais, ces garçons sont peut-être petits, mais leur cœur est assez grand pour t'aimer, m'aimer, et les aimer à la fois. Notre travail, maintenant, est de s'assurer qu'ils se sentent assez bien avec les Hanover pour débuter une vie avec eux.

Un petit coup contre la vitre attira leur attention. Marie se tenait devant la portière de Billy, et celui-ci baissa la vitre.

— S'il vous plaît, joignez-vous à nous. Les garçons vous demandent tous deux.

Darryl ouvrit la portière pour sortir de la voiture, mais Billy resta où il était. Darryl ne voulait pas laisser Billy seul dans la voiture. Marie marcha jusqu'à l'emplacement de Darryl.

— Laissez-moi lui parler, dit-elle doucement.

Darryl hocha la tête, laissa la portière ouverte et se dirigea vers l'endroit où Charlie et les garçons jouaient.

— Est-ce que Biwwy va bien ? demanda Davey en regardant vers la voiture.

— Il est juste un peu triste, mais ça va aller.

— Davey, appela Donnie, regarde le blanc !

Donnie pointa du doigt un canard avec des plumes d'un blanc pur, et les deux garçons commencèrent à jeter du pain dans sa direction, poussant un cri quand il mangea un de leurs morceaux de pain.

Darryl vit Charlie se tenir en retrait et regarder les garçons. Il vint se placer près de lui.

— Que faites-vous dans la vie, Charlie ?

— Je suis commandant de marine. Quand j'étais jeune, j'ai voyagé à travers le monde sur les plus gros vaisseaux que vous pourriez imaginer, mais maintenant j'aide à gérer les ravitaillements.

Charlie regarda en direction de la voiture, et Darryl suivit son regard. Les portières étaient closes, et Marie semblait parler à Billy.

— Et vous ?

Darryl regarda ailleurs, vers les garçons.

— Je possède un restaurant en ville. J'ai rencontré Billy quand il cherchait du travail.

Darryl ne put s'empêcher de regarder à nouveau en direction de la voiture. Cette fois, il vit que Billy semblait parler et que tous deux s'essuyaient les yeux.

— Vous voyagez beaucoup ?

— Avant, oui, répondit Charlie, prenant le morceau de pain que Donnie lui donnait avant de le jeter dans l'eau. Mais plus tellement maintenant. Marie et moi menons une vie paisible, désormais.

Il sourit.

— Ou plutôt, *nous menions* une vie paisible.

Le sourire indiqua à Darryl qu'il ne se lamentait pas de ce changement drastique.

— On possède une maison avec beaucoup de chambres et un grand jardin. On l'a achetée quand Marie était enceinte, et emménager dans un endroit plus petit nous semblait comme abandonner tout espoir.

— Puis-je vous poser une question personnelle ?

Charlie hocha la tête en réponse à la question de Darryl.

— Comment se fait-il que vous n'êtes pas plus en colère à propos de ce qu'il s'est passé ?

— Vous voulez dire pourquoi ne sommes-nous pas en colère contre Billy ? clarifia Charlie.

Ce fut au tour de Darryl d'approuver.

— Oh, on l'était. Pendant longtemps, j'ai été en colère, amer – et pas seulement. Chaque fois que je voyais Marie pleurer ses enfants, je voulais frapper les murs. Pendant des années, j'ai blâmé l'hôpital, puis je me suis blâmé de ne pas avoir surveillé mes enfants. Après l'enlèvement des bébés, ça a mis du temps avant qu'on découvre ce qui s'était passé, et à ce moment-là, ils avaient disparu sans laisser de trace.

L'homme énergique cligna des yeux plusieurs fois, essayant visiblement de dissimuler ses larmes.

— Mais je ne blâme pas Billy. Il n'a rien fait hormis élever mes fils et les protéger.

Charlie soupira, ses yeux remplis d'un soulagement triste.

— Pendant cinq ans, on s'est demandé ce qui leur était arrivé. Allaient-ils bien ? Étaient-ils aimés ? Il ne s'est pas passé un jour en cinq ans où Marie n'a pas mentionné ses bébés.

Charlie souffla doucement, regardant les garçons noyer du pain.

— La nursery n'était pourtant pas différente des autres jours. Il n'y avait aucune raison pour que cela arrive.

Darryl le vit déglutir difficilement, les deux hommes faisant avec la boule qu'ils avaient au fond dans la gorge.

— Quand on a reçu l'appel pour nous dire que nos bébés avaient été retrouvés, ça semblait presque trop beau pour être vrai. Je ne me suis pas autorisé à y croire jusqu'à ce qu'on voit vraiment les garçons.

— On peut jouer dans le fort ? demanda Donnie, levant la tête vers lui.

Darryl examina Charlie qui répondit :

— Bien sûr, mais regardez avant de traverser la route.

Davey prit la main de Donnie, et les deux hommes regardèrent les garçons traverser la route vide et marcher jusqu'au fort.

— On devrait garder un œil sur eux, commenta Darryl alors qu'il regardait encore vers la voiture.

— Ça va aller.

Charlie commença à marcher en direction du fort.

— Je peux imaginer ce que Billy doit ressentir, mais si quelqu'un peut l'aider, c'est Marie. Elle comprend ce qu'il traverse.

Darryl regarda à nouveau. Les deux parlaient sérieusement, s'essuyant les yeux.

— Je pense que vous avez raison.

Ils se tinrent debout en silence pendant quelques secondes.

— Depuis qu'on a découvert pour les garçons…

Darryl déglutit, espérant que ce qu'il voulait dire allait sortir de la façon qu'il le voulait.

— Billy n'a probablement dormi qu'une heure à la suite. La plupart du temps, il se redresse et s'inquiète.

— On a vécu ça pendant des mois. Mais vous savez, bien que nous soyons heureux de récupérer nos fils, je n'avais jamais imaginé que quelqu'un d'autre serait tout aussi contrarié de les laisser partir. Cela modère en quelque sorte notre joie.

Darryl resta bouche-bée d'émerveillement devant la façon dont il avait mis le doigt sur le problème. Ces personnes étaient spéciales.

Les garçons commencèrent à les appeler alors qu'ils couraient à l'intérieur du fort. Darryl et Charlie marchèrent jusqu'à l'endroit où ils jouaient, s'asseyant à une des tables de pique-nique les plus proches.

— Puis-je vous demander quelque chose ?

Darryl sourit.

— C'est un juste retour des choses.

— Est-ce que vous et Billy êtes un couple ?

144

Charlie semblait légèrement embarrassé par la question.

Darryl l'étudia pendant une seconde, mais il ne voyait rien d'autre que de la curiosité.

— Oui. On n'est pas ensemble depuis longtemps, mais oui, nous en sommes un. Est-ce que c'est un problème ?

— Non. Pas du tout.

Les garçons accaparèrent leur attention pendant un moment.

— Je suis content qu'ils vous aient eus, tous les deux.

Darryl se dit que c'était peut-être le moment opportun pour tâter le terrain.

— Maintenant, ils nous auront tous les quatre.

Il savait que la plus grande crainte de Billy, désormais, était qu'il ne soit pas autorisé à revoir ses frères.

— Oui, je suppose que c'est vrai, dit Charlie tout en regardant les garçons jouer.

Darryl reporta son attention sur la voiture et vit Billy et Marie marcher vers eux. Billy semblait réellement moins malheureux, les deux continuant à parler alors qu'ils approchaient de la table de pique-nique.

— Biwwy !

Davey sortit en trombe du fort, traversa la pelouse et attrapa le bras de Billy.

— Tu veux me pousser sur la balançoire ?

— Moi aussi ! cria Donnie tout en suivant derrière.

Billy regarda Marie, qui lui sourit.

— Allez-y. Ils veulent que leur frère les pousse.

Billy lui sourit et conduisit les garçons aux balançoires. Darryl déglutit malgré la boule dans sa gorge et sentit le nœud qui était dans son estomac depuis la veille commencer à se désagréger. Il y aurait beaucoup de jours difficiles à venir, mais les choses s'arrangeraient.

# XIII

BILLY FIXAIT le plafond, écoutant la respiration régulière de Darryl près de lui, un des bras de son amant autour de sa taille. Toute la semaine, Darryl avait dormi chaque nuit avec son bras autour de lui, l'enlaçant. Billy savait que c'était sa façon d'essayer de le faire se sentir en sécurité et être sûr qu'il ne se sente pas seul. Billy roula sur le côté et regarda Darryl dormir.

— Essaye de dormir, bébé.

Les yeux de Darryl n'étaient pas ouverts, et Billy se sentit tirer plus près, Darryl glissant une jambe entre les siennes, leurs hanches se rapprochant.

Dormir était la seule chose qu'il ne pouvait pas faire. Aujourd'hui était le jour où Donnie et Davey quittaient la ville avec leurs parents. Mon Dieu, il détestait penser à Marie et Charlie comme ça, mais il devait faire face aux faits – Davey et Donnie étaient leurs enfants, et malgré le mal que cela lui faisait, il devait les laisser partir. Hormis Darryl, qui avait été un roc pendant tout ce temps, la seule autre chose qui l'aidait à supporter ça était le fait qu'il appréciait les Hanover. C'était de bonnes personnes qui lui avaient fait savoir que les garçons seraient toujours ses frères et qu'ils voulaient qu'il fasse partie de la vie des jumeaux.

— Qu'est-ce qu'il y a ?

Les yeux de Darryl s'ouvrirent.

— Rien de nouveau.

Billy se sentit être attiré plus près.

— À la fin de la journée, les garçons seront à plus de trois cents kilomètres.

— Ils m'ont demandé aujourd'hui s'ils pouvaient prendre leurs lits en forme de voiture de course avec eux, ainsi que Gordon et Anna.

Billy sentit le souffle de Darryl contre sa peau.

— Qu'est-ce que tu leur as dit ?

— Rien. Charlie a dit que leurs lits en forme de voiture de course devaient rester ici afin qu'ils aient quelque part où dormir quand ils viendraient nous rendre visite.

Billy se mit sur ses coudes.

— Il a vraiment dit ça ?

Il voulait tellement y croire. Durant la semaine passée, Marie et Charlie avaient mis un point d'honneur à parler de lui comme étant le frère des jumeaux, mais honnêtement, il pensait que c'était plus pour la forme, pour le bien des jumeaux.

— Bien sûr qu'il l'a dit. Charlie m'a aussi dit qu'ils voulaient que tu ailles leur rendre visite.

Billy sentit Darryl commencer à sucer un endroit sensible de son épaule.

— On ira voir les jumeaux, et ils viendront ici. Pense à aujourd'hui comme à un 'à bientôt' au lieu d'un 'adieu', parce que je suis sûr que tu les verras souvent.

— Je sais.

Billy renifla involontairement.

— Parfois, je me dis qu'ils seront mieux avec eux qu'ils ne l'ont été avec moi.

Des larmes lui vinrent aux yeux, et il essaya vainement de les arrêter.

— Au moins avec les Hanover, ils n'auront pas à s'inquiéter de manger à leur faim ou d'avoir un endroit sûr où vivre, comme c'était le cas avec moi.

Il commença à trembler.

— Chut, l'apaisa gentiment Darryl. Tu leur as donné un foyer plein d'amour, que ce soit ici ou au Molly.

Billy sentit Darryl les faire bouger sur le lit jusqu'à ce qu'il se retrouve dos au matelas, le regard de Darryl planté dans ses yeux.

— Tu as aussi rempli ma maison d'amour, et je ne veux pas que quiconque soit désobligeant avec la personne que j'aime... toi y compris.

Billy sentit le corps de Darryl réagir à leur proximité, et il sut que Darryl pensait ce qu'il disait. Mais son propre corps ne fit rien, et il regarda ailleurs.

— C'est bon. Tu as beaucoup de choses qui t'occupent l'esprit.

Darryl captura ses lèvres, et Billy ferma les yeux, laissant l'amour qu'il lui montrait et l'amour qu'il ressentait profondément dans son cœur l'alléger un peu de son anxiété.

— Je t'aime vraiment, Darryl.

Il s'était senti perdre tout contrôle pendant presque toute la semaine. Les garçons avaient graduellement passé de plus en plus de temps avec Marie et Charlie. Durant les deux dernières nuits, ils étaient restés avec eux à leur hôtel. Il les avait vus chaque jour quand ils venaient au restaurant pour le déjeuner et durant les après-midi, entre le déjeuner et le dîner. Deux jours plus tôt, il avait entendu Davey appeler Marie 'Maman' pour la première fois et avait dû s'excuser et courir jusqu'à la salle de bain alors que les larmes commençaient à menacer. Dans son esprit, il avait toujours vu de sa mère dans les garçons, et les entendre appeler quelqu'un d'autre 'Maman' avait ravivé une peine qu'il était incapable de maîtriser.

— Ils vont arriver ici pour petit déjeuner dans quelques heures.

La voix de Darryl le tira de ses pensées, et un pouce essuya les larmes que ses pensées avaient faites apparaître.

— À quoi tu penses ?

— À ma mère.

Darryl descendit de lui et se posa sur le matelas avant de l'attirer près de lui.

— Il y a beaucoup de douleur en toi, n'est-ce pas ?

Une main se mit à caresser son bras.

— Pas plus que ce que tu as vécu avec Connor. La douleur est la même, même si les circonstances sont différentes, chuchota doucement Billy.

— Sauf que ta douleur se trouve dans l'instant présent, et la mienne dans le passé.

Darryl continua à lui masser le bras.

— Tu n'es pas seul.

— Je sais. C'est la seule chose dont je n'ai jamais douté.

— Bien.

Les lèvres de Darryl voyagèrent le long de son épaule, et Billy sentit ses yeux se fermer d'eux-mêmes.

La seconde d'après, Darryl était en train de sortir du lit, les couvertures furent remontées sur lui, et il tomba de sommeil. Bientôt, l'odeur de café frais et de bacon grillé le tira du lit et le fit aller dans la salle de bain. Il venait juste de finir de s'habiller quand il entendit la porte d'entrée s'ouvrir dans un grand fracas et des petits pieds courir à travers la maison. Quelques minutes plus tard, il fut rejoint et enlacé comme jamais dans sa vie.

— Maman et Papa disent qu'on va aller à notre nouvelle maison aujourd'hui, dit Davey alors que lui et Donnie le tiraient en bas des escaliers. Est-ce que tu viens avec nous ?

148

La question prit complètement Billy par surprise, et il déglutit difficilement.

— Non.

Billy s'arrêta et s'agenouilla à leur niveau.

— Vous deux...

Il les enlaça étroitement.

— ... allez vivre avec votre papa et votre maman. Je reste ici avec Oncle Darryl.

Il avait vraiment cru qu'ils avaient compris tout ça.

— Vous ne voudriez pas qu'il se sente seul.

Les garçons commencèrent à pleurer, se serrant étroitement contre lui.

— Je veux que tu viennes ave' nous, gémit Davey à travers ses larmes, pendant que Donnie enfouissait sa tête dans l'épaule de son frère, pleurant en silence.

Billy avait été à fleur de peau toute la semaine, mais à sa grande surprise, il ne sentit pas les larmes menacer comme il s'y était attendu. Il devait être là pour les garçons, et cela lui donnait de la force.

— C'en est assez, cajola doucement Billy.

Donnie leva tête, frottant son petit visage humide.

— Vous allez être avec votre maman et votre papa. Dans quelques mois, vous irez à l'école comme les grands garçons que vous êtes. Il y aura d'autres enfants avec qui jouer, et je viendrai vous rendre visite, et vous viendrez aussi ici.

Leurs yeux s'agrandirent comme s'ils n'y croyaient pas.

— Vous devez revenir pour garder un œil sur Gordon et Anna. Vous allez leur manquer.

Billy savait que ce n'était pas vraiment vrai et sentit un sourire naître sur son visage alors qu'il pensait aux garçons en train d'essayer de caresser les poissons de Darryl.

— Votre maman et votre papa vous aiment, tout comme moi, et rien ne changera ça.

Les larmes des jumeaux commencèrent à se tarir, et Billy se leva, chaque garçon prenant une main.

— Est-ce que mon lit en forme de voiture de course sera toujours ici ? demanda doucement Donnie.

— Où dormiriez-vous quand vous viendrez, sinon ? demanda Billy tout en ébouriffant les cheveux de ses frères avant de changer de sujet. J'ai faim – vous êtes prêts à aller manger ?

Main dans la main, ils descendirent les escaliers et allèrent jusqu'au salon.

Charlie et Marie étaient à table. Les garçons prirent place de chaque côté de Billy alors que Darryl commençait à apporter la nourriture.

— Charlie et moi étions justement en train de nous dire ce matin que c'était dommage que nous ne vivions pas plus proches les uns des autres.

Elle plaça sa serviette sur ses genoux, et à la surprise de Billy, il vit les garçons faire de même.

— J'espère que vous pourrez nous rendre visite bientôt.

À son expression, Billy n'eut aucun doute qu'elle était sincère. Elle avait le regard franc, et durant la semaine passée, Billy en était venu à réaliser que Marie était une personne des plus charmantes. Quelques jours plus tôt, elle lui avait demandé si elle pouvait utiliser la cuisine et avait préparé des gâteaux pour les garçons, laissant un plat sur le comptoir pour lui et Darryl. Les garçons étaient déjà attachés à elle et Charlie.

Billy soupira, parce qu'il aurait aimé la même chose, mais en fait, ce fut Darryl qui lui répondit.

— On viendra rendre visite aux garçons bien assez souvent.

Billy le vit lui sourire avant de se tourner vers Marie.

— Vous en aurez probablement marre de nous.

Marie fit un bruit disgracieux, exprimant son désaccord en reniflant doucement, et les garçons commencèrent à rire, la pointant du doigt avec de grands sourires sur le visage. Marie se joignit à eux, se couvrit la bouche et rougit. Les autres les suivirent, et Billy sentit un peu de la tension accumulée s'envoler.

Le reste du petit déjeuner se passa vite – trop vite. Billy et Darryl aidèrent Charlie à charger les dernières affaires des garçons dans la voiture, et chacun se tint sur le bord du trottoir, ne sachant quoi faire. Davey et Donnie lui firent de gros câlins encore et encore avant de faire de même avec Darryl et de monter sur la banquette arrière de la voiture.

Billy se surprit à fixer Marie et Charlie, ne sachant quoi dire. Ce fut Marie qui fit le premier pas, s'avançant et allant enlacer Billy.

— Merci, chuchota-t-elle à son oreille avant de le relâcher et d'enlacer aussi Darryl.

Charlie leur serra la main.

— Je ne vous remercierai jamais assez… pour tout, dit Charlie, la gorge un peu nouée. Vous avez notre numéro et notre adresse.

Il alla jusqu'au siège du conducteur.

— On se voit très bientôt.

Il leva la main, puis monta dans la voiture. La portière claqua, et Billy vit les garçons leur faire un signe de main de la banquette arrière. Billy et Darryl leurs répondirent de la même manière tandis que le moteur démarrait et que la voiture quittait le bord du trottoir. Billy continua à agiter la main jusqu'à ce que la voiture tourne à l'angle de la rue. Laissant retomber son bras, Billy se tint là à fixer le coin de la rue jusqu'à ce que les bras de Darryl l'attirent dans une étreinte.

— Est-ce que ça va aller ? demanda doucement Darryl tout en les menant vers la porte d'entrée.

Billy opina contre le torse de Darryl.

— Je pense.

Il ne se sentait pas d'humeur à pleurer, il était juste un peu vidé et épuisé.

— Ce fut une longue semaine.

La semaine avait passé à une vitesse vertigineuse, mais émotionnellement, on aurait dit qu'une éternité s'était écoulée. Ils pénétrèrent dans la maison, et Darryl ferma la porte derrière eux.

— On devrait aller travailler. Je vais nettoyer la cuisine pendant que tu vas te changer.

— Tu es sûr ? Tu pourrais rester à la maison, si tu en as besoin.

La voix de Darryl était pleine de sollicitude.

— Non.

Billy resta dans le couloir.

— Je dois me tenir occupé.

Darryl l'embrassa doucement et monta les escaliers pendant que Billy allait dans la salle à manger. Il porta les assiettes jusqu'à la cuisine et remplit le lave-vaisselle. Billy entendit les bruits de pas de Darryl dans les escaliers alors qu'il finissait.

Billy ne voulut pas parler sur le chemin du restaurant, et heureusement, Darryl ne le poussa pas à le faire. Sebastian était déjà au travail, et après avoir donné un léger baiser à Darryl, Billy rejoignit Sebastian, s'assurant que tout était prêt pour le déjeuner. Les autres serveurs et plongeurs arrivèrent juste après l'ouverture.

Les portes ouvrirent à temps, et Billy fut heureux d'être occupé. Il n'eut pas le temps de penser entre prendre les commandes, courir pour les boissons et des serviettes en plus, nettoyer les boissons renversées et servir les assiettes prêtes. Tout sembla se produire durant ce service, et avant qu'il ne s'en rende compte, la salle s'était à nouveau vidée.

— Est-ce que ça va ?

Sebastian le fit légèrement sursauter alors qu'il était en train de préparer les tables pour le dîner.

— Tu as couru comme un fou pendant tout le service. Tu peux demander de l'aide, si tu en as besoin, lui rappela gentiment Sebastian.

— Je sais. Je crois que j'ai besoin d'avoir l'esprit occupé, pour le moment. Les garçons sont partis ce matin.

Sebastian hocha lentement la tête et plaça une main sur son épaule.

— Si tu as envie de parler, je suis là quand tu veux, tu le sais.

Il regarda autour de lui pour s'assurer qu'ils étaient seuls.

— Je sais que tu as déjà Darryl, mais parfois, c'est plus simple de parler à quelqu'un d'autre.

— Merci, Sebastian, j'apprécie.

Billy ne voulait pas vraiment parler à qui que ce soit pour le moment. Il avait tellement parlé du départ des garçons qu'il voulait juste discuter d'autre chose pendant un petit moment.

— Comment ça va, toi ?

— La routine, tu sais. Rien ne change vraiment par ici, dit Sebastian en s'éloignant.

Billy retourna tout de suite travailler, s'occupant l'esprit. Une fois qu'il n'y eut plus de salière à remplir ou de serviette à plier, il commença à regarder autour de lui.

— Quand tu trouves le temps de classer les bouteilles de bière dans la glacière par taille et par couleur, tu sais que tu as fait le tour de ce qu'il y a à faire, le taquina Sebastian de l'autre côté de la pièce.

Réalisant que Sebastian avait raison et qu'il en faisait trop, Billy alla en cuisine pour voir Darryl essuyer son poste de travail déjà propre.

— Tu fais la même chose que moi – essayer de garder l'esprit occupé.

— Oui.

Darryl déposa son torchon dans l'eau propre et l'essora. Il transporta le récipient dans la salle de plonge et le vida dans les canalisations. Darryl mit la casserole à laver et ajouta :

— À trois reprises, je suis allé dans le bureau pour me rendre compte que j'allais vérifier que les garçons allaient bien.

— Je sais, dit Billy, les pensées qu'il avait réprimées le rattrapant. Je me suis surpris à faire la même chose. Garder l'esprit occupé semble être la seule chose qui marche, au moins pour l'instant.

— Oui, c'est vrai.

Darryl l'enlaça, et Billy se permit de se détendre contre le corps chaud de son amant.

— Je suis désolé. Je t'ai négligé.

Billy inclina la tête afin de l'embrasser. Durant la semaine passée, ils s'étaient beaucoup blottis l'un contre l'autre, et leurs baisers avaient été doux et tendres, mais chastes – voulant inspirer du réconfort plus que de la passion. Cette fois, Billy sentit les mains de Darryl glisser le long de ses joues et ses lèvres furent emprisonnées, redémarrant un feu en lui qui lui donnait l'impression de revenir à la vie.

— Tu ne m'as pas négligé ; tu souffrais. Mais ce soir, lorsqu'on sera enfin au calme à la maison, j'ai l'intention de te montrer à quel point tu es important pour moi et à quel point je peux te faire crier fort.

Darryl lui lança un regard lubrique et intense, et Billy se sentit tourbillonner. Les yeux fermés, Billy sentit tout glisser hors de lui – l'inquiétude, la tristesse, tout. Pendant quelques secondes, il se perdit dans la contemplation du regard marron de Darryl.

— Tu as passé des années à t'occuper de tout le monde autour de toi, et maintenant il est temps que quelqu'un prenne soin de toi.

Le corps de Billy frémit, et il se tortilla, ses sous-vêtements devenant trop étroits. Il était si dur que c'en était douloureux, ses testicules étaient contractés contre son corps.

— Darryl, murmura-t-il doucement avant que ses lèvres soient à nouveau capturées.

Lentement, tandis le baiser de Darryl se calmait et que ses lèvres s'éloignaient, il reprit conscience de ce qui se passait autour de lui. Les genoux de Billy faiblirent un peu, et il fut reconnaissant que Darryl l'ait poussé contre le mur – autrement, il serait tombé au sol. La poitrine lourde, il regarda tout autour pour voir si quelqu'un les avait remarqués. Tout le monde en cuisine essayait manifestement de les ignorer, alors oui, ils les avaient remarqués.

Darryl semblait totalement imperturbable.

— C'était juste un avant-goût, dit-il en s'écartant. Tu obtiendras le reste ce soir.

Billy hocha la tête, incapable de parler, et vit Darryl l'observer avec concupiscence, le déshabillant du regard avant de retourner à son plan de travail. Billy mit quelques minutes à recouvrer son souffle et détourna les yeux de son amant magnétique. Il pénétra dans la pièce la plus proche pour cacher l'énorme protubérance dans son pantalon et se retrouva dans la seule pièce qu'il avait essayé d'éviter toute la journée : le bureau.

Dans son esprit, c'était toujours le domaine des garçons, et il devait se forcer à l'appeler le bureau. Au cours de la dernière semaine, les garçons avaient passé de moins en moins de temps dans la pièce, mais leur présence était toujours partout ; cela allait des jouets débordant de la boîte dans le coin aux dessins crayonnés qui décoraient les murs, en passant par la télévision et le lecteur DVD avec des douzaines de séries pour enfants entassées sous le petit meuble. Tout le monde au restaurant avait apporté des choses pour eux. Sa première pensée fut de tout enlever, d'emballer les jouets et de rendre à la pièce son apparence originale, mais il ne pouvait pas faire cela. Si leurs affaires étaient ici, alors ils étaient toujours ici, d'une certaine façon.

— Pourquoi ne pas ranger les jouets et les mettre dans le coffre de la voiture ? On peut les mettre de côté à la maison, dit doucement Darryl derrière lui.

— Et pour le reste ?

Billy se sentit de nouveau étranglé par l'émotion.

— On les laisse. J'aime les dessins, et ils me font penser à eux.

La voix de Darryl l'atteignit presque, mais il savait que s'il l'écoutait, il commencerait à pleurer à nouveau, et cela ne servait à rien.

— Et j'espère qu'ils en enverront d'autres.

Darryl se retourna, et Billy réfléchit pendant quelques minutes avant de décider que Darryl avait raison. Revenant sur ses pas, il trouva quelques cartons et retourna dans la pièce pour commencer à travailler.

Les jouets rangés dans les cartons et chargés dans la voiture, Billy retourna vérifier la pièce une fois de plus. Alors qu'il se baissait pour regarder sous le futon, un papier tomba de sa poche. Il le ramassa et vit que c'était l'adresse des Hanover à Richmond. Il se leva, mourant de curiosité, s'assit au bureau et bougea la souris afin d'allumer l'écran. Il n'était pas sûr de savoir comment obtenir ce qu'il voulait, mais il vit une icône nommée 'Google Earth'.

Billy cliqua dessus, et l'ordinateur ouvrit une fenêtre montrant les États-Unis dans leur ensemble. Il y avait un cadre dans le coin, et Billy tapa l'adresse des Hanover, une lettre après l'autre. Il n'avait utilisé d'ordinateur que peu de fois dans sa vie, mais cela semblait simple. Quand il pressa la touche 'entrée', l'écran de l'ordinateur fit un zoom en avant, se rapprochant de plus en plus. Des États apparurent, puis des rivières et des montagnes. Se rapprochant encore, Billy vit des rues et finalement des maisons, puis cela s'arrêta sur ce qui semblait être une maison de style ranch entourée d'un grand jardin. Il était stupéfait par les détails qu'il pouvait voir et s'attendait presque à voir des gens aller et venir. Derrière la maison, pas trop loin, il remarqua une sorte de terrain de jeu ou peut-être une école. Cela semblait idyllique.

Alors qu'il regardait les environs, il vit une fenêtre s'ouvrit. 'Vous déménagez dans le coin ? Cliquez ici pour voir des maisons et des appartements.' Curieux, il cliqua dessus. Une page apparut, et Billy cliqua sur 'appartements'. Une liste entière fit son apparition sur l'écran avec des images et tout le reste. Ils semblaient sacrément plus agréables que ceux dans lesquels il avait vécu. Un bouton affichait à côté de chaque image 'Pour Plus d'Informations'.

Il se mentirait à lui-même s'il n'admettait pas qu'il avait envisagé de déménager pour suivre les jumeaux, et c'était tentant. À un moment, il avait même demandé à Marie des informations sur des appartements dans le coin où ils vivaient. Elle lui avait dit ce qu'il voulait savoir et avait alors ajouté : 'Billy, vous ne pouvez pas vivre le reste de votre vie pour vos frères. Ils vous aiment et vous les aimez, mais mon chou, vous devez vivre votre propre vie. Vous avez quelqu'un ici qui vous aime beaucoup. Ne gâchez pas cela.'

Elle avait était si sincère et attentionnée que cela l'avait fait réfléchir.

Il vit une publicité pour un petit appartement qui attira son attention. Il cliqua sur le bouton et obtint plus d'images et beaucoup d'informations. Il les parcourut pendant quelques minutes, puis ferma la fenêtre et cliqua sur quelques autres. Pendant un moment, il se laissa aller à imaginer à quoi cela ressemblerait. Les appartements semblaient sympas, et il s'imagina habiter près des jumeaux.

— Doux Jésus, marmonna-t-il avant de secouer la tête et de fermer la fenêtre, s'assurant que l'ordinateur était tel qu'il l'avait trouvé.

Marie avait raison – il était temps qu'il vive sa vie. Les garçons seraient toujours une partie de sa vie, mais ils ne pouvaient pas être toute sa vie. Darryl l'aimait. Se sentant décidément coupable, il repoussa la chaise vers le bureau et se dirigea vers les cuisines. Il vit Darryl travailler, et une autre pointe de culpabilité le parcourut. Comment avait-il pu penser à quitter Darryl ? Cet homme l'aimait, lui avait donné un travail et une maison. Comment aurait-il pu faire ça à Darryl ? Merde, il pouvait lui faire oublier jusqu'à son propre nom, il l'aimait si intensément, et Billy l'aimait tout autant. Il se demanda alors comment il se sentirait s'il n'avait plus Darryl, et cette pensée le glaça.

Certain que son amant pouvait lire ses émotions sur son visage, il se dépêcha de sortir des cuisines et alla dans la salle pour retourner travailler.

# XIV

DARRYL REGARDA Billy traverser les cuisines. Ce dernier ne pouvait même pas le regarder, n'avait même pas le courage de lui faire face. Bingo, c'était ce qu'il craignait que Billy ne fasse.

— Qu'est-ce qui lui a fait prendre la poudre d'escampette ? le taquina calmement Maureen, derrière lui.

— Billy était dans le bureau en train de regarder des appartements à Richmond, dit-il presque à voix basse.

Elle s'arrêta de nettoyer son plan de travail, tout amusement disparu de son visage.

— Qu'en a-t-il dit ?

La main de Darryl s'arrêta au milieu de son mouvement de découpe.

— Rien. Je ne lui ai rien demandé. Je suis allé dans le bureau pour voir comment il allait et je l'ai vu chercher des appartements sur le Net. Je suis parti.

Il posa le couteau et se tourna vers elle.

— Je suppose que j'aurais dû le voir venir.

Des papillons commencèrent à bouger dans son estomac.

— Quoi ?

Elle lui mit un coup de torchon sur l'épaule.

— Pourquoi tu dis ça ?

— Il a vingt-et-un ans, et j'en ai trente. Pour lui, je dois être comme un vieil homme. De plus, il a posé des questions à Marie sur des appartements plus tôt dans la semaine.

Darryl se tourna pour lui faire face, sentant les papillons gagner en intensité.

— Avec le départ des jumeaux, je suppose que j'aurais dû comprendre qu'il y avait une chance pour qu'il les suive. Ils sont toute la famille qu'il a.

157

— Il ne t'a pas dit qu'il partait, si ?

— Non, mais il semblait vraiment coupable quand il a traversé les cuisines.

— Demande-lui, tout simplement.

Maureen retourna à son nettoyage.

— Ce n'est probablement rien.

— Je l'espère.

Darryl ramassa son couteau et recommença à émincer les légumes.

— Ai-je déjà eu tort ? lança malicieusement Maureen.

Darryl se retourna vers elle pour lui lancer un regard mauvais et lui rappeler le nombre de fois où elle lui avait demandé des conseils quand elle et Eric avaient commencé à sortir ensemble.

— Laisse-moi mes illusions, veux-tu ? dit-elle en souriant, et Darryl reporta son attention sur son travail.

Elle avait sûrement raison. Billy était probablement juste curieux de savoir où les jumeaux allaient vivre.

Le service du soir fut terriblement animé, et Darryl se dit qu'il n'avait jamais été aussi heureux de voir une journée se terminer. Il avait essayé de parler à Billy, mais le jeune homme semblait toujours trop occupé, travaillant avec Sebastian ou bien surveillant ses tables. Une fois, Darryl l'avait presque amené dans le bureau pour lui demander ce qui se passait, mais honnêtement, il avait eu la trouille. Après avoir verrouillé la porte de service, Billy et lui quittèrent le restaurant maintenant plongé dans le noir et se dirigèrent vers la maison.

Presque désertés, les trottoirs silencieux défilèrent sous leurs pieds durant leur trajet. À quelques reprises, Darryl essaya de demander à Billy ce qui se passait, mais s'arrêta, les mains dans les poches.

Darryl ouvrit la maison et monta directement les escaliers jusqu'à leur chambre. Il était si fatigué, physiquement et émotionnellement, qu'il pouvait à peine bouger. Il se déshabilla, se glissa sous les couvertures et ne sentit presque pas Billy se coucher avec lui.

— Est-ce que j'ai fait quelque chose de mal ? demanda calmement Billy dans son dos. Tu ne m'as rien dit de toute la soirée sauf pour m'aboyer quelque chose sur une commande ou au sujet d'un truc que j'avais oublié.

Billy semblait vraiment blessé, mais Darryl ne se retourna pas et ne dit rien ; il ferma simplement les yeux, se sentant justement lui-même blessé.

Darryl soupira doucement et essaya de dormir. Les mouvements du lit attirèrent son attention, et il retint même sa respiration. Un léger halètement près de lui le fit commencer à s'inquiéter, et il se retourna. Dans l'obscurité de la pièce, il put discerner la tête de Billy enfouie dans le coussin, ses épaules s'élevant et se rabaissant. Il était en train de pleurer. Toute la peine de Darryl se tarit, et il se lova étroitement contre Billy, le berçant tendrement dans ses bras.

— Ne pleure pas, mon amour.

— Qu'est-ce que j'ai fait ? couina à moitié Billy tout en le regardant.

— Tu vas déménager à Richmond ? lâcha Darryl. Je t'ai vu regarder les appartements, cet après-midi.

Billy s'essuya les yeux.

— C'est ça, le problème ? Je regardais ce logiciel qui nous montre où les jumeaux vont vivre et j'ai vu une publicité, alors je l'ai regardée. Je voulais voir si c'était sympa, là où ils vont vivre, c'est tout.

Il renifla et le fusilla du regard.

— Est-ce que c'est uniquement ça, le problème ? Pourquoi tu ne m'as pas juste demandé ?

Billy lui frappa l'épaule.

— Espèce de gros bêta !

— Tu avais l'air tellement coupable et tu ne voulais pas me regarder, se lamenta légèrement Darryl.

— Parce que je me sentais coupable. J'ai vraiment regardé ces appartements, et je me suis senti mal de l'avoir fait.

Darryl sentit la main de Billy glisser le long de son bras.

— Je t'aime. J'ai songé à déménager plus près des jumeaux, mais ensuite j'ai réalisé que je devrais te quitter, et je ne pouvais pas faire ça.

Darryl attira Billy plus près de lui, son estomac se décrispant pour la première fois depuis des heures.

— Tu ne vas pas partir ?

— Non. Je n'ai pas l'intention d'aller où que ce soit, à moins que tu ne le veuilles.

Billy se blottit davantage contre lui, et les lèvres de Darryl balayèrent son épaule, le goût de la peau de Billy brûlant sous sa langue.

— Je suppose qu'on doit apprendre à parler de ce genre de choses.

— Je suppose.

Darryl l'embrassa encore.

— Pourquoi pensais-tu que je ne te parlerais pas avant de prendre une décision comme celle-là ?

Darryl arrêta ce qu'il était en train de faire, observant les yeux de Billy dans lesquels se reflétait la lumière de la rue.

— Pourquoi, à ton avis ? Tu as vingt-et-un ans, j'en ai trente. Je continue à me demander quand tu vas te réveiller et réaliser que tu n'as pas besoin de ce vieil homme et que tu veux quelqu'un de plus jeune.

— Pourquoi penser ça ?

Billy tendit le cou, et Darryl tira profit de l'invitation.

— Tu t'es déjà regardé dans un miroir ?

Darryl commença à suçoter et embrasser la base du cou de son amant.

— Tu es magnifique…

Darryl continua à embrasser.

— … avec de beaux yeux et des lèvres désirables.

Darryl captura ces lèvres, changeant de place sur le lit afin que Billy se retrouve sous lui.

— Je crois t'avoir promis quelque chose, plus tôt.

— Mm mmm, répondit Billy alors que Darryl lui volait à nouveau ses lèvres, pressant son amant entre le matelas et sa peau.

Darryl pouvait sentir l'excitation de Billy traverser tout son corps. Billy en vibrait presque, et les mains de Darryl glissèrent sur sa peau douce et brûlante. La semaine passée avait été dure pour eux, aucun d'eux n'était d'humeur pour autre chose que des câlins, mais être si proche de Billy, entendre ces petits bruits, sentir cette peau contre la sienne, avait chamboulé l'esprit de Darryl. Ses pensées étaient obscurcies par le besoin et un désir infini. Il avait besoin de cet homme comme il avait besoin d'air pour respirer.

— Darryl, haleta Billy alors qu'il cherchait son souffle. J'ai besoin de toi.

— Je sais, mon amour, j'ai aussi besoin de toi.

Billy se figea, et Darryl arrêta ses baisers, regardant son amant dans les yeux.

— Non, je veux dire que j'ai besoin de toi, pour toujours.

Le cœur de Darryl s'envola, et il raffermit son étreinte sur son amant, attirant Billy à lui, leurs corps unis du torse aux orteils. Billy avait besoin de lui, et Billy l'avait choisi. C'était tout ce dont il avait besoin pour le moment. Darryl les fit rouler tous les deux sur le lit ; et il se délecta du poids de Billy sur lui. Lorsqu'il serra les fesses de son amant, Darryl sentit Billy l'embrasser, ses lèvres errant de son cou à son torse. Quand Billy saisit un de ses tétons, Darryl grogna à voix basse. Puis il mordit doucement Darryl, le faisant gémir

160

franchement. Il descendit ensuite le long de son corps et le prit à pleine bouche, mettant Darryl dans tous ses états.

— Billy, c'est si bon.

Ses doigts glissèrent le long de ses doux cheveux alors que la tête de Billy disparaissait et que le jeune homme émettait des bruits étouffés, suçant la verge de Darryl et la taquinant du bout de la langue.

— S'il te plaît, Billy.

Darryl le repoussa gentiment, et Billy gémit doucement.

— Je veux être en toi.

Billy hocha la tête, et Darryl attrapa les affaires dans le meuble. Billy prit le lubrifiant, et Darryl entendit des sons très attirants. Billy gémit doucement, et Darryl savait ce qui se passait ; il aurait aimé pouvoir voir les doigts de Billy s'enfoncer dans ce corps jeune et agile. Après que Darryl eut enfilé un préservatif, Billy le chevaucha, et Darryl pénétra lentement son amant.

La chaleur l'engloutit et la pression l'enserra, alors que Billy l'encerclait.

— Je t'aime, grogna Darryl, se sentant son amant pénétrer plus profondément.

Il agrippa les cuisses de Billy comme si sa vie en dépendait. Puis il sentit les fesses de Billy contre ses hanches, et Darryl sut qu'il avait atteint le paradis.

— Est-ce que ça va ?

L'esprit de Darryl s'éclaircit juste assez pour voir l'expression d'extase sur le visage de Billy lorsqu'il commença à bouger, élevant et abaissant lentement son corps, les mains posées sur le torse de Darryl. Ce dernier se pencha en avant, captura les lèvres de Billy et le serra étroitement, leurs esprits connectés tout comme l'étaient leurs corps.

— Tu m'as choisi, soupira Darryl contre les lèvres de Billy. Tu m'as vraiment choisi.

— Oui, et tu m'as choisi.

Billy sourit et remua les fesses tandis qu'il repoussait Darryl contre le matelas et accélérait le rythme. Darryl s'adapta au rythme de Billy, leurs corps se rencontrant.

— Merde, t'es sexy ! grogna bruyamment Darryl, regardant la main de Billy glisser sur sa verge, ce corps étroit ondulant alors qu'il chevauchait Darryl.

La pièce était remplie des bruits de leur amour, leur passion grandissant à chacun de leurs mouvements, lents et profonds.

Le rythme de Billy le rendit fou. Incapable de le supporter plus longtemps, Darryl se retira et captura Billy par la taille, le renversant sur le lit.

— Darryl ! cria-t-il de frustration.

— Je t'ai.

Il se mit à genoux, écarta les jambes de Billy, les souleva, posa les pieds de Billy sur ses épaules, et il pénétra à nouveau son amant dans un puissant mouvement de hanche.

Billy cria, et pendant une seconde, Darryl crut qu'il lui avait peut-être fait mal. Il se figea, seulement pour obtenir un grognement de frustration en retour.

— Continue !

Darryl s'exécuta et s'enfonça profondément en lui. Billy cria chaque fois que leurs corps se rencontrèrent. Darryl pouvait voir la tête de Billy se balancer, le sentir venir à sa rencontre à chaque mouvement, l'entendre remplir la pièce de sa passion, les cris augmentant leur désir mutuel. Pour Darryl, ce n'était pas du sexe, c'était réclamer son dû – permanent, espérait-il.

— À moi !

Darryl exprima ses pensées, pilonnant Billy. Lorsqu'il réalisa ce qu'il était en train de faire, il se figea, mais Billy lui attrapa les jambes, l'incitant à bouger. Son petit homme voulait plus, tout ce qu'il pouvait donner.

— Et... tu es... mien ! haleta Billy tandis que Darryl s'enfonçait plus profondément et violemment en lui, leurs corps faisant trembler le lit, le cognant contre le mur. Dis-le-moi, Darryl !

— Je suis tien, cria-t-il, son corps réagissant aux émotions de Billy.

Darryl se sentit enserré, et il s'enfonça profondément, puis s'arrêta quand il se déversa dans son amant. Sa tête tourna et il chercha à reprendre son souffle quand il sentit Billy l'enserrer de ses bras, les cris de son adorable amant remplissant la pièce et son cœur.

Darryl eut à peine la force de bouger. Ils étaient tous deux couverts de sueur. Haletant doucement, il glissa hors du corps de Billy. Puis il quitta le lit, alla jusqu'à la salle de bain et commença à faire couler l'eau. Dans la chambre, Billy n'avait pas bougé, et Darryl l'amadoua pour qu'il sorte du lit et vienne se glisser sous l'eau ruisselante. Billy était vidé et à moitié endormi, mais tenait bon, et Darryl lava lentement et tendrement le corps de son amant.

Après avoir fermé le robinet, il aida Billy à se coucher dans le lit.

— Bonne nuit, mon amour.

En réponse, Billy se blottit plus étroitement contre lui, laissant échapper un petit bruit de gorge. En quelques minutes, la respiration de Billy se fit régulière et il s'endormit, ronflant légèrement, la tête reposée contre l'épaule de Darryl. Celui-ci ferma les yeux, enlaça Billy et sombra dans le sommeil.

DARRYL SE réveilla, s'attendant à ce qu'on lui saute dessus à tout moment, et se rappela que les garçons n'étaient plus à la maison. Il allait falloir un peu de temps avant de s'habituer au calme. Avant que Billy, Davey et Donnie emménagent chez lui, la maison avait toujours été comme ça, et franchement, l'animation lui manquait. La seule chose qui ne lui manquait pas était Billy. Il était juste à côté de lui, levant la tête vers lui, le regard brûlant d'un désir qui faisait trembler Darryl.

— Tu veux quelque chose ?

Darryl eut un sourire en coin avant que Billy ne le chasse d'un baiser.

— Oui. Est-ce que je peux te faire l'amour ? demanda Billy tandis que sa main glissait le long du torse de Darryl, le taquinant un peu avant de descendre. Qu'est-ce qui se passe ?

Darryl eut l'impression qu'il allait mourir de honte.

— Je n'ai pas fait ça depuis…

Merde, il pensait avoir laissé tout ça derrière lui.

— Connor ? répondit Billy.

Darryl hocha la tête. Il n'avait pas réalisé combien c'était toujours là en lui. Il n'avait pas pensé à tout ça depuis des semaines, et il avait en fait cru que l'amour de Billy avait chassé toute cette vieille histoire. Il aurait dû savoir que cela ne serait pas aussi facile.

— C'est bon.

Billy se pencha, ses lèvres caressant celles de Darryl. Ce dernier sentit Billy le tirer au-dessus de lui, les jambes s'enroulant autour de sa taille.

— Tu es tout ce qui compte, lui dit Billy en remuant les hanches.

Darryl n'en était pas si sûr, mais les lèvres de Billy firent un travail remarquable en repoussant ses inquiétudes au fond de son esprit, ce doux corps se frottant contre le sien, ces longs doigts ramenant avec facilité son corps à la vie. Doux Jésus, comment pouvait-il même penser à quoi que ce soit ou à qui que ce soit d'autre quand Billy faisait ça ? La réponse était qu'il ne pouvait pas – pas quand il y avait toute cette peau délicieuse sous lui, l'attendant, le désirant. Billy commença à faire des mouvements de poignet, et

163

Darryl siffla entre ses dents, son abdomen se contractant, juste avant que les doigts s'éloignent à nouveau.

— Tu m'allumes ?

Le téléphone se mit alors à sonner, et Darryl souffla contre les lèvres de Billy. Il fut tenté de l'ignorer, mais cela ne marcha pas, et il abandonna dans un sourire, roula sur le matelas et répondit au téléphone.

— Oncle Dawwyl ?

Il comprit que c'était un des garçons et ne put réprimer un sourire.

— Oui, c'est moi.

Il fit signe à Billy, qui traversa la pièce et attrapa le poste supplémentaire quelques secondes plus tard.

— Comment était le voyage ? Est-ce que vous vous êtes amusés ?

— Mm mmm.

Il entendit un léger hoquet à l'autre bout de la ligne, et il se dit que ce devait être Davey ; il faisait toujours ça quand il était excité.

— Ils ont acheté à Donnie et moi des lits en forme de voiture de course. Papa a dit qu'ils les avaient commandés juste pour nous !

Il pouvait pratiquement voir l'enfant sauter de joie.

— Et on a chacun notre propre chambre, mais Donnie dort dans la mienne, de toute façon.

Il prit à peine le temps de reprendre sa respiration.

— Il y a des balançoires dans le jardin et tout.

— Bonjour, Davey, dit Billy quand Davey prit finalement une bouffée d'air.

— Biwwy ! cria-t-il dans le téléphone. Quand est-ce que tu vas venir nous voir ? Ils ont tout, ici.

— Dans quelques semaines. Oncle Darryl et moi allons tous les deux venir vous rendre visite.

L'excitation de Billy était teintée d'une touche de tristesse.

— Et vous pourrez tout nous montrer.

— Dac'.

Il resta silencieux pendant un moment.

— Je vous aime.

La ligne de téléphone fut remplie de bruits pendant quelques minutes.

— Biwwy, intervint la voix timide de Donnie à travers la ligne, j'ai fait des mauvais rêves.

— Est-ce que tu as tenu la main de Davey ?

— Mm mmm.

Sa voix était brouillée.

— Est-ce que tu es en train de sucer ton pouce ? demanda Billy.

Mais il n'y eut pas de réponse.

— Je ne peux pas t'entendre quand tu hoches la tête, le réprimanda gentiment Billy.

— Mm mmm.

— Tu sais que les grands garçons ne sucent pas leur pouce, expliqua gentiment Billy. Tu veux m'en parler ?

Silence.

— Je ne m'en souviens pas.

— Est-ce que ta maman s'est assise avec toi ?

Darryl souhaitait que Billy soit dans la pièce avec lui.

— Non, papa l'a fait.

Darryl pouvait presque voir Donnie en pyjama, tenant le combiné à deux mains.

— Est-ce que ça allait mieux ensuite ?

— Oui.

— Alors ça ira ?

— Oui, mais tu me manques. Il ne fait pas partir les monstres aussi bien que toi.

— Ton papa est grand et fort. Les monstres ont peur de lui.

— Oh.

La voix de Donnie s'éleva.

— C'est bon, alors.

Une voix lointaine dit quelque chose, visiblement Marie.

— Au revoir, Biwwy.

Donnie semblait aller mieux.

— Bonjour.

La voix de Marie résonna au téléphone.

— On est arrivés à la maison tard, hier, sinon on aurait appelé hier soir. Les garçons semblent tous deux avoir pris leurs marques.

Elle s'arrêta quelques secondes, visiblement incertaine sur ce qu'elle devait dire.

Ce fut Billy qui répondit.

— Ils semblent aller très bien.

— Vous pensez toujours venir dans quelques semaines ?

Darryl prit la parole.

— Oui. On vous appellera dans quelques jours avec nos projets exacts. On doit trouver un hôtel dans le coin.

— Ce n'est pas la peine. On a de la place, et les garçons voudront passer tout le temps qu'ils peuvent avec vous.

Darryl la trouva un peu nerveuse, ce qui était sûrement normal vu les circonstances.

— Merci. On en reparlera dans quelques jours.

Darryl la salua et raccrocha. Il pouvait toujours entendre la voix de Billy s'échapper du rez-de-chaussée, et il se dit que lui et Marie étaient en train de parler, ce qui était très bien. Il sortit du lit et alla jusqu'à la salle de bain pour se nettoyer.

Billy le rejoignit quelques minutes plus tard, souriant.

— Je pense que ça va aller pour eux, prononça Billy alors qu'il allumait la douche.

— Et toi – est-ce que ça va aller ?

Darryl finit de se raser et alla sous l'eau, suivi de Billy.

— Mon Dieu, je l'espère.

Billy se serra contre lui alors que l'eau recouvrait leurs corps, leur érection se frottant contre leur peau douce.

— Malheureusement, même si j'adorerais un round de sexe sous la douche, on doit être au restaurant dans vingt minutes. Mais je te promets que je me rattraperai.

Darryl laissa ses mains parcourir le dos de Billy et descendre sur ses fesses.

— Ce sont *mes* frères qui ont appelé et nous ont interrompus, répondit doucement Billy, ses lèvres si proches que Darryl pouvait sentir la chaleur de son souffle. Peut-être…

Les mains de Billy glissèrent le long des fesses de Darryl, le faisant se tendre un peu.

— … que je devrais me rattraper auprès de toi.

— Je peux accepter ça, répondit Darryl avec un sourire avant de capturer les lèvres de Billy. Oh, merde, je crois qu'on va être en retard ce matin, après tout.

Darryl embrassa une nouvelle fois Billy, le collant contre la paroi de la douche, ses mains errant sur toute cette peau lisse et humide.

# XV

BILLY OUVRIT la porte de service du restaurant et se rua à l'intérieur, cherchant Darryl. Il le trouva assis à une table, faisant de la paperasse et buvant une tasse de café.

— Où est-ce que tu étais ?

— Je me suis arrêté à la maison pour vérifier le courrier.

Billy sourit tout en déposant une grande enveloppe en papier kraft sur la table. Darryl mit ses affaires de côté et se retourna vers Billy avec un grand sourire.

— Est-ce que c'est ce que je crois ?

— Vois par toi-même.

Billy décacheta l'enveloppe sommairement fermée et sortit des œuvres d'art, tout du moins à leurs yeux.

— Je me disais que ceux-là pourraient aller sur le réfrigérateur.

— Mais et pour ceux qui y sont déjà ? le taquina Darryl.

Les murs du bureau étaient recouverts de dessins, tout comme le frigo et chaque autre endroit auquel ils pouvaient penser. Une fois qu'ils étaient accrochés, aucun d'eux ne voulait plus les enlever.

— Peut-être qu'on pourrait en mettre quelques-uns dans un album.

Billy se leva et marcha jusqu'au bureau, revenant quelques minutes plus tard avec un grand album de scrapbooking.

— Comme celui-ci ?

Billy le tendit à Darryl.

— Je pensais qu'on pourrait y mettre les dessins ensemble.

Billy pouvait difficilement contenir son énergie. Après leur visite chez les garçons quelques semaines plus tôt, quand Donnie et Davey leur avaient tendu un dessin à chacun, leur expliquant tout sur tout, une enveloppe était arrivée à peu près chaque semaine avec plus de dessins. Billy se doutait que dans quelques mois, des documents scolaires seraient joints aux dessins.

— Tu dois rendre justice à Marie, elle et Charlie ont été merveilleux.

— En parlant d'eux…

Billy se glissa à l'intérieur du box et donna un petit coup de coude à Darryl.

— Il y avait un message d'elle demandant si ça nous irait s'ils amenaient les garçons nous rendre visite dans quelques semaines. Je l'ai rappelée et lui ai dit que c'était évident. Elle l'a dit aux garçons, qui ont explosé de joie.

Billy sentit les mains de Darryl glisser sur sa jambe, la serrant doucement.

— Alors, si tu me disais pourquoi tu es vraiment rentré à la maison ?

Merde, cet homme pouvait voir au travers de ses moindres actions.

— D'accord, c'est bon. Je devais faire quelque chose, Monsieur le Fouineur.

Mon Dieu, Billy espérait que Darryl n'allait pas trop le pousser pour connaître la vérité. Il n'aimait pas cacher quoi que ce soit à Darryl.

— Très bien, ne me dis rien, dit ce dernier en poussant doucement son jeune amant pour pouvoir sortir du box. Je dois retourner travailler.

Billy ne bougea pas, et Darryl le fixa.

— Tu vas me laisser sortir ?

— Si tu payes le péage.

Billy se pencha en avant, et Darryl comprit finalement l'allusion et l'embrassa. Billy lui rendit le baiser et se blottit contre le torse de Darryl, heureux d'avoir été capable de le distraire.

— Tu as été si bon avec moi.

— D'où est-ce que ça sort, ça ? dit Darryl, souriant à moitié, suspicieux.

On frappa à la porte principale, ce qui les interrompit, et Darryl leva la tête.

— S'il te plaît, tu peux leur dire qu'on est fermés jusqu'au dîner ?

— Je t'aime, Darryl, et je pense qu'il est peut-être là pour toi.

Darryl jeta un autre coup d'œil à l'homme qui se tenait devant la porte.

Billy se leva et déverrouilla la porte principale, remarquant que le regard de l'homme n'avait jamais quitté Darryl.

— Je vois que tu as trouvé facilement, dit Billy.

L'homme opina et fit un autre pas en avant.

— Oui, merci, dit-il doucement à Billy, semblant sur le point de s'enfuir à tout moment. Darryl, je sais que j'ai changé…

Billy vit les yeux de son amant s'agrandir lorsqu'il le reconnut.

— Connor ? demanda Darryl.

Billy entendit la réticence et la confusion dans sa voix.

— Est-ce que c'est vraiment toi ?

Darryl se mit debout et fit quelques pas en avant, ne semblant pas savoir ce qu'il devait faire. Puis il eut l'air de savoir et il enlaça l'autre homme.

— Mon Dieu.

Le sourire sur le visage de Darryl fit sourire Billy à son tour.

— Comment m'as-tu trouvé ?

Darryl desserra l'étreinte et resta là, l'air mal à l'aise.

— Je ne l'ai pas fait.

Connor regarda Billy.

— C'est lui.

— Comment ?

Le regard de Darryl passa de l'un à l'autre, comme s'il ne savait pas où regarder en premier.

— Il m'a contacté par ma page Facebook.

Connor inspecta d'un coup d'œil le restaurant comme s'il enregistrait tout.

— Je t'en prie, assieds-toi, on peut t'apporter quelque chose ? Un soda ? Une bière ?

— Non merci, ça va.

Connor s'assit dans le box, et Darryl se glissa face à lui. Billy n'était pas sûr de devoir rester ou pas. Il voulait vraiment entendre ce qui s'était passé, mais ne voulait pas déranger. Darryl choisit pour lui quand il prit la main de Billy et l'attira dans le box. Puis les trois se fixèrent du regard, aucun d'eux ne sachant quoi dire. La jambe de Billy commença à tressauter comme s'il se demandait s'il avait eu une bonne idée. Mon Dieu, et si Darryl était en colère contre lui ?

— Qu'est-ce qui t'est arrivé ? dirent Darryl et Connor, presque en même temps.

Billy put sentir un peu de tension s'évaporer.

— Je t'en prie.

Darryl fit signe à Connor de continuer.

— Après nous avoir attrapés, mon père s'est convaincu que tout était de ta faute. Il m'a raconté sa version des faits, et le programme de 'thérapie' dans lequel tes parents t'avaient mis.

Billy regarda Darryl qui ne disait rien mais hochait lentement la tête, et il put voir la culpabilité et le conflit sur le visage de son amant. Billy détestait voir cela sur son visage, mais il espérait vraiment que parler à Connor pourrait aider Darryl à se débarrasser de ce surplus d'émotions. Darryl lui avait dit que c'était derrière lui, mais Billy était assez intelligent pour savoir que quelque chose comme ça ne disparaissait pas tout seul. La culpabilité était une chose puissante, et une culpabilité qui n'a lieu d'être peut vous manger tout cru si vous la laissez faire.

— Papa a presque immédiatement commencé à planifier notre déménagement, continua Connor. Et il m'a dit que si jamais je te revoyais, il me jetterait dehors.

Connor déglutit, et Billy se leva, faisant un pas vers le coin café près du box.

— J'avais si peur, je ne savais pas quoi faire. Je voulais te voir plus que tout, mais…

Connor baissa les yeux vers la table.

— … je crevais de peur.

— Connor, commença la voix de Darryl alors que Billy versait trois tasses de café, bien sûr que tu étais effrayé. Merde, j'avais peur de ton père, moi aussi.

Billy posa les tasses sur la table. Lorsqu'il de rassit, il prit la main de Darryl, espérant en même temps qu'il y ait aussi un moyen de réconforter Connor.

Billy regarda Connor boire par petites gorgées. L'homme était beau, pas aussi beau que son Darryl, mais tout de même beau à regarder, avec des yeux expressifs et des cheveux courts et sombres. Billy se décala pour être plus proche de Darryl, tout en écoutant.

— Après notre déménagement, j'ai essayé quelques fois de te retrouver, mais mon père me surveillait tellement que je ne pouvais pas faire grand-chose. Quand je suis allé à l'université, j'ai finalement goûté à un peu de liberté et j'ai fini par déménager sur la côte ouest.

Connor sourit, et Billy se dit qu'il venait d'avoir un aperçu de ce à quoi avait ressemblé Connor quand Darryl l'avait connu.

— Ça a pris quelques années, mais j'ai dit à mon père où il pouvait se mettre ses stupides croyances religieuses. Ce fut la dernière fois qu'on s'est parlé.

La table devint silencieuse ; seul le bruit de café que l'on sirote brisait parfois le silence. Incapable de supporter ça plus longtemps, Billy mit un coup de coude à son amant, mais Darryl continua à fixer la table. Billy n'avait pas revu cette expression depuis la nuit où Darryl lui avait parlé pour la première fois de Connor et de tout ce que ces 'docteurs' lui avaient fait endurer.

— Alors je n'ai pas ruiné ta vie ?

— Mon Dieu, non.

Connor reposa son café.

— J'ai toujours pensé avoir ruiné la tienne. Après tout, tu es celui qui a fini dans cet endroit. Si c'était ne serait-ce qu'un peu semblable à ce dont mon père me menaçait, ça a dû être un véritable enfer. J'ai toujours pensé que tu me blâmais pour ça.

Darryl secoua la tête.

— Non, ce n'était pas de ta faute. C'était de la mienne. J'étais plus vieux, et j'étais l'unique responsable.

— Tu parles comme mon père le faisait. Il n'y a pas de faute ou de personne à blâmer. On s'aimait et on faisait ce que font les enfants. Je n'aurais changé ça pour rien au monde.

Quand Connor se pencha sur la table pour caresser la joue de Darryl, Billy dut s'empêcher de frapper la main de l'homme pour la chasser.

— Tu as été mon premier amour, et pour ça, je me souviendrai toujours de toi.

— Mais ta famille, répondit doucement Darryl, juste plus haut qu'un chuchotement. Je t'ai tant coûté.

— Je pense qu'on a tous les deux payé le prix d'être tombés amoureux.

La tasse de Connor claqua lorsqu'il la posa sur la table.

— Et en ce qui concerne ma famille, son nom est Jerry, et il m'attend chez nous. Il est toute la famille dont j'ai besoin. Mais juste pour que tu le saches, mon père est mort il y a quelques années – un bigot coincé du cul en moins. Je parle occasionnellement à ma mère, et elle se fait lentement à l'idée. Peut-être qu'on se reparlera à nouveau, ou peut-être pas.

Ils discutèrent un peu plus longtemps. Darryl parla à Connor de sa famille et des jumeaux. Il sortit même leurs photos et quelques-uns de leurs dessins. Après presque une heure, Connor repoussa sa tasse et se leva pour partir.

171

— Il me semble que tu as aussi trouvé quelqu'un qui te rende heureux.

Billy sentit le regard de Connor.

— On était des gamins, Darryl, et on a fait ce que font les gamins. Tu ne dois te sentir coupable ou honteux de rien. Qu'importe ce que les docteurs t'ont dit, c'étaient des mensonges ; tout ça n'était que des mensonges.

Billy se leva, et Connor lui serra la main tandis que Darryl sortait du box derrière lui. Connor fit ses adieux, enlaça Darryl et marcha jusqu'à la porte. Il se retourna et fit un signe de main à travers la devanture avant de disparaître de l'autre côté du trottoir.

Billy sentit des bras se refermer autour de sa taille et l'étreindre chaleureusement.

— Tu n'es pas en colère, n'est-ce pas ? demanda Billy, avec hésitation.

— Comment pourrais-je l'être ?

Billy se sentit pivoter avant d'être embrassé violemment.

— Je n'étais pas sûr que tu veuilles que je m'en mêle.

Billy sentit les lèvres de Darryl s'éloigner, puis on lui prit la main et il fut presque traîné par la porte des cuisines et jusqu'au bureau, où la porte claqua derrière lui. Dans un 'ouf', Billy se retrouva plaqué contre le mur, embrassé comme si sa vie en dépendait. Billy passa ses bras autour du cou de Darryl et se tint à lui tandis que le corps de Darryl se pressait contre le sien.

Toute autre question qu'il aurait pu avoir s'envola de son esprit lorsque la langue de Darryl demanda l'entrée de sa bouche.

— Darryl, haleta doucement Billy, essayant de s'accrocher au corps de son amant. On ne peut pas faire ça ici.

Mais putain, il avait envie de se mettre nu et de grimper sur l'autre homme tellement il était si excité. Billy sentit Darryl reculer, ses lèvres relâchant sa prise sur le baiser.

— Je sais.

Darryl regarda dans ses yeux.

— Ce que tu as fait est la chose la plus gentille que quiconque ait jamais faite pour moi. Comment l'as-tu retrouvé, d'ailleurs ? Tu n'as pas pu en savoir autant sur lui tout seul.

— Peut-être pas moi, mais ta mère, si. Elle m'a dit le nom de son père et de sa mère, ainsi qu'un tas d'informations qui m'ont permis de le retrouver. Ce n'était vraiment pas dur après avoir reçu l'aide de Kelly pour les trucs sur ordinateur.

— Est-ce que tout le monde était au courant à part moi ?

Darryl semblait légèrement ennuyé.

172

Billy secoua la tête.

— Personne ne savait hormis moi et peut-être ta mère, un petit peu. J'ai eu de la chance que Connor voyage sur la côte est pour le travail, même s'il vit à San Francisco, et qu'il soit à Philadelphie pour une conférence. Il a été d'accord pour te rencontrer.

Billy reposa sa tête sur le torse de Darryl.

— Alors...

Darryl fit de son mieux pour prendre un ton bourru, mais Billy ne marcha pas, pas avec ces mains qui caressaient doucement son dos.

— De quoi est-ce que toi et ma mère avez parlé d'autre ?

Billy se mit à rire en silence.

— De toutes sortes de choses. C'est une très gentille dame, et elle dit qu'elle a hâte de me rencontrer lors d'une prochaine visite.

Sa rapide acceptation avait été si inattendue pour Billy.

— Alors tu n'es pas en colère ?

Billy sentit un grondement dans la poitrine de Darryl.

— Non, je ne suis pas en colère. En fait, je suis soulagé.

Billy inclina la tête afin de voir les yeux de Darryl.

— J'ai porté toute cette culpabilité pendant si longtemps que je n'avais jamais vraiment réalisé qu'elle était là.

— Je suis content. Je me doutais un peu que c'était quelque chose dont tu avais peut-être besoin.

— Je pense que tu avais raison.

Darryl le serra étroitement, l'enlaçant simplement en silence. Un cognement à la porte leur dit qu'il était temps de retourner travailler.

— On reprendra ça plus tard, grogna Darryl.

Billy hocha la tête pour montrer son accord. Ils allaient définitivement continuer ça.


— C'ETAIT UN truc de malade, commenta doucement Billy à Sebastian alors qu'ils regardaient les derniers clients finir leur café. Mes jambes ont rétréci de quelques centimètres.

— Ouais.

Sebastian s'appuya sur le bar, et Billy le vit regarder la salle.

— Mais on l'a fait. Les tables sont rangées, et la pièce nettoyée. Une fois qu'ils seront partis, on pourra sortir d'ici.

Ils parlaient à voix basse afin de ne pas déranger les clients.

— Pourquoi n'y vas-tu pas ? Je m'occupe d'eux et je nettoierai leur table pour demain. J'allais attendre Darryl, de toute façon.

Sebastian l'avait aidé tant de fois, c'était le moins qu'il puisse faire.

— Tu es sûr ?

Sebastian était soudain excité à l'idée de rentrer un peu à l'avance.

— Certain, vas-y.

Sebastian attrapa sa veste et disparut à l'arrière. Les clients finirent leur café et payèrent l'addition, laissant un pourboire généreux que Billy mit dans le pot de Sebastian.

— Bonne nuit.

Il fit un signe de main alors qu'ils partaient, puis verrouilla la porte, soupirant longuement de soulagement. Billy nettoya la table et mit de côté le plateau avec les assiettes sales, puis il enleva le linge de table, mit le propre qu'il avait mis de côté et dressa la table avant de ramasser le plateau et de le transporter jusqu'à la salle de plonge.

— Hé, les gars, c'est la fin.

Il posa le plateau, et les hommes commencèrent à tout mettre dans le lave-vaisselle.

— Quand vous aurez fini, pointez et rentrez chez vous.

— Tu essayes de filer d'ici, Billy ? demanda un des plongeurs alors qu'il ouvrait le lave-vaisselle, de la vapeur s'en échappant.

— Tout comme vous, les taquina Billy.

Ils rirent en retour, retournant au travail alors qu'il quittait la pièce et se dirigeait vers les cuisines.

Darryl était en train de nettoyer pour la nuit, les cuisines sentant légèrement la javel – propres et prêtes pour le lendemain matin.

— Sebastian est parti, tout comme le reste des serveurs et des commis. Les plongeurs finissent.

— Je suis prêt, alors aussitôt qu'ils auront fini, on pourra y aller.

Darryl se rapprocha, et peu importe combien Billy était fatigué, son corps fut instantanément prêt à partir. Puis il fut enlacé, et son excitation passa encore un cran au-dessus. Les lèvres de Darryl glissèrent le long de son cou.

— Si je vivais assez pour devenir centenaire, je n'arrêterais jamais de t'aimer.

— On a fini, dit un des plongeurs, derrière lui.

Billy entendit les petits ricanements, comme si lui et Darryl avaient été surpris en train de faire des cochonneries. Il ne se dégagea pas.

— Merci, les gars.

Il était trop bien là où il était.

— On devrait aussi y aller. Il y a un grand lit confortable qui nous attend.

Darryl commença à les conduire vers la porte de service, Billy presque pendu à lui. Il ne semblait pas s'en préoccuper, et Billy n'avait aucune intention de briser le contact avec son amant à moins qu'il n'y soit obligé. Le lâchant finalement, Billy revint en arrière.

— Est-ce que tu as tout ?

Billy fit un rapide détour par le bureau et attrapa l'enveloppe que les jumeaux lui avaient envoyée.

— Je suis prêt.

Billy attendit pendant que Darryl éteignait les lumières, regardant le restaurant plonger dans le noir. Sortant dans la nuit estivale, Billy attendit pendant que Darryl fermait la porte. Darryl prit sa main, et ils marchèrent ensemble jusqu'à la voiture pour faire le court trajet jusqu'à chez eux. À la maison, Billy monta les escaliers, suivi par Darryl.

— Tu veux te doucher ? demanda Darryl alors qu'ils atteignaient la chambre à coucher.

— Non, pas maintenant, chuchota Billy, alors qu'il nouait ses bras autour de la nuque de son amant, rapprochant leurs lèvres. Je crois qu'on a quelque chose à finir.

Billy n'attendit pas de réponse. Il avait été en semi-érection pendant des heures, le souvenir de leurs baisers précédents bouillonnant toute la soirée. Il sentit les mains de Darryl glisser sur son dos, puis prendre en coupe ses fesses. Billy leva les jambes, les enroula autour de la taille de Darryl et se serra étroitement contre lui alors qu'il dévorait la bouche de son amant. Les lèvres de Billy allaient et venaient sur celles de son amant, leurs langues dansant en accord.

Darryl le porta jusqu'au lit, mais avant qu'il ait pu se baisser pour le déposer sur le matelas, Billy se remit sur ses pieds et manœuvra son amant pour le mettre dos au matelas.

— Ce soir, tu es à moi, dit Billy d'une voix rauque.

Les yeux de Darryl s'écarquillèrent momentanément. Billy l'embrassa à nouveau, mordillant légèrement la lèvre inférieure pour le distraire.

— Tu me montres toujours combien tu m'aimes et te préoccupes de moi. Ce soir, on échange.

Les doigts de Billy ouvrirent les boutons de la chemise de son amant, écartant les pans de tissu, ses lèvres et sa langue suivant la ligne de son torse nu. Le goût de la peau de son amant brûlait sous sa langue, un mélange unique de sueur, de sel, de masculinité, et d'épices qui semblaient l'imprégner.

Billy s'agenouilla sur le lit et passa sa langue sur un téton mat, son amant gémissant doucement alors que sa langue et ses lèvres travaillaient les petits boutons érigés. Ces gémissements se transformèrent en grognements quand Billy glissa ses mains le long du ventre de Darryl jusqu'à son pantalon, les doigts parcourant le membre épais. Billy sentit les hanches de Darryl venir légèrement à son contact et il retira ses mains avant d'ouvrir la boucle de la ceinture et d'écarter les pans du pantalon de Darryl. Billy baissa le devant du slip de son amant, libéra le membre de Darryl et le caressa avec ce qu'il savait être une lenteur agonisante alors qu'il s'emparait de ses lèvres dans un baiser possessif.

— Billy, couina Darryl tandis qu'il commençait à s'enfoncer entre les doigts de Billy.

Le jeune homme resserra sa prise et garda la main immobile, laissant Darryl prendre ce qu'il voulait. L'homme avait l'air complètement décadent : la chemise ouverte, le torse et le ventre brillant de sueur, le pantalon écarté, sa verge glissant entre les doigts de Billy, un air de pur bonheur à venir sur le visage.

— Prends ce que tu veux, lui indiqua doucement Billy.

Les poussées de Darryl prirent alors de la vitesse et devinrent exigeantes, sa respiration et les petits cris qui les accompagnaient devenant plus violents et intervenant à un rythme plus soutenu.

Le membre de Darryl palpita dans sa main.

— Billy !

Le cri de Darryl remplit la pièce alors qu'il explosait, l'estomac se contractant, les poumons à la recherche d'air.

Billy porta ses lèvres à celles de Darryl, l'embrassant violemment. Il sentit les doigts de Darryl glisser sous son tee-shirt, et Billy interrompit le baiser assez longtemps pour le retirer. Darryl le tira près de lui, des mains chaudes frottant son dos, les langues se goûtant, s'embrassant, s'aimant.

— Je veux te faire l'amour, murmura doucement Billy.

Darryl avait toujours refusé avant, ne donnant jamais cette dernière partie de lui. Billy savait pourquoi, mais il espérait que les choses changeraient maintenant que Darryl pouvait se délester de cette culpabilité.

— Je veux te montrer ce que tu me donnes.

Billy fit parcourir sa main le long du torse de Darryl, mais Darryl ne dit rien, ses yeux s'écarquillant, regardant.

176

— Tu me laisses t'aimer ? l'enjôla Billy, gentiment. Tu es digne d'être aimé, Darryl. Connor t'aimait, et je t'aime. Laisse-moi juste te montrer à quel point.

— Oui.

La réponse Darryl était à peine plus qu'un soupir, sonnant comme une supplication silencieuse.

Billy embrassa doucement son amant. La sensation de ces lèvres explorant à nouveau ce territoire familier était merveilleusement nouvelle, et Darryl le délesta de son tee-shirt. Billy interrompit le baiser et retira le pantalon de Darryl avant d'ouvrir le sien et de le jeter au sol. Il grimpa de nouveau sur le lit, rampa d'un air prédateur en direction de son amant, et Darryl gloussa doucement, le son joyeux traversant Billy comme un choc électrique. Il voulait rendre Darryl heureux. Avec la supervision de Billy, Darryl se mit sur le ventre, et Billy monta le corps de son amant comme si c'était une montagne de muscles.

Il s'installa entre les jambes de Darryl, puis suçota et embrassa l'intérieur de ses cuisses musclées alors que Darryl écartait les jambes de son propre chef. Billy se rapprocha et malaxa les fesses fermes, embrassant la peau dure avant de lui écarter les fesses. Darryl était inhabituellement silencieux. Passant sa langue le long de la fente, Billy se concentra sur l'ouverture rose et étroite de son amant, et le silence se brisa dans un cri rauque de plaisir inattendu.

— Billy, mon Dieu.

Darryl fit un mouvement en arrière, poussant le visage de Billy vers ses fesses, faisant plonger sa langue dans la chair.

Billy sait alors les jambes de Darryl et pénétra profondément l'ouverture de son amant, le musc profond de ce dernier brûlant sous sa langue. Les cris de Darryl se transformèrent en doux gémissements, et Billy sentit les muscles se détendre autour de lui. Billy aimait cela quand Darryl le faisait pour lui, et même s'il n'avait pas beaucoup d'expérience derrière lui, il savait comment il aimait que Darryl lui fasse l'amour, et il lui rendait la réciproque avec enthousiasme.

— Tu aimes ça ?

— Mm mmm, gémit doucement Darryl du sommet du lit, sa tête se balançant légèrement dans ce que Billy savait être un plaisir intense.

Darryl était complètement excité, cela ne faisait aucun doute. Le dos de son amant était arqué, et Billy pouvait sentir de petits mouvements alors que Darryl se tortillait dans les draps.

177

— Tu es prêt pour moi, mon amour ?

— Mon Dieu, oui, haleta Darryl. Dans quelle position est-ce que tu me veux ?

Billy remonte le long du dos de Darryl jusqu'à ce qu'il soit au-dessus de lui, peau contre peau, lui suçotant l'oreille.

— Je veux te voir, me perdre dans tes yeux.

Billy chevaucha son amant, se préparant lui-même pendant que Darryl changeait de position sur le lit. Darryl porta ses genoux à son torse et Billy se rapprocha, se pressant contre son entrée.

Rien ne se passa au début. Puis Billy sentit le corps de Darryl s'ouvrir lentement pour lui, et il fut entouré par une chaleur humide qui fit palpiter sa tête et brouiller sa vision.

— Tellement plein, marmonna doucement Darryl.

Billy arrêta, de la même façon que Darryl l'avait toujours fait pour lui et s'obligea à attendre avant de s'enfoncer plus profondément. Ces quelques secondes semblèrent les plus longues de sa vie. Le corps de Billy menaçait de continuer, le menant à se joindre avec son âme-sœur. Finalement, Darryl toucha sa jambe et Billy poussa en avant, s'enfonçant profondément dans la chaleur de Darryl.

Respirant déjà comme un coureur de marathon, Billy attendit, se penchant en avant pour capturer les lèvres de Darryl.

— Je t'aime tellement.

Les mots semblaient inadéquats pour décrire tout ce qu'il ressentait à ce moment précis, mais ce fut tout ce que son cerveau subitement affaibli sortit. Les doigts de Darryl passèrent dans ses cheveux, et il rendit le baiser alors que Billy commençait à bouger.

Plongeant leur regard l'un dans l'autre, ils bougèrent ensemble, lentement au début, puis avec une force et une vitesse croissante. Les cris et les gémissements de Darryl mélangés à ceux de Billy remplirent la pièce et la maison qu'ils partageaient de leur amour. Billy prit le membre réveillé de Darryl en main et fit des mouvements de va-et-vient au rythme de leur amour et des doux cris de Darryl.

Sentant la pression familière grandir, Billy raffermit sa prise et le masturba plus fermement, jusqu'à ce que les yeux de Darryl commencent à rouler dans leur orbite et qu'il sente son orgasme arriver. Billy sentit ses jambes trembler lorsqu'il jouit, et il s'enfouit en lui, palpitant profondément à l'intérieur de la chaleur de son amant.

Après son orgasme foudroyant, il fallut quelques minutes à Billy pour que ses yeux se remettent à voir et que son esprit recommence à fonctionner. Mais quand ce fut le cas, il vit son Darryl repu, allongé en face de lui, la peau toute luisante et les yeux lourds. Darryl le tira en avant, et il glissa du corps de son amant, des bras puissants l'entourant. Leurs lèvres se refermèrent dans un baiser langoureux alors qu'ils passaient leurs doigts sur leurs joues, ainsi que partout ailleurs. Billy ne voulait pas bouger, pas maintenant, ni jamais.

— On devrait se doucher avant de s'endormir et de nous retrouver collés ensemble, dit Darryl, ses yeux se fermant déjà tandis qu'il bâillait.

Billy fit semblant de réfléchir à ce que Darryl avait dit.

— Rester collé à toi. Hum... Je pense que je pourrais m'y habituer.

Il sentit Darryl l'attirer pour un autre baiser.

— Je l'espère, parce que tu vas devoir me supporter pendant un très long moment.

Rester collé à lui, devoir le supporter – cela n'avait pas d'importance pour Billy. Il avait son Darryl, et c'était tout ce qui importait. Sortant du lit, Billy sourit avec malice.

— Le premier à la douche gagne une fellation !

Puis il courut jusqu'à la salle de bain, Darryl derrière lui, leurs rires emplissant la maison.

# ÉPILOGUE

— BILLY!

Un tandem de voix familières et haut perchées le héla, avant que les garçons apparaissent et l'inondent de câlins.

Il écouta les bavardages bienvenus de Davey et Donnie sur leur voyage. Heureusement, il n'avait pas de plateau de nourriture entre les mains, contrairement à la dernière fois. Il avait à peine réussi à le poser sur le bar avant que les jumeaux tombent presque à la renverse sur lui. Il s'agenouilla pour leur rendre leurs étreintes, puis ils se rendirent dans la cuisine afin de terroriser Darryl pendant un moment.

Billy déposa devant un client l'assiette qu'il venait de prendre, puis il examina la salle et vit les gens sourire avant de reprendre leur déjeuner. Appuyant sur le bouton d'envoi pour prévenir l'arrivée d'une autre commande, Billy leva à nouveau la tête et vit Marie et Charlie passer la porte du restaurant, tous deux radieux. Ils marchèrent dans sa direction, Marie l'étreignit, puis Charlie le serra et ses poumons se vidèrent comme à chaque fois.

— Vous voulez une table ou vous avez déjà mangé ?

— Tu plaisantes ? lança malicieusement Charlie. On ne pense qu'à manger un plat préparé par Darryl depuis les cent derniers kilomètres.

Billy les installa à une grande table, et la porte des cuisines s'ouvrit. Darryl pénétra dans la salle avec un garçon pendu à chaque bras, les deux bavardant en même temps.

— Des fois, je me demande s'ils s'arrêtent même pour respirer, commenta Marie avec un sourire indulgent alors qu'elle s'asseyait, Charlie lui tenant la chaise.

— Cette dernière semaine, ils n'ont pas arrêté de parler de toutes les choses qu'ils allaient faire pendant qu'ils seraient ici.

180

Darryl s'approcha de la table, portant toujours les jumeaux de désormais sept ans, tous trois riant. Les garçons se libérèrent et s'assirent sur leur chaise, se faisant juste un peu réprimander par leur mère.

— Est-ce qu'on pourra aller au parc après le déjeuner ?

Les jumeaux levèrent tous deux la tête vers Billy, avec espoir.

— Billy et Darryl doivent travailler, informa Charlie, recevant des regards si déçus et consternés qu'on aurait dit qu'on venait de leur annoncer que c'était la fin du monde.

— En fait, dit Billy en souriant, dès que Julio arrivera, nous serons officiellement en vacances pour la semaine. Alors oui, cet après-midi, nous irons au parc, et demain matin on partira.

Billy pouvait à peine y croire. Lui et Darryl prenaient leurs premières vraies vacances, et les jumeaux allaient venir avec eux.

Sebastian apporta des crayons et du papier sur la table, bavardant brièvement avant de retourner à ses tables. Les jumeaux commencèrent immédiatement leurs chefs-d'œuvre.

— Alors, qu'est-ce que vous voulez manger ?

Les garçons ne relevèrent même pas la tête.

— Des bâtonnets de poulet.

Comme si Billy l'ignorait.

Marie commanda des moules, et Charlie prit son menu favori, le steak-frites. Billy enregistra les commandes et alla voir les autres tables avant d'apporter les boissons et un cône de frites aux garçons. Puis il fit une autre fois le tour de ses tables alors que la salle commençait à se vider, la foule de midi diminuant.

— J'ai tout sous contrôle, dit Sebastian, derrière lui. Va les rejoindre et débute tes vacances.

— Merci, Sebastian.

Les deux étaient devenus des amis proches.

Billy prit une place à la table près de Davey.

— Alors, quelle était cette grande nouvelle à laquelle vous faisiez allusion ?

La porte des cuisines s'ouvrit, et Darryl pénétra dans la salle, portant des habits de tous les jours.

— Que se passe-t-il ?

C'était rare pour quiconque de le voir sortir sans son uniforme pendant qu'il était au restaurant.

— Julio m'a viré.

Darryl feignit d'être ennuyé.

— Il a dit que la semaine prochaine, les cuisines seraient à lui, et que mes grosses fesses le gênaient.

Darryl se contorsionna, semblant essayer de voir ses propres fesses.

Billy leva les yeux au ciel.

— Est-ce que c'est ta façon de demander si ce pantalon te fait de grosses fesses ?

Marie et Charlie se mirent à rire. Une seconde plus tard, les garçons se mêlèrent à eux, ne sachant pas vraiment ce qui était drôle, mais ne voulant pas être mis de côté. Darryl sembla contrarié pendant une seconde puis commença aussi à rire, prenant la place en face de Billy et à côté de Donnie. Quand les rires moururent, Billy fixa Charlie et Marie, attendant quelque chose. Il les encouragea à annoncer leur nouvelle.

— Est-ce que tu veux le leur dire ? demanda Charlie à Marie.

Mais elle secoua la tête.

— C'est ta nouvelle, dis-leur, toi.

Son visage était sévère, et Billy sentit l'inquiétude commencer à grimper.

— J'ai reçu une lettre la semaine dernière pour me dire que j'allais être promu.

Charlie sourit alors que Billy et Darryl le félicitaient.

— Avec la promotion viennent les responsabilités qui vont avec et les devoirs qui n'étaient pas là à mon poste actuel.

Les craintes de Billy semblaient se fonder. Durant les deux dernières années, ils avaient fait de gros efforts pour lui permettre ainsi qu'à Darryl de voir les garçons tout en développant une grande amitié. Lui et Darryl avaient fait de nombreux voyages jusqu'à Richmond, et les Hanover étaient venus jusqu'à Carlisle presque autant de fois. Mais ces voyages étaient toujours durs, et plus de distance entre eux voudrait dire qu'il verrait moins ses frères.

— Où est-ce que vous allez être transféré ?

Billy avait peur de demander. Il avala de l'eau pour rafraîchir sa gorge soudainement sèche.

— Au dépôt d'approvisionnement naval de Mechanicsburg.

Billy pouvait à peine en croire ses oreilles.

— Vous voulez dire que vous allez emménager ici ?

Charlie et Marie leur firent de grands sourires.

— Oui, je dois prendre mon service dans deux semaines, et nous emménagerons ici aussitôt qu'on aura trouvé une maison.

— Si vous avez besoin d'aide, je connais un super agent immobilier. Je l'ai engagé quand j'ai acheté ma maison, offrit Darryl.

Il obtint une rapide approbation.

— En fait, il y a une maison qui va être vendue au sud de la ville. On a été conviés à une fête là-bas à Noël, et ils nous ont dit qu'ils allaient déménager cet été. L'endroit est magnifique, avec beaucoup de chambres, et il y a même une piscine dans le jardin.

— Ne devrions-nous pas trouver une agence, d'abord ? demanda Marie, de l'excitation dans la voix.

Darryl secoua la tête.

— Dans cette ville, les belles maisons ne sont jamais présentées au public. Elles sont toutes vendues par bouche à oreille. Les gens ont habité ici toute leur vie et connaissent tout le monde, expliqua Darryl alors que Sebastian apportait les assiettes.

— Julio a dit que vos commandes allaient arriver dans quelques minutes, dit Sebastian à Darryl et Billy avant de remplir les verres et de s'éloigner.

Billy attendit quelques minutes puis se dirigea vers les cuisines. C'était étrange de voir Julio au poste de Darryl, mais c'était un bon chef et il méritait cette opportunité de montrer ce dont il était capable. Darryl n'avait rien dit à quiconque excepté Billy, mais il espérait ouvrir un second restaurant avec Julio comme chef. Ces vacances étaient un essai décisif.

— Tout est prêt.

Julio plaça les assiettes sur le comptoir, et Billy les prit.

— Merci. Je pense que c'est la fin du service du midi.

Julio opina et continua à travailler.

— Dis, Billy, appela Kelly, derrière Julio. Amusez-vous, tous les deux, et ne vous inquiétez de rien. Je garderai tout en ordre.

Elle fouetta le chef avec une serviette avant de retourner à son travail.

Billy porta son assiette et celle de Darryl dans la salle. Donnie avait pris son siège, et Davey et lui dessinaient. Billy posa les assiettes et s'assit près de Darryl.

— Alors, où allez-vous, tous les quatre ? Quand on a parlé la semaine dernière, vous étiez toujours en train de réfléchir au planning, demanda Marie avant de mettre une moule dans sa bouche.

— On va aller dans le Michigan rendre visite à la famille de Darryl pendant quelques jours, puis on ira sur l'Île Mackinac et dans la péninsule supérieure du Michigan, répondit Billy avec excitation.

183

Il commença à manger alors que Darryl expliquait tout sur leur réservation au Grand Hôtel, les chutes d'eau, les rochers pittoresques, et peut-être les ours. Billy avait hâte d'y être. Ce n'était pas tellement ce qu'ils allaient faire ou l'endroit où ils allaient se rendre – il allait passer une semaine seul avec ses frères et son partenaire. C'était assez.

— Qu'est-ce que vous dessinez ?

Darryl jeta un coup d'œil par-dessus la table, à l'endroit où les jumeaux étaient en train de travailler diligemment.

Réalisant qu'on les regardait, ils cachèrent leurs dessins avec leurs bras.

— C'est une surprise, déclara Davey avant de retourner à son travail.

Les adultes se sourirent et finirent leur déjeuner, continuant leur conversation.

— C'est fini ! annonça Donnie.

Il se leva sur sa chaise, tenant les dessins alors que Davey expliquait, pointant du doigt chaque personnage.

— C'est maman et papa, c'est Billy et Darryl, et c'est nous.

Les mots 'Notre Famille' étaient imprimés de manière inégale tout en haut.

— C'est pour vous.

Donnie sauta de sa chaise, courut autour de la table et tendit le dessin à Billy, Davey juste derrière lui. Billy obtint des câlins d'eux deux, de même pour Darryl, ainsi que leur maman et papa pour faire bonne figure.

— C'est tellement vrai, dit doucement Marie. Les garçons nous ont réunis.

— C'est vrai, approuva Billy. Une des familles les moins conventionnelles qu'on pourrait imaginer, mais une famille.

Se sentant d'humeur sentimentale, Billy se leva et commença à nettoyer les assiettes, les mettant une après l'autre sur le plateau près de là.

— Est-ce que ça va ?

Darryl lui posa la main sur l'épaule.

— Oui.

Quand il se retourna, Darryl se tenait très près.

— Je vais bien.

Billy lança un regard vers la table. Charlie et Marie parlaient à voix basse ; les jumeaux coloriaient. Alors il laissa son regard glisser jusqu'à Darryl.

— Je pensais juste à quel point je t'aime.

Darryl raffermit légèrement sa prise sur son épaule.

— Tu dis ça maintenant, mais m'aimeras-tu quand je serai vieux et que je commencerai à avoir des cheveux gris ?

— Bien sûr.

Billy passa la main dans les cheveux de Darryl puis fit glisser ses doigts jusqu'à ses tempes avant d'embrasser sa joue.

— J'ai trouvé la saveur de l'amour, et elle a ton goût.

ANDREW GREY a grandi dans l'ouest du Michigan auprès d'un père qui aimait raconter des histoires et d'une mère qui adorait les lire. Depuis, il a vécu un peu partout aux USA et a roulé sa bosse dans le monde. Il a obtenu un Masters à l'University of Wisconsin-Milwaukee et travaille dans le département informatique d'une grande entreprise. Ses loisirs : collectionner les antiquités, jardiner, et laisser traîner ses assiettes sales n'importe où sauf dans l'évier (surtout lorsqu'il est en train d'écrire). Il pense qu'il a de la chance d'avoir une famille tolérante qui l'accepte tel qu'il est, des amis fantastiques, et le compagnon le plus solidaire et le plus aimant du monde. De nos jours, Andrew vit à Carlisle, en Pennsylvanie.

Son site internet : http://www.andrewgreybooks.com/

Son blog : http://andrewgreybooks.livejournal.com/

Également de DREAMSPINNER PRESS

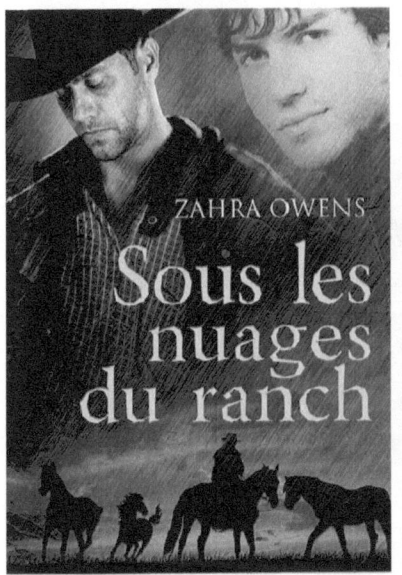

http://www.dreamspinnerpress.com